警視庁アウトサイダー２

加藤実秋

角川文庫
22945

目次

主な登場人物

蓮見光輔　二十七歳。本名、梶間直人。警視庁桜町中央署刑事課のホープ。実は、十年前に逮捕され服役中の元刑事の父・梶間優人の冤罪を晴らすために、「蓮見光輔」になりすまして警視庁に入庁している。観察眼と鋭い推理力が持ち味。

架川英児　五十二歳。本庁組織犯罪対策部組織犯罪対策第四課、通称・マル暴から刑事課に左遷され、光輔とコンビを組むことに。見た目と言動はまるでやくざ。光輔の秘密を知り、マル暴に返り咲くための点数稼ぎに協力させる。マル暴の捜査手法を駆使して事件を解決に導く。

矢上慶太　光輔たちが所属する刑事課の課長。真面目で心配性。定年までのあと五年を平穏に過ごしたいと願っている。捜査のモットーは「基本に忠実に」。

桜町三姉妹　交通課の若手巡査の米光麻紀、警務課のベテラン事務職員の須藤さつき&倉間彩子の三人組。桜町中央署の名物署員。噂話が好きで架川に興味津々。

若井美波　二十七歳。本庁警務部人事第一課監察係、通称・ヒトイチから、架川の疑惑調査のために桜町中央署に異動。光輔の秘密にも迫るが、光輔らは回避し、若井は本庁に戻る。光輔と架川の親密さから、二人の関係性を疑っている。

第一話　勇気ある眠り

1

地下鉄の車両がホームに滑り込んで来た。駅のアナウンスが、これが下りの最終電車であることを告げる。澄川《すみかわ》怜《れ》央《お》は、ホームへと階段を下りる脚を速めた。

バイト代を稼ぐために残業しているのに、昨夜は終電を逃してタクシー帰りになってしまった。バイト先の居酒屋の店長が、閉店間際に客を入れたせいだ。今夜も同じで、都合よく使われていると感じる反面、同じ二十四歳の店長が売り上げノルマに追われているのを見ると、気の毒に思ってしまう。

階段を下りていると、車両を降りた客が階段を上り始めた。他の電車に乗り換えるためか、小走りになっている人も多い。ホームまであと少しというところまで階段を下りた時、発車のベルが鳴り始めた。焦り、怜央はさらに脚を速めた。と、短い悲鳴が上がり、どすんと音がした。反射的に振り向くと、階段を転がり落ちて行く人がいた。階段を駆け上っていて、足を滑らせたのか。

転がり落ちた人は階段の下に横向きで倒れている。ベージュのジャケットを着た、髪の長い女のようだ。階段を上り下りする人は、女に目を向けても足は止めない。放っておけず、怜央は階段を駆け下りて女の脇に行った。

「大丈夫ですか？」

身をかがめ声をかけたが、女は目を閉じたままだ。その横顔からどんどん血の気が引いていくのがわかり、怜央はホームを見た。ドアが開いた車両の前を大勢の人が歩いているが、駅員の姿はない。

「すみません！」

怜央は叫んだ。だが細く裏返った声しか出ず、発車ベルにかき消されてしまう。どんと脇を抜ける人にぶつかられ、ふらつく。脚を踏ん張って堪《こら》えると、体に力が入った。

「ケガ人です！　誰か」

今度はしっかりした声が出た。発車ベルが止み、慌ただしい足音とともに制服姿の駅員がホームを駆け寄って来た。

2

「ふうん」

蓮見《はすみ》光輔《こうすけ》は呟《つぶや》き、壁にかけられた写真を眺めた。写っているのは三毛猫で、前脚を体の下に折りたたむようにして座っている。写真が収められた額縁の下には、「愛猫チロ　刑事課　矢上《やがみ》慶太《けいた》」と記された札が取り付けられていた。

「課長は猫派だったんですね……あれ。似たような猫を、あっちでも見た気が」

光輔は言い、視線を動かした。壁の少し離れた場所に油絵が飾られ、そこにも三毛猫が描かれている。さらに壁の前に置かれた長机にも、三毛猫の粘土細工が飾られていた。

「さすが蓮見さん。鋭いですね」

その声に振り向くと、制服姿の若い女が感心したように光輔を見ていた。交通課の米光《よねみつ》麻紀《まき》巡査で、前髪を額に斜めにおろし、長い髪を後ろで一つに束ねている。

「最近矢上さんは、定年後の趣味探しに夢中なのよ。他にも陶芸とそば打ち、御朱印《ごしゅいん》集めをやってるって」

米光の隣に立つ中年女も言う。こちらは警務課の事務職員、須藤《すどう》さつきだ。小柄小太りの体を制服に包み、マッシュルームカットで、メタルフレームのオーバル形のメガネをかけている。首を傾げ、光輔は返した。

「趣味って夢中で探すものなのかなあ。それに、課長が定年になるまで五年もあるじゃないですか」

「熟年離婚をした夫婦の妻側の理由として、『話すことがない』『夫がつまらなく思えた』『こんな人と老後を過ごしたくないと感じた』などがある」

淡々と告げたのは、三人目の女。こちらも中年で、須藤と同じ警務課の事務職員、倉間《くらま》彩子《あやこ》。マッシュルームカットだが、背が高く痩《や》せていて赤いプラスチックフレームのメガネをかけている。

「それ、課長に言ったんですか？　ダメですよ。真面目で心配性な人なんですから……まさか、他の定年間近の人にも同じことを言ってませんよね？」

光輔が問うと、米光、須藤、倉間の三人組は顔を見合わせて意味深にぐふふ、と笑った。

呆《あき》れて、光輔は周りを眺めた。

警視庁　桜町中央署《さくらまちちゅうおうしょ》一階のロビー。その隅に「職員文化祭」と書かれた看板が出され、署員が制作した絵や書、工作、手芸品などが飾られている。だが署員たちの関心は薄く、昼休みの今も会場は閑散としている。光輔も無関心だったが、昼食を摂《と》りに出た先で米光たち、通称・桜町三姉妹に捕まり、「見に行こう」と連れて来られた。

ざわめきが耳に届き、光輔は振り返った。ロビーには免許証の更新などに来た大勢の市民がいて、玄関を入ったところにはソファが並んでいる。そこに座った人たちが、同じ方向に注目しているようだ。迷わず、光輔は駆けだした。

並んだソファの一脚の前に、前屈《まえかが》みでうずくまる人がいた。白髪頭の初老の男で、茶色のスラックスを穿《は》いた腰に手を当て、顔をしかめている。

「どうしました？」

駆け寄って声をかけると、男の隣にいた妻らしき初老の女が答えた。

「ぎっくり腰です。立ち上がった拍子になっちゃったみたいで」

おろおろとしながら、女は男とソファの向かいを交互に見た。向かいには、各種手続きのためのカウンターがあり、署員たちが着いている。

「救急車を呼びましょうか？」

光輔が問うと、男は顔をしかめたまま首を横に振った。

「整形外科を予約してて、このあと行くつもりだった。タクシーを呼んで下さい」

「わかりました……タクシーをお願いします」

光輔は振り向き、後を追って来た桜町三姉妹に告げた。「はい」と頷《うなず》き、米光がカウンターに向かう。

「タクシーが来るまで、横になりましょう」

「それが無理なら、ソファに寄りかかって座ると楽ですよ」

須藤と倉間も声をかけたが、男は「ダメ。動けない」と返した。でも腰を伸ばしたままの姿勢だと、症状が悪化するはず。そう思い、光輔は頭を巡らせた。と、傍らに人の気配があり、細い声が言った。

「本か雑誌はないですか？　なるべく厚いのがいいです」

振り向くと、若い女がいた。濃紺のセーラー服とプリーツスカートを身につけているので、高校生だろうか。一瞬戸惑った光輔たちだが、女が、

「コルセットの代わりにします」

と続けると、須藤が「取って来るわ」とカウンターに向かい、倉間も「私は貸し出し用の車椅子を」と告げて玄関に向かった。すると女は、光輔に続けた。

「あと、紐《ひも》。そのネクタイでいいです」

「はい」

女のてきぱきとした口調に、つい敬語で応《こた》えてしまう。光輔はネクタイを外し、女に渡した。

すぐに須藤が、何かのカタログらしき厚みのある冊子を抱えて戻って来た。女は冊子を男の腰に当てて光輔に押さえさせ、ネクタイを男の腰に巻きつけ冊子を固定した。

「ゆっくり体を起こして下さい。できますか？」

女の声に、男はそろそろと上半身を起こした。痛そうだが、なんとか体を動かせるようになった様子だ。そこに車椅子を押した倉間が到着し、男は光輔と女の手を借りて立ち上がり、車椅子に移った。続いて米光も戻って来て、男は「外でタクシーを待ちます」と告げて光輔たちに礼を言った。妻が車椅子を押し、桜町三姉妹が付き添っ

て玄関に向かった。光輔は振り返って何度も頭を下げる妻に笑顔で応え、女に向き直った。

「ありがとう。助かったよ」

「介護施設でボランティアをしたことがあって」

急に照れ臭そうになり、女は答えた。見れば、肩にナイロン製のスクールバッグをかけている。光輔は訊《たず》ねた。

「何か用があって来たの？」

「はい。父がここの刑事課にいます」

「僕も刑事課だよ。お父さんの名前は？」

そう光輔が訊ねた直後、

「何やってんだ？」

とぶっきら棒な声がした。振り向くと、架《か》川《がわ》英児《えいじ》が玄関の方から近づいて来る。いつもの足を外に投げ出すような歩き方で、身につけているのは黒地に白ストライプのダブルスーツに黒いワイシャツ、赤いネクタイだ。その出《い》で立ちと威圧感に、ロビーの人たちが振り向く。光輔が答えようとした矢先、女は言った。

「あ、パパ」

「パパ!?」

思わず声を上げた光輔の脇を抜け、女は弾《はじ》けるような笑顔で架川に駆け寄った。

3

がこんと音がして、自販機の取出し口にペットボトルのミルクティーが落ちた。光輔は身をかがめて手を伸ばし、取出し口からミルクティーを取った。先に買った缶コーヒーと一緒に持ち、桜町中央署三階の休憩スペースを出た。廊下を戻り、刑事課の部屋に入る。机と椅子が並んでいるが、昼休み中で大きな事件も抱えていないので空席が目立つ。隅の通路を進むと、並んで立つ二人の背中に気づいた。

「お疲れ様です」

光輔がかけた声に、二人が振り向く。そのうちの一人、白髪が交じった七三分けの髪の刑事課長・矢上が応えた。

「お疲れ。あの子、架川くんの娘さんだって？」

「ええ。野坂愛理《のさかあいり》ちゃんといって、私立友光《ゆうこう》学園の二年生だそうです」

「架川さんがああいうキャラだからどんな子かと思ったけど、至って普通……にしても、セーラー服とダブルスーツの組み合わせってすごいな」

残りの一人が言う。小柄で童顔、天然パーマのくるくるとした髪が印象的なこの男は、刑事課主任の梅林昌治《うめばやししょうじ》だ。光輔は「ええ」と頷き、二人に倣って通路の奥に目を向けた。打ち合わせ用のテーブルがあり、愛理と架川が並んで座っている。

　愛理は利発そうな雰囲気はあるものの、顔立ち、体型ともごく普通。架川に身を寄せて顔の前にスマホを掲げ、何か話しながら写真を撮っている。一方架川は横を向き、面倒臭そうに返事をしていた。

「愛理ちゃんは離婚した奥さんと暮らしているんですが、架川さんに用があって来たそうです」

「電話やメールで済むのに、わざわざ――問題は困るよ。蓮見くん、頼んだからね」

　切羽詰まった口調で訴え、矢上が光輔を見る。「わかってますよ」と笑顔で応えた後、光輔は矢上が画用紙を手にしているのに気づいた。画用紙にはちぎった和紙で、三毛猫の絵が描かれている。

「ちぎり絵もやるんですか。さっき、文化祭の作品を見ましたよ」

　光輔が告げると矢上は細い目を輝かせ、「本当に？　ありがとう」と返してこう続けた。

「この絵も展示してもらおうと思って。うちの猫はじっとしていないから、下絵のスケッチに時間がかかって大変だったんだよ」

　猫以外にモチーフはないのか。突っ込みが浮かんだが、光輔は「そうですか」とだけ返した。そして「本当に頼んだからね」と念押しする矢上に会釈し、テーブルに向かった。

「お待たせ。これでよかったかな？」

笑顔をキープし、愛理にミルクティーを差し出した。愛理は「はい」と答え、ミルクティーを受け取った。光輔は架川にも、「どうぞ」と缶コーヒーを差し出した。受け取った架川は隣を見て言った。

「学校はどうした？」

「秋休みで、部活だけなの。さっき言ったでしょ」

口をとがらせ、愛理が返す。セミロングの黒髪を、制服の肩に垂らしている。二人の脇に立ち、光輔は訊ねた。

「部活は何をやってるの？」

「文芸部です。作家になるのが夢で、推理小説を書いています」

目を輝かせて答える愛理に、光輔は「へえ。すごいね」と返した。顔をしかめ、架川が言う。

「すごかねえよ。夢みてぇなこと言いやがって」

「読んだことないくせに。今度はパパをモデルにした小説を書こうと思ってるんだから」

「えっ。本当？」

驚く光輔を横目で睨《にら》み、架川は「用って何だ？」と話を変えた。

「ああ。それね」

思い出したように頷《うなず》き、愛理はスマホを制服のポケットにしまった。光輔は「じゃあ、僕はこれで」とその場を離れようとしたが、架川にがっちりと腕を摑《つか》まれた。驚いて見返すと、「間が持たねえんだよ。付き合え」と囁《ささや》き、顎《あご》でテーブルの向かいの席を指した。「間が持たないって、親子でしょ」と囁き返したが架川の目力《めぢから》に負け、光輔は言われたとおりにした。その間に愛理はキャップを開けてミルクティーを一口飲み、言った。

「友だちのお母さんが、駅の階段から落ちて入院したの。まだ意識が戻ってなくて、事故ってことになってるけど、友だちは『誰かにやられたのかもしれない』って言ってる。調べてくれない？」

「ダメだ」

架川が即答する。愛理は何か言いかけたが、それより早く架川は続けた。

「鉄道警察が事故だと判断したのなら、事故なんだ。そう友だちに伝えろ」

「何それ。頭ごなしに——」

「帰れ。刑事は便利屋じゃねえんだ」

ぴしゃりと告げられ、愛理も顔を険しくした。

「わかってるよ。でも、ちょっと調べるぐらいいいじゃない。せっかく来たんだし」

「お前が勝手に来たんだ」

ムキになり、架川も愛理を睨む。「まあまあ」と手を動かし、光輔は言った。

「愛理ちゃん。友だちが『誰かにやられたのかもしれない』と思ったのには、理由があるんだよね？」

「はい。事故の前、お母さんは様子がおかしかったそうです。何かに悩んでるみたいで、帰りが遅くなったりもして」

「大人はみんな何かしら悩んでる。帰りが遅くなるのだって、珍しくねえ」

またぴしゃりと、架川が言う。光輔は素早く頭を働かせ、立ち上がって身を乗り出し、架川の耳に囁いた。

「形だけでも調べれば、納得して帰りますよ」

すると架川は光輔に恨みがましい目を向け、「お前も付き合えよ」と返した。仕方なく、光輔は「わかりました」と頷いて前に向き直った。

「友だちのお母さんの容態は？　どこの病院に入院してるの？」

すると愛理は、勢いよく話しだした。架川は仏頂面で脚を組み、缶コーヒーの口を開けて飲んだ。

4

光輔が病院の駐車場にセダンを停めると、真っ先に愛理が降車した。光輔と架川もセダンを降り、三人で通路を歩いた。玄関から病院に入り、「こっちです」と振り返って告げる愛理の後から、患者や看護師が行き来するロビーを進んだ。

愛理は受付カウンターに駆け寄り、制服姿の女に声をかけようとした。それを後ろにいた架川が、スクールバッグのショルダーをぐいと摑んで止めた。勢い余った愛理は転びそうになり、振り返って架川に文句を言う。その間に光輔は制服姿の女に警察手帳を見せ、用件を告げた。

愛理の話によると、友だちは紺野《こんの》萌《も》衣《え》、十七歳で、母親は静香《しずか》、四十五歳。静香は看護師で、ここ恵《え》比《び》寿南《すみなみ》病院の救急科で働いているそうだ。しかし五日前の深夜、地下鉄渋谷《しぶや》駅のホームの階段から転落し、一命は取り留めたものの頭を強打して意識不明で入院中らしい。

ほどなくして救急科の看護師長・丸山聖子《まるやませいこ》が来て、光輔たちを病棟に案内した。恵比寿南病院は診療科目数二十、病床約四百の総合病院で、五階建ての病棟は古いが広々としている。静香の病室は三階の奥の個室だった。丸山はノックしてからスライド式のドアを開けた。

入ってすぐのところにトイレと洗面台があり、奥にベッドが置かれていた。ベッドサイドの椅子には、女がこちらに背中を向けて座っている。愛理は丸山の脇を抜け、病室に入って女に声をかけた。

「萌衣ちゃん」

振り向いた萌衣は、黒いブラウスにチェックのロングスカートという格好だ。立ち上がり、驚いたように愛理を見た。

「約束通り、パパを連れて来たよ。この人も刑事さんだって」

愛理は興奮気味に告げ、自分に続いて病室に入る光輔たちを指した。つられて振り向いた萌衣と目が合い、光輔は会釈をした。細い目を戸惑ったように揺らし、萌衣が会釈を返す。小柄で色白。長い髪をポニーテールにしている。

「こんにちは。桜町中央署の蓮見です」

笑顔で言い、光輔はベッドに歩み寄った。ベッドに横たわる静香は、頭に白いネット包帯、口には人工呼吸器のマスクを装着し、点滴も受けているが、顔色は悪くない。目を閉じているので顔立ちはよくわからないが、色の白さは萌衣と同じだ。架川も隣に来て静香を見下ろした。

「まず、看護師さんと担当の先生に話を聞くよ。萌衣ちゃんも後で話せる？」

そう問うと、萌衣は「はい」と首を縦に振った。光輔は振り向いて丸山に目配せし、ドアに向かった。架川も続く。

三人で病室を出て、廊下の隅に行った。丸山によると、静香は看護師歴二十年のベテランで勤務態度は良好。物静かだが仕事熱心で、同僚はもちろん患者たちの信頼も厚かったという。

「では、紺野さんがトラブルなどを抱えていた様子は」

「ないない。いつも通りに働いていましたよ」

光輔の言葉を遮って手を左右に振り、丸山は言った。歳は五十過ぎで、がっちりした体を白いシャツとパンツのユニフォームに包んでいる。

「事故当日、紺野さんは何時頃こちらを出ましたか？」

「うちは日勤と準夜勤と夜勤の三交替制なんですけど、五日前紺野さんは日勤でした。午後四時半には勤務を終えて、すぐに病院を出たはずです」

「意識は戻るのか？」

架川が口を開いた。小さく丸い目を動かし、丸山が架川を見る。

「ええ。人工呼吸器を付けていますが自発呼吸をしていますし、頭蓋骨《ずがいこつ》や脳の損傷はないのでじきに目を覚ますはずです。ただ、後遺症についてはなんとも言えませんね」

無言で頷き、架川は両手をスラックスのポケットに入れた。光輔は礼を言い、静香の主治医の手が空いたら話を聞きたいと告げて、丸山と別れた。

続いて萌衣に声をかけ、フロアの端にあるデイルームに移動した。デイルームにはテーブルと椅子がいくつか置かれ、壁際には飲み物の自販機とテレビもある。

「お母さんが入院して、生活はどうしてるの？」

テーブルに着くとまず、光輔は訊《たず》ねた。

「叔母《おば》が泊まりに来てくれてます。うちの親は離婚して、ずっと私と母の二人暮らしなんです」

萌衣が答える。隣に座った愛理が「えっ。うちもだよ」と驚き、二人は顔を見合わせた。横目で架川を見つつ「そうなんだ」と返し、光輔は質問を続けた。

「萌衣ちゃんは事故の前、お母さんの様子がおかしかったから、誰かにやられたのかもしれないと思ったんだよね。どんな様子だったの？」

「何かに悩んでるみたいに考え込んだり、ため息をついたり。それと、家に帰るのが遅くなりました。日勤でも夜勤でも、仕事が終わるとすぐに帰って来てたのに」

眉根《まゆね》を寄せて説明し、萌衣は俯《うつむ》いた。その横顔を、愛理が心配そうに見る。

「五日前、お母さんは午後四時半にはここを出たらしいんだ。それから渋谷駅で事故に遭うまでの約八時間、どこで何をしていたのか心当たりはある？」

光輔は極力優しく訊ねたが、萌衣はさらに眉根を寄せ、ふるふると首を横に振った。

と、架川が口を開いた。

「お母さんに付き合ってる人はいたか？　別れた旦那《だんな》との仲はどうだった？」

「付き合ってる人はいません。父とは離婚してから一度も会ってないし、連絡も取っていないはずです。母はよく、『男の人はもう懲《こ》り懲《ご》り』って言ってたし」

架川をまっすぐに見て、萌衣は答えた。また愛理が「うちのママも同じこと言うよ」と告げ、二人は笑顔になった。一方架川は仏頂面になって横を向く。と、

「萌衣ちゃん」

という声がして、男が二人ディルームに入って来た。目を向けた萌衣は「こんにちは」と会釈をした。

「お母さんはどう？」

光輔たちのテーブルの脇で立ち止まり、男の一人が言う。歳は三十代半ばで、太った体をシャツとジーンズで包み、肩にリュックサックをかけている。

「変わりないです。でも、刑事さんが来てくれて」

「えっ。何かあったの？」

もう一人も言い、光輔と架川を見た。こちらもシャツとジーンズ姿だが、二十代後半で痩《や》せ型。脚が悪いのか、アルミ製の杖《つえ》をついている。

「ううん。そうじゃないけど」

萌衣が口ごもったので、光輔は席を立って会釈した。

「桜町中央署の蓮見と架川です。ちょっとした縁があって、萌衣さんからお母さんの話を聞いています。お見舞いにいらしたんですか？」

「ええ。僕ら、紺野さんの元患者なんです。すごくお世話になったから、ケガしたって聞いて心配で」

杖をついた男が答え、リュックサックを肩にかけた男も身を乗り出して言った。

「僕は痛風《つうふう》、彼はバイク事故で、ここに運び込まれました。今も通院してるんですけど、紺野さんはダイエットやリハビリの相談にも乗ってくれて。僕、これでも五キロ痩せたんですよ」

出っ張った腹を撫《な》でて訴える男に、萌衣と愛理が笑う。光輔を見て、萌衣は言った。

「患者さんや同僚の方が、毎日のようにお見舞いに来て下さるんです」

「そう」

笑顔で応《こた》えながら光輔は、静香の病室に飾られたたくさんの花やぬいぐるみ、メッセージカードを思い出した。

男たちからも話を聞くと、リュックサックの男は荒幡欣也《あらはたきんや》といい、ホテルのレストラン勤務の調理師、杖の男は白土《しらと》裕吾《ゆうご》で、店舗の看板や販促グッズを作る会社で働いているそうだ。

程なくして丸山が静香の主治医を伴って現れ、荒幡たちと萌衣、愛理は静香の病室に向かった。光輔と架川は主治医から話を聞いたが、静香の病状は丸山に聞いた通り。また病院に搬送されて来た際、静香は頭部以外に肩や脚なども打撲していたが、主治医は「どれも階段から落ちた際に負ったもので、不審な点はなかった」と説明した。光輔は礼を言い、主治医と丸山はディルームを出て行った。

「案の定、ただの事故じゃねえか」

架川は言い、椅子の背もたれに体を預けてスラックスの脚を組んだ。光輔も言う。

「ええ。でも、ここを出てから事故までの空白の八時間は気になりますね。搬送されて来た時、静香さんは飲酒していなかったと主治医は言っていたし」

「男だろ。『もう懲り懲り』とは言っても人気者のようだし、裏じゃ何をやっていたかわからねえぞ」

「それはそうですけど。ちなみに愛理ちゃんのお母さんが『もう懲り懲り』と言ったのは、架川さんのことですか？」

真顔で訊《き》くと架川は「知るか」と答え、そっぽを向いた。すると、愛理がディルームに戻って来た。

「萌衣ちゃんが、『本当に刑事さんを連れて来てくれるとは思わなかった』って驚いてた」

「萌衣ちゃんは部活の友だちだと思ってたけど、違うみたいだね。クラスが同じなのかな？」

光輔が訊ねると、愛理は首を横に振って答えた。

「萌衣ちゃんは同じ図書委員で、一緒に本のポップを作る係をやったの。もともと物静かな子だけど、この間会ったら元気がなくて。で、『どうしたの？』って訊いたらお母さんのことを話してくれたの。ちゃんと話したのはその時が初めてで、萌衣ちゃんもお母さんと二人暮らしっていうのも、さっき初めて聞いた」

「なんだそりゃ」

眉間《みけん》にシワを寄せ、架川が組んでいた脚を下ろした。愛理と光輔が振り向き、架川はこう続けた。

「じゃあお前は、ロクに知りもしねえ相手の親を俺らに調べさせようとしたのか？」

「だって、約束したし。本当に元気がなかったんだもん」

しどろもどろになりながら、愛理は返す。呆《あき》れ顔になり、架川はさらに何か言おうとした。それを遮り、光輔は返した。

「わかるよ。困っている人を、放っておけないんだよね。僕も同じ。だから警察官になったんだ」

困っている人を放っておけないのは父・優人《ゆうと》譲りだ。そしてそのことについて話した十年前の夜、優人は逮捕された。

　ほっとしたように、愛理が光輔を見た。光輔が笑顔を返すと架川は、「帰るぞ」と言って立ち上がった。愛理が振り向く。

「捜査は？」

「主治医も不審点はなかったと言っていたし、静香さんは事故だ。じきに目を覚ますだろうから、何があったかは本人に聞け」

「何それ」

　そう言って、愛理は光輔にすがるような目を向けた。立ち上がり、光輔は告げた。

「残念だけど、お父さんの言うとおりだよ。たぶん萌衣ちゃんは、気持ちが不安定になっているんじゃないかな。お母さんが元気になれば――」

　ふいに、光輔の眼前に何かが突き出された。受け取って見ると、ペパーミントグリーンの手帳型のカバーを付けたスマホだ。

「静香さんのだよ。萌衣ちゃんが、『手がかりになるかも』って貸してくれた。画面のロックのパスワードは、０９１６。萌衣ちゃんの誕生日だって」

「ふざけるな。返して来い」

　架川が声を尖《とが》らせ、拒否する愛理との言い合いが始まった。それをうんざりして聞きながら、光輔はスマホのケースを開いて画面にパスワードを入力した。

ＬＩＮＥでのやり取りは、萌衣と仕事仲間だけ。静香はＳＮＳはやっていなかった様子で、通話アプリもほとんど使っていない。ネットブラウザはどうかと開くと、検索ワードの履歴がずらりと並んだ。薬や医療の処置、飲食店の名前がほとんどだが、その中に「デイライトホール　事件」「東京アニメウェーブ　殺人」「小久保元気」という文字を見つけ、光輔ははっとした。

「架川さん」

画面に目を向けたまま呼ぶと、架川は言い合いを中断し「何だよ」と近づいて来た。その顔の前にスマホを突き出し、検索ワードを指す。しかめっ面で画面を見た架川はすぐ真顔に戻り、光輔の手からスマホを取った。

「えっ。どうしたの？」

声を上げ、愛理も歩み寄って来た。

5

礼を言い、架川は光輔と警視庁蓬町西《よもぎまちにし》署の署屋を出た。駐車場に向かい、セダンに乗り込む。と、運転席の光輔が封筒を差し出した。

「どうぞ。この事件の概要は、頭に入っているので」

「おう」

架川は返し、封筒を受け取って捜査資料を出した。光輔はセダンを出し、架川は捜査資料を読んだ。

事件は今年の四月、蓬町二丁目で起きた。デイライトホールというホールの職員が、午後七時過ぎにホールの裏で胸から血を流して死んでいる男を発見したのだ。すぐに警察官が駆けつけ、男は東京都日野《ひの》市在住の大学生、小久保《こくぼ》元気《げんき》、二十歳と判明した。この日デイライトホールでは「東京アニメウェーブ」というイベントが行われており、所持品などから小久保もこれに来場していたとわかった。またイベントのスタッフが午後五時頃、ホールの外で小久保が男と言い争っているのを目撃していた。小久保の死因は胸を刃物で刺されたことによる出血性ショックで、蓬町西署は小久保と男はホールの外から現場に移動して話しているうちに口論となり、男がナイフで小久保を刺して逃走したと見て捜査を開始した。

地取りの結果、イベント来場者から、男は年齢二十代から三十代、黒っぽいシャツとズボンを着用していたという証言が得られた。しかし男はキャップを目深にかぶっており、顔は不明。防犯カメラにも映っておらず、現場からの足取りは追えなかった。蓬町西署はチラシを配ったり、隣接する桜町中央署に応援を求めたりして事件を追っているが、半年経った今でも犯人逮捕には至っていない。

静香の病院に行ってから一夜明けた。あのあと光輔は「応援捜査に参加したため、小久保の事件には思い入れがあります。静香が事件を検索していたのが気になるので、もう少し調べましょう」と言った。そして矢上に報告の上、蓬町西署を訪れ小久保の事件の状況を訊いたのだが、捜査は行き詰まっている様子だ。

「この事件は何となく覚えているが、小久保は静香の患者、あるいは個人的な知り合いだったという可能性はないのか？」

捜査資料に添付された小久保の写真を見て、架川は問うた。小久保は面長で、前髪を額の真ん中で分けている。ハンドルを握りながら、光輔は返した。

「病院に確認したところ患者ではないそうで、萌衣ちゃんも『知らない』とのことでした。静香のスマホのアドレス帳やＬＩＮＥにも、小久保の名前はありません」

「静香も萌衣も、アニメ好きじゃなさそうだしな。小久保は熱心なファンだったんだろ？　とくにゴマなんとかいう」

そう言って架川が捜査資料に目を戻すと、光輔は言った。

「『降魔《ごうま》の射手《しゃしゅ》』ですね。少年マンガが原作の超人気アニメで、映画化もされています。事件当日ディライトホールで行われたイベントにはアニメグッズを販売するブースがたくさん出ていて、小久保の所持品は、そこで買った降魔の射手グッズでした」

そう語る光輔の記憶力に感心しつつ、架川は捜査資料をめくって「これだろ？」と一ページを示した。そこにはキーホルダーや缶バッジ、団扇《うちわ》、タオルなどの写真があり、どれも袴《はかま》のような服を着て弓や刀、槍《やり》などを持った少年たちと、着物姿の少女のイラストが描かれている。

写真を一瞥《いちべつ》し、光輔は「そうです」と頷《うなず》いて視線を前に戻した。セダンは玉川《たまがわ》通りを下っている。十月に入って爽《さわ》やかな日が続いており、今日もからりとした晴天だ。時刻は正午過ぎで、歩道には昼休みのサラリーマンやＯＬの姿が目立つ。

「犯人《ホシ》の男も、イベントの参加者だろうな。肩がぶつかったとか、ガンを付けたとかで口論になったんじゃねえのか」

「犯人がイベント参加者というのは蓬町西署も想定していますけど、それはどうかな」

「『オタク狩り』と言って、秋葉原《あきはばら》やアニメのイベント会場周辺でカツアゲが横行したことがあったろ？　で、オタクの方も護身用に刃物を持ち歩いて、銃刀法違反で逮《ア》捕《ゲ》られるやつが現れた。十年以上前の話だが、ヤンキーや半グレにとっちゃ、オタクは今でもいいカモだぞ」

「知ってますけど、ヤンキーや半グレはグループでカツアゲをするでしょう。小久保殺しは、単独犯なんですよ」

そう返され、架川はふん、と鼻を鳴らした。確かに光輔の言うとおりだ。その時、車内にスマホの着信音が流れた。ちょうど前方の信号が赤になり、光輔はセダンを停めてジャケットのポケットからスマホを出した。が、着信音は途切れて留守番電話に切り替わった。すると今度は、架川のスマホが鳴りだした。画面を確認し、架川は着信音を切ってスマホをポケットに戻した。

「出なくていいんですか？」

「ああ。愛理からだ。どうせ捜査はどうなったか教えろって催促だろ」

顔をしかめて答えると、光輔は言った。

「僕の電話も、愛理ちゃんからでしたよ」

「なに!?」と振り向き、架川はわめいた。

「何で先にお前にかけるんだよ」

すると光輔は「そこですか」と呆《あき》れ、「萌衣ちゃんと連絡先を交換した時に、愛理ちゃんともしたんですよ。イヤとは言えないでしょう」と返した。「答えになってねえ」と言い返したかった架川だが、ぐっと堪《こら》えて窓の外を眺めた。

6

十五分ほどで、セダンは桜町中央署に着いた。二人でセダンを降り、駐車場を歩きながら架川は訊《たず》ねた。

「ガン付けでもカツアゲでもなきゃ、口論の原因はアニメか？　なら、俺はお手上げだ。お前はどうだ？」

「人気作のタイトルは、何となくわかるって程度です。困りましたね」

光輔は返し、首を傾《かし》げた。架川の目に、前方の署員通用口が映る。昼休みなので、大勢の署員が出入りしていた。と、その中に知った顔の女を見つけ、架川は閃《ひらめ》いた。

「おあつらえ向きのやつがいるぞ」

光輔に告げ、足を速めた。通用口から通用門に向かっている女に歩み寄り、「よう」と声をかける。ぎょっとして女が立ち止まると、架川は「ちょっと顔を貸せ」と言って、署屋を指した。つられて女が振り向くと、その肩を押してくるりと方向転換させてしまった。

「ちょっと！」

架川に押され、元来た道を戻り始めながら女が声を上げた。

「仁科《にしな》さん!?」

後を追って来た光輔は女の名前を呼び、続いて架川に「何するんですか」と訊ねた。後ろから仁科素子《もとこ》の肩を押して歩きつつ、架川は答えた。

「オタクのことはオタクに聞けだ。だろ？」

顔を覗《のぞ》き込んで問うと、仁科は架川の手を振り払おうともがきながら、

「言ってることの意味がわかりません」

と反論した。何ごとかと、行き交う署員が架川たちを見る。

光輔が捜査協力を頼みたいと告げると、仁科はもがくのをやめた。光輔は静香と小久保の事件について説明し、三人で署屋に入り廊下を進んで階段を上がった。

「その事件なら知ってる。でも私は、降魔の射手は追ってないから。声優なら、そこそこ語れるんだけど」

光輔の話を聞き終えると、仁科は言った。署の三階に着き、刑事課の会議室に入ったところだ。長机と椅子がずらりと並んだ室内にいるのは、架川たち三人だけだ。架川は最前列の長机の椅子を引いて座った。

「どこが、『意味がわかりません』だよ」

仁科はむっとして何か言い返そうとしたが、光輔が「とにかく、被害者《ガイシャ》の所持品を見て下さい」と割って入った。仁科は横目で架川を睨《にら》み、離れた席に座った。

仁科素子巡査部長は、桜町中央署刑事課鑑識係の係員だ。架川とは旧知の仲で、架川の桜町中央署への異動を機に再会した。三十六歳の仁科は、独身で大柄。化粧気のない顔に黒縁のメガネをかけ、黒く長い髪を頭の後ろで束ねている。腕利きだが無愛想で、とくに架川には露骨にイヤな顔をする。しかし架川は仁科が是が非でも隠したい写真を所持しているらしく、それをネタにこれまでに何度か捜査に協力させた。

光輔は架川から捜査資料の封筒を受け取り、写真を出して奥のホワイトボードに貼った。身を乗り出し、仁科がそれを見る気配があった。

「これが所持品です。降魔の射手グッズの他に財布とスマホ、スマホの充電器に折りたたみ式の椅子、ペットボトルの飲み物、双眼鏡、ファイルケース、ジップバッグなどがあり、全部リュックサックに入っていました」

ホワイトボードの前に立った光輔は、写真を一つずつ指して説明した。仁科が応《こた》える。

「折りたたみ式の椅子は、イベントの開場を待つ間に座る。ファイルケースとジップバッグは、参加者同士でグッズを交換する時に使う。双眼鏡があるってことは、イベントに目当ての声優さんが出演したのかも」

ぼそぼそとして覇気《はき》のない話し方だが、声質は柔らかくしっとりしていて耳に心地いい。

そういや、こいつは昔から「声美人」「声だけ松嶋菜々子《まつしまななこ》」と言われてたな。そう思い架川が振り向くと、仁科に上目遣いに睨まれた。仁科は鑑識係の制服の、濃紺のシャツとパンツを着ている。「なるほど」と頷き、光輔はさらに言った。

「ホシもイベントの参加者だとして、アニメファンはどんなことで口論になるんですか？」

「自分の推《お》しのアニメや声優さんの悪口を言われたとか、アニメのストーリー展開のありなしで意見が食い違ったとか。でもＳＮＳや掲示板で罵《のの》り合うだけで、リアルで、しかもナイフを持ち出して、なんていうのは聞いたことないけど。『ネットの世界の揉《も》め事をリアルに持ち込むなんてダサい』って価値観だから」

「なんだそりゃ。ヤンキーの世界じゃ、『タイマンを張れねえやつにケンカする資格はねえ』が常識だぞ」

思わず突っ込むと、「だからなに？」とまた仁科に睨まれた。しかし光輔に「オタクとヤンキーを比べてどうするんですか」とたしなめられ、架川も仁科も口をつぐんだ。

「ホシと小久保の口論の原因は、アニメではない可能性が高いですね。じゃあ、何だったんだろう」

話を進め、光輔はホワイトボードの写真に向き直った。と、仁科が立ち上がり、慌ただしくホワイトボードの前に進み出た。「どうかしましたか？」という光輔の問いには答えず、仁科は顔を突き出して降魔の射手グッズの写真を眺めた。訝《いぶか》しく思いながら、架川は椅子の背に片肘《かたひじ》を乗せて脚を組み、仁科の背中を見た。と、仁科が振り返った。

「口論の原因は、これかもしれない」

その指は、写真の一枚を指している。光輔が写真を覗き込み、架川も目をこらした。写真にはグッズの中のキーホルダーが写っている。長さ五センチほどの透明なアクリル板にキャラクターの絵が印刷され、上に金具が取り付けられたものが五、六個ある。

「降魔の射手は、人間が獣《けもの》の奴隷《どれい》になっている世界で、主人公で弓の名手・光矢《こうや》と妹の咲耶《さくや》、その仲間たちがそれぞれの武器で闘う物語です。武器は獣を倒す度にバージョンアップする設定で、これはアニメの第一部のラストで、光矢たちが獣のボスを倒した際に発売されたアクキー。大人気で即完売、特に光矢のものは入手困難なレアイテムとなっています」

仁科の口調が、これまでとは別人のような明るくはきはきとした敬語に変わる。頭に「『追ってない』どころか、滅茶苦茶《めちゃくちゃ》詳しいじゃねえか」「アクキーって何だ？」と浮かび口を開こうとした架川だが、視線で光輔に止められた。

「わかりました。アクキーはアクリルキーホルダーのことですね。で、これの何が口論の原因になったんですか？」

爽《さわ》やかな笑顔で光輔に促され、仁科は「ちょっと待って」と返してパンツのポケットからスマホを出して操作した。すぐに顔を上げ、スマホの画面を光輔に見せ、もう片方の手でアクリルキーホルダーの写真を指した。五、六個並んだものの、真ん中の一つを指しているようだ。

「これが光矢なんですが、よく見て下さい。金具がちゃちいでしょう？　色も薄くてぼんやりしている。コピー商品、つまり偽物《にせもの》です」

「えっ⁉」

光輔が驚き、仁科は「こっちがオフィシャルショップで売られている本物」と続け、スマホの画面を指した。光輔は大きな目をさらに見開き、画面と写真を交互に見た。

「本当だ。オフィシャルショップのものは、色がクリアで線が繊細ですね……架川さんも見て下さい」

振り向いて手招きされ、架川は席を立って二人に歩み寄った。首を突き出し、写真とスマホの画面双方のアクリルキーホルダーを見比べる。

「お前らの言うとおりだ。じゃあ、偽キーホルダーの売買が口論の原因か？　そんなに高価なものなのか？」

「いえ。定価は税込み八百八十円。転売でも、二千円ぐらいでしょう。偽物なら、五個で八百円程度で売られているのでは？　でも本物だと思って買ったならショックだし、腹も立つはず」

後半はぼそぼそとした口調に戻り、仁科は答えた。光輔を見て、架川は告げた。

「事件の日に行われていたイベントの主催者に連絡しろ。偽物を売った店を突き止めるんだ」

「はい」

頷《うなず》き、光輔はジャケットのポケットからスマホを出した。

イベントの主催者とはすぐに連絡がついた。しかし問い合わせに対しての答えは、「当日参加した業者に、そのアクリルキーホルダーを扱っているところはなかった。だが、会場では無断でグッズを売る業者もいて、それを調べるのは難しい」というものだった。

7

「あの～、すみませ～ん」

間延びした女の声に光輔は振り向き、架川も続いた。広場の向こうから、若い女が二人駆け寄って来る。一人は紫、一人はピンクのカツラをかぶり、派手な色柄の袴《はかま》や着物を身につけている。降魔の射手の光矢と咲耶のコスプレをしているのだろう。

「写真を撮らせてもらってもいいですか？」

光矢のコスプレをした女が言い、咲耶のコスプレをした女が手にしたスマホを見せた。とっさに、光輔は自分に向かって言ったのかと思った。しかし、女たちの目は架川に向いている。架川の目が動き、サングラスの薄い青のレンズ越しに女たちを見下ろす。

「いいけど」

ぶっきら棒な返事だったが、女たちは「やった！」「ありがとうございます」とはしゃいだ声を上げた。

咲耶のコスプレをした女にスマホのカメラのレンズを向けられ、架川は両手をスラックスのポケットに入れて顎《あご》を上げ、ポーズを取った。咲耶のコスプレをした女はシャッターを切り、光矢のコスプレをした女も自分のスマホで写真を撮る。撮影を終えると、咲耶のコスプレをした女が訊《たず》ねた。

「ところでそれ、何のコスプレですか？　超ヤバいですよね」

「『関東リターナーズ』の梅満《うめみつ》？　それとも『ＧＵＹＳ』の虎《こ》谷龍太郎《たにりゅうたろう》？　じゃなきゃ、昔のやくざマンガのキャラですか？」

光矢コスプレをした女にも問われ、架川は眉間《みけん》にシワを寄せて、

「あ？」

と問い返した。架川の出で立《い》ちは、ベージュに赤いピンストライプのダブルスーツにノーネクタイの黒いワイシャツ、白いエナメルの革靴だ。笑顔を作り、光輔は架川の前に身を乗り出した。

「きみたち、このキーホルダーを持ってない？ 売ってるところを知ってる、でもいいんだけど」

そう問いかけながら、ジャケットのポケットから偽物のアクリルキーホルダーの写真を出して見せる。しかし二人は首を横に振った。光輔が礼を言うと二人も架川に礼を言い、手も振って歩き去った。その背中を見送り、架川は言った。

「コスプレだと？ 失礼なやつらだな」

「状況を考えれば、無理もないと思いますけど」

ため息をつきつつ返し、光輔は周りを見回した。

ここは中野《なかの》にあるホール前の広場だ。土曜日の今日は家族連れやカップルで賑《にぎ》わっているが、その中に降魔の射手のコスプレイヤーが交じっている。コスプレイヤーたちはモデルガンや模造刀などを手にポーズを取り、それをスマホやデジカメを手にした男たちが撮影している。このあとホールでは、降魔の射手のファンミーティングが

行われる予定だ。

小久保のアクリルキーホルダーが偽物と判明して三日。あのあと光輔は、蓬町西署に偽物の件を報告した。しかしじっとしていられず、「降魔の射手のファンが集まる場所に行けば、手がかりが得られるかも」と提案し、架川とともにここに来た。

「キーホルダーはともかく、静香の空白の八時間は手詰まりですね。事件当夜、病院を出てから事故に遭うまで、どこで何をしていたのかが見えてこない」

光輔が話を変えると、架川は「ああ」と頷いた。

「静香は午前零時四十分頃、地下鉄渋谷駅に到着した電車を降りました。十分後に発車するＪＲの最終電車に乗り換え、代々木《よよぎ》の自宅に帰るつもりだったんでしょう。静香を突き落とした犯人が一緒にいたのなら、なぜそのタイミングで犯行に及んだのか。駅は混んでいたそうですし、目撃されたり捕まったりするリスクが高いですよね」

「だが、目撃者はいなかったじゃねえか」

光輔と架川は静香の事故現場を訪ね、救護に当たった駅員と、澄川というフリーターの男から話を聞いた。しかし駅員は不審者などは見ておらず、澄川も「気がついたら女の人が階段から落ちていた。短い悲鳴は聞こえたけど、他には何も見聞きしてない」と話した。防犯カメラも、人混みのせいで静香が落ちた瞬間をとらえていなかった。

「そうなんですよね」とため息をつき、光輔はスーツの胸の前で腕を組んだ。

「そもそも、静香は何を悩んでいたんでしょうね。聞き込みをしても、男を含めてトラブルの気配はなかったし」

「わからねえぞ。誰だって、秘密やら厄介ごとやらの一つや二つ抱えてるもんだ。俺らだってそうだろ」

そう言い放ち、架川は笑った。「声が大きいですよ」と光輔が咎《とが》めると、今度は架川が話を変えた。

「その後、親父《おやじ》さんの事件はどうだ？」

「折原大悟《おりはらだいご》の遺体が長野《ながの》の山中で発見されたそうです。遺体は白骨化していて、自殺か他殺かの判別はつかないとか」

抑えめの声で光輔は答え、架川は鼻を鳴らした。

「予想通りの展開だな。しめしめと思ってる野郎がいるはずだ」

「ええ。藤原《ふじわら》さんが教えてくれた、折原の他人名義の銀行口座を調べていますが、難しいですね。本庁の組対《そたい》から、情報を得られればな」

最後のワンフレーズは横を向き、独り言めかして言う。

折原大悟は元長野県警の会計課長補佐で、今年の八月に失踪《しっそう》した。折原は光輔の父・梶間《かじま》優人の知人で、歌川《うたがわ》チカ殺害事件が起きた後、「事件前に梶間とチカが言い争っているのを見た」と証言し、これが優人の逮捕の決め手となった。

しかし架川の組対時代の上官・藤原要《かなめ》からの情報で、折原は広域暴力団・鷲見《わしみ》組傘下の信濃《しなの》一家から他人名義の口座を取得し、一時は二千万円近い金を所持していたこと、折原がこの口座を使い始めたのは、歌川チカの事件発生と同時期だったことが判明した。だがその藤原こそが、架川が組対を追われる原因を作った張本人だった。架川の説得で本庁に出頭しようとした藤原だが不自然な死を遂げ、光輔と架川は敵の大きさと容赦のなさを思い知った。

　サングラス越しの視線でコスプレイヤーたちを眺め、架川は言った。

「そもそも、折原と信濃一家はどこで繋《つな》がったんだ？」

「十年前、春蘭市《しゅんらんし》郊外にあった長野県警の土地を民間に一般競争入札で払下げることになったんです。その県警側の担当者が折原で、現地を訪れるうちに信濃一家の組長・当麻《とうま》秀和《ひでかず》と関係を持ったんでしょう。信濃一家は春蘭市の繁華街に『コフレ』というクラブを持っていますが、当麻はここで度々折原をもてなしていたようです」

「コフレ？　歌川チカの勤務先じゃねえか。ちなみに長野県警の土地の入札はいつで、誰が落札した？」

　後半は口調を少し強め、架川が問う。光輔は即答した。

「入札は十年前の十一月、入札したのは暁《あかつき》リゾートという春蘭市内のリゾート開発企業です。土地の払下げと父親の事件に、関係があると思ったんでしょう?」

「ああ。調べたのか?」

「もちろん」と頷き、光輔は続けた。

「払下げられた土地は市街地から十キロほど離れた山林で、敷地面積は約二万平方メートル。落札価格は四千万円弱と格安ですが、立地を考えれば当然かと。落札された土地は、今はキャンプ場になっています。暁リゾートは規模は大きくないものの老舗《しにせ》のリゾート開発企業で、信濃一家との繋がりはなし。その他もろもろ念入りに調べましたが、不審点は見つかりませんでした」

「そうか。だが、折原と当麻の関係のきっかけは、土地の払下げで間違いない。折原が一時所持していた二千万円近い金も、当麻が絡んでいるだろう。その、コフレとかいうクラブはどうなんだ?」

「僕も気になることがあって、コフレを調べているんですが——やっぱり組対の情報が欲しいなあ」

今度は俯《うつむ》いてため息をつき、光輔は隣に聞こえるように独り言を言った。すると、架川はコスプレイヤーたちに目を向けたまま、こう応《こた》えた。

「なら策がある。藤原さんの死後、組対はメンツの入れ替えがあった。近々新顔が配属されるんだが、そいつの元上官は俺の警察学校時代の同期だ。元上官から、『力になってやってくれ』と連絡があった」

それならそうと早く言ってよ。心の中で抗議した光輔だったが、胸は弾み、期待も湧いて満面の笑みで「そうですか」と返した。

光輔が架川の「俺の点数稼ぎに協力しろ」という申し出を飲んだのは、なりすましをバラされたくないからだ。しかし同時に、架川のマル暴デカとしての経験と人脈を利用してやろうという計算もあった。

と、架川の視線に気づき、光輔は振り返って「どうかしました？」と訊ねた。架川は「どうもしねえよ」と顔を背けたが、何か言いたげだ。同じようなやり取りはこれまでにも何度かあり気にはなるものの、光輔は深く追及せずにやり過ごしている。

沈黙が流れ、それを破るようにばたばたという足音が近づいて来た。光輔が振り向こうとした矢先、

「もうすぐ開場だよ」

という声がして、愛理が顔を出した。今日も制服姿で、肩にスクールバッグをかけている。

「なんでお前が来るんだよ。学校は？」

顔を険しくした架川に、愛理は平然と返した。

「萌衣ちゃんに聞いたの。それに今日は土曜日。部活の帰りだよ」

「萌衣ちゃん？……お前か？」

後半は光輔を睨《にら》み、架川は問う。ちょっと怯《ひる》み、光輔は答えた。

「捜査状況を訊《き》かれたので、説明したんですよ。何か思い出すかもしれないでしょう」

ちっ、と舌打ちして、架川は広場を見た。光輔も倣う。コスプレイヤーと男たちが撮影をやめ、ホールに歩いて行く。他にも駅方向からファンミーティングの参加者と思《おぼ》しき若者たちが、続々と広場に入って来るのが見えた。腕時計を覗《のぞ》くと、確かに開場時刻の午後一時半だ。

「聞き込みしましょう。愛理ちゃんも手伝ってくれる？　このキーホルダーを持ってる人を見つけたら教えて。本物と見間違えないようにね」

偽物の写真を見せて告げると愛理は、「はい」と目を輝かせたが、架川は「おい」と軽く脚を蹴《け》ってきた。光輔が「余計なことをされるよりいいでしょう」と囁《ささや》くと、架川はぶすっとしながらも黙った。

広場を進み、光輔と架川は若者たちに声をかけて話を聞いた。愛理もホールに向かう人波に目をこらしている。

結果、アクリルキーホルダーを持っている若者は大勢いた。しかしどれも本物で、偽物については数人が「見たことがある」「友だちが持ってる」と答えたが、入手先を訊ねると、「通販サイト」「フリマアプリ」と言われた。ネットでの入手経路は蓬町西署が迫っているが、なかなか販売元に辿《たど》り着けないようだ。

　開演時間が近づき、若者たちの数が減った。と、架川が寄って来た。

「収穫なしだ。そっちは？」

「ダメです」

　光輔がそう答えた時、またばたばたと足音がした。

「あれ、違う？」

　駆け寄って来た愛理は言い、片手で架川の腕を引っ張り、もう片方の手で後方を指した。架川と光輔が指された方を見ると、女がいた。パーカーにショートパンツ、ニーハイソックスという格好で、明らかに十代。体に斜めがけにした黒いバッグに降魔の射手のキャラクターの缶バッジをずらりと並べ、ショルダーの付け根には光矢のものと思しきアクリルキーホルダーを提げている。光輔は「ちょっと」と言って女に駆け寄った。架川と愛理も続く。

　スマホで通話しながら小走りでホールに向かっていた女は、光輔を見て足を速めようとした。しかし警察手帳を見せると、渋々ながらも立ち止まって電話を切った。その間に光輔と架川は、身をかがめて女のアクリルキーホルダーを確認した。ちゃちな金具、薄い色。間違いなく、小久保が持っていたのと同じ偽物だ。顔を上げ、光輔は訊《たず》ねた。

「このキーホルダーは、どこで買ったの？」

「アニメのイベント。先月、横浜《よこはま》のアトランティコホールでやったやつ」

「売った人を覚えてる？　店の名前とか顔とか、なんでもいいよ」

極力明るく訊ねたつもりだが、女は赤い口紅で飾られた口を引き結んだ。そこにずい、と架川が身を乗り出して来て問うた。

「お前。それが偽物だと承知で買ったのか？」

ひっ、と小さな悲鳴を漏らし、女は顔を引きつらせて後ずさった。「気にしないで」と取りなそうとした光輔にも警戒と恐れの眼差《まなざ》しを向け、女は身を硬くした。

「大丈夫。悪いやつを捕まえたいだけなの」

ふいに、愛理が進み出て来た。自分と同年代、しかもセーラー服姿の女子の登場に、女が目を見開く。すかさず、愛理は続けた。

「あなたがそのキーホルダーを持っててくれて、すごく助かった。売った人のことを教えてくれると、もっと助かるんだけど。お願い」

人なつっこい笑顔で捲《まく》し立てられ、女は戸惑ったように目を瞬《しばたた》かせた。沈黙の後、こう答えた。

「若い男の人。二十代とか？　顔は覚えてないし、店の名前も知らない。でも、他にも偽物のグッズを売ってて、みんな買ってた」

最後のワンフレーズは言い訳がましく言い、「もういい？　遅れちゃう」と続けた。光輔が「いいよ。ありがとう」と告げると、女はダッシュでホールに向かった。その背中を見送っている愛理に、光輔は言った。

「助かったよ、ありがとう。目がいいんだね」

「街や電車の中で、人を観察するのが趣味なの。それに、あの子は悪い人じゃない気がした」

笑顔で誇らしげに、愛理は返した。

「ものだけじゃなく、人を見る目の力もあるんだ。きっといい作家になるよ」

光輔の話をふんふんと聞いていた愛理だったが、「いい作家になる」と聞いたとたん、「本当に⁉」と顔を輝かせた。

「ガキをおだてるんじゃねえよ」

仏頂面の架川にまた蹴られそうになったので、光輔は話を変えた。

「収穫ありですね。偽物を売っていたのは、二十代の男。小久保の所持品以外にもグッズを販売し、みんなが買っていたのならプロの常習犯です」

「だな」と架川が頷《うなず》き、愛理も「そうか」と感心したように頷く。光輔が先を続けようとすると、架川は言った。

「それなら、やり方は一つ。突《つ》き上《あ》げ捜査だ。偽物のグッズを持ってるやつに片っ端から声をかけ、小久保のキーホルダーを売った業者を突き止める。突き上げ捜査は、組対が違法薬物の摘発《てきはつ》で使う手だ。末端の薬物使用者に聞き込みをして売人を炙《あぶ》り出し、背後の組織を一網打尽《いちもうだじん》にする」

肩を怒らせ、睨みも利かせて語る架川だが、刑事なら誰でも知っていることだ。愛理に説明したんだなと光輔は悟った。説明を聞いた愛理は、わくわくとした顔で架川を見上げている。

8

トングで肉片をつまみ上げ、光輔は言った。

「愛理ちゃん。カルビが焼けたよ」

「はい」

口を動かしながら愛理が皿を差し出して来たので、光輔は肉片を載せた。二人の間のテーブルにはロースターが据えられ、焼き網の上でカルビやロース、タン塩などが煙を上げている。

「お前はそれでも女子高生か。パンケーキだのタピオカだの、もっとそれらしい食い物があるだろう」

愛理を見て、架川がぼやいた。光輔の隣でキムチとナムルをつまみに、ビールを飲んでいる。割り箸《ばし》でつまんだカルビを口に運ぶ手を止め、愛理は返した。

「だってパパ、『メシ』って言ったじゃない。パンケーキやタピオカはおやつだよ」

「屁理屈《へりくつ》言いやがって、この――」

「愛理ちゃん。タン塩も食べ頃だよ。架川さんは、ビールのお代わりを頼みますか？」

光輔が割り込むと、愛理は焼き網の上のタン塩に箸を伸ばし、架川はグラスのビールを飲み干してテーブルにどん、と置いた。光輔は手を上げ、店員を呼んだ。

今後は突き上げ捜査でいくと決めてから、架川は「引き揚げてメシでも食うか」と言った。すると愛理が「焼肉がいい！」と声を上げ、光輔は「では、親子水入らずということで」と立ち去ろうとしたが、またもや架川に腕を摑《つか》まれ引き留められた。仕方なく、光輔は二人をセダンに乗せてここ、新宿《しんじゅく》の焼肉店に来た。午後三時過ぎだが、店内は家族連れなどで賑《にぎ》わっている。

「それ、かわいいね。何かのキャラクター？」

光輔が訊ねると、愛理は座席の傍らに置いたスクールバッグを見た。ショルダーの付け根に、ペンギンらしきイラストが描かれたアクリルキーホルダーがぶら下がっている。

「ううん。萌衣ちゃんが、『もらいものだけど、私とお揃いだよ』ってくれたの。話すようになったら、意外と気が合うってわかったんだ。好きなアイドルが同じで……このグループなんだけど」

目を輝かせて語り、スマホを出して画面をこちらにかざした。表示されているのは、五、六人ほどの若い男たちだ。すると架川が、

「揃いも揃って、ひょろひょろじゃねえか。お前、男の趣味が悪いな」

と言い放って顔をしかめた。たちまち、愛理も顔を険しくしてスマホを引っ込めた。

「ほっといてよ。男の趣味が悪いのは、ママに似たのかもね」

挑むように返され、架川は反論しようとした。すると、愛理はさらに言った。

「その『お前』っていうの、やめてくれる？　ママにも嫌がられてたよね」

「うるせえな。じゃあ、お前さんだ。なら文句ねえだろ」

子どもっぽく言い返し、架川は顎《あご》を上げた。

お前さんって、落語かよ。脱力し、光輔はグラスのウーロン茶を口に運んだ。憤慨するだろうと愛理を窺《うかが》ったが、納得した様子で焼肉を食べている。呆《あき》れるのと同時におかしくなり、光輔はさらにウーロン茶を飲んで笑いを押し殺した。

二時間ほどで食事を終え、焼肉店を出た。再び三人でセダンに乗ったが、ビールをがぶ飲みした架川は、「酔った」と告げて後部座席に寝転んだ。光輔は愛理を助手席

に乗せた。

　セダンを走らせながら、光輔は部活や授業のことなどを訊《たず》ね、愛理は嬉《うれ》しそうに答えた。しばらくすると話が一段落したので、光輔は架川がいびきをかいて寝ているのを確認し、訊ねた。

「愛理ちゃん。ひょっとしてパパに話したいことがある？」

　光輔の頭に、病室を訪ねた時の萌衣の戸惑ったような顔と、愛理が語った「本当に刑事さんを連れて来てくれるとは思わなかった」という萌衣の発言が蘇《よみがえ》る。

　はっとして振り向く気配があったが、愛理は何も言わない。ハンドルを握って前を向いたまま、光輔は続けた。

「もちろん、萌衣ちゃんを助けたいっていうのは本当だと思うよ。でも、署に来た目的は他にもある気がするな。ママに何かあった？」

「ううん」

　首を横に振り、愛理は答えた。光輔が黙ると、愛理は話しだした。

「ママじゃなく、パパ。異動になったでしょ？　今の職場は前ほど忙しくなさそうだし、ちゃんと家に帰って来られそうだから、どうかなあって」

「何が？」

「パパとママと、また一緒に暮らせないかなと思ったの。パパの異動をママは『頭を冷やすいい機会』とか言ってたけど、心配してるみたい。パパだって、前とは変わったでしょ？」

振り向いて身を乗り出し、愛理は訊ねた。要は、両親によりを戻して欲しいということらしい。

「どうかな。僕は前の職場でのパパを知らないから」

曖昧《あいまい》に返そうとした光輔だったが、愛理の眼差《まなざ》しの必死さに気づき、さらに言った。

「でも、異動ぐらいじゃパパは変わらないんじゃないかな。自分はこれだってスタイルを持ってて、周りを巻き込んで変えちゃうタイプでしょ。そういうところを愛理ちゃんは好きで、カッコいいと思ってるんじゃない？」

「うん」と首を大きく縦に振り、愛理は声を弾ませた。

「蓮見さん、よくわかるね。ひょっとして、パパに巻き込まれた？」

思わぬ問い返しに、光輔は言葉に詰まった。とっさに「いや」と返し、ちょっと考えてからこう付け足した。

「僕は架川さんの相棒だからね」

「ふうん」

相づちを打って身を引いた愛理だが、いまいちよくわかっていない様子だ。

光輔の頭に父・優人の笑顔が浮かんだ。優人も自分のスタイルを持つ人で、光輔はそれに憧《あこが》れて刑事を夢見るようになった。しかし優人は何かを変えようとして逆に巻き込まれ、無実の罪を着せられてしまったのかもしれない。

間もなく、目黒《めぐろ》区内の愛理の自宅近くの駅に着いた。光輔は自宅まで送ると言ったが、愛理は「まだ早いし、買い物があるから」と告げてセダンを降りた。

次は架川だと振り向いて声をかけようとすると、後ろから声がした。

「えらく盛り上がってたじゃねえか」

驚き、光輔は振り返った。後部座席の架川がむっくりと起き上がる。

「起きてたんですか？」

「言っておくが、家に帰りたくなくて帰らなかった訳じゃねえぞ」

嚙《か》み付くように言ってから真顔に戻り、架川はこう続けた。

「刑事《デカ》ってのは、人の悪い面ばかりに触れる仕事だからな。そういうものを抜くための時間が必要だったんだ」

「それ、元奥さんや愛理ちゃんに言いました？　照れ臭いのはわかりますけど、ちゃんと伝えれば、今からでも」

「大きなお世話だ……おい、停めろ」

架川は告げ、窓の外を見た。光輔は「でも」と戸惑ったが、「いいから停めろ。飲み直す」と言われ、セダンを通りの脇に寄せて停めた。

「飲み過ぎないで下さいよ」

光輔は、ドアを開けてセダンを降りる背中に告げた。しかし架川は何も応《こた》えず、歩道を歩き去った。

9

その後も光輔と架川は、アニメ関係のイベントやライブ、展覧会などの会場に足を運んだ。そこで手分けをして、偽物と思《おぼ》しきグッズを持っている者に声をかけて話を聞いた。結果、複数の業者が浮上し、年齢や性別でふるいにかけたところ、「細身で黒っぽい服を着た二十代の男」が残った。

突き上げ捜査を始めてから十日。光輔と架川は品川《しながわ》区の天王洲《てんのうず》にいた。運河に面した一画にオフィスと商業施設のビルがあり、その中の劇場で、降魔の射手のミュージカルが上演されるのだ。

「さすがに、ここで商売する度胸はねえか」

架川は言い、薄茶色のサングラスのレンズ越しに周囲を眺めた。

「警備員がうろうろしてますからね」

光輔も言い、視線を巡らせた。

光輔たちの前に、劇場の入っているビルの前の広場がある。ビルには飲食店やホテルなども入っていて、祝日の今日は大勢の人が行き来している。その中には、一時間後に開演するミュージカルの客と思しき若者もいるが、広場にグッズを売る者の姿はない。

と、後ろからばたばたという足音が近づいて来た。

「向こうに一人いるよ」

そう告げて、愛理が光輔たちの前に回り込んだ。今日は私服で、ロングカーディガンにジーンズ、バッグを斜めがけにするという軽装だ。顔をしかめて何か言おうとした架川を、愛理は、

「早く行かないと逃げちゃうよ」

と急《せ》かし、身を翻して来た道を戻りだした。まず光輔が続き、しかめっ面のまま架川も歩きだす。なし崩し的に、休日には愛理も捜査に加わるようになった。

愛理は広場を出て、通りを進んだ。と、東京モノレールの駅の出入口の脇に男がいた。歩道の端に折りたたみ式の椅子を置き、その上に蓋《ふた》を開けたアタッシェケースを載せている。近づいて行くと、アタッシェケースの中に並んだ降魔の射手の缶バッジやマスコット人形などが見え、それを向かいに立った若いカップルが眺めている。

光輔が声をかけようとした矢先、男は「もうお終《しま》い」とカップルに告げ、アタッシェケースの蓋を閉じた。慌てた様子で、椅子もたたみだす。四十過ぎと思しき男の目は、光輔ではなく後ろの架川を見ている。視線に気づいたのか、架川は進み出て「おい」と声をかけた。とたんに男は、アタッシェケースと椅子を抱えて駆けだした。歩道を横切り、空車のタクシーを停めて転がり込むようにして乗った。

「逃げ慣れてますね」

走り去るタクシーを見て、光輔は言った。偽物を売る業者には、イベントなどに堂々と出店している者もいれば、今の男のように、路上でこそこそと商売をしている者もいる。

「架川さんを、ショバ代を徴収《ちょうしゅう》に来た地回りのやくざだと思ったのかもしれませんね」

光輔はそう続け、ダークグレーのダブルスーツにエナメルの黒革靴という格好の架川を見た。

「でも、カッコいいけどね」

フォローするように微笑みかける愛理を横目で睨《にら》み、架川は返した。

「どのみちあいつは、ホシとは歳が合わねえ……おい。ちょっといいか？」

そう声をかけられ、カップルは振り向いた。架川が光輔を見て、「お前がやれ」と言うように顎《あご》を動かす。光輔は笑顔でカップルに向き直った。

「ミュージカルを見に来たのかな？　すぐに済むので、話を聞かせて下さい」

光輔がかざした警察手帳を見て女は戸惑い顔をしたが、男は好奇心で目を輝かせている。光輔は二人に、偽物のアクリルキーホルダーの写真を見せた。

「これを知らない？　偽物なんだけど」

「限定販売のアクキーですね。偽物は結構出回ってるからなあ……知ってる？」

男が言い、厚みのあるメガネのレンズ越しに隣を見る。顔の両脇に髪を垂らした女は、一瞬躊躇《ちゅうちょ》してから答えた。

「これと同じかどうかはわからないけど、売ってるのは見た」

「どこで⁉」

光輔と架川、愛理に声を揃えて問われ、女は驚いて口をつぐむ。光輔は「ごめんね。どこで見たの？」と訊《き》き直し、架川は「下がってろ」と愛理の肩を押した。

「練馬《ねりま》の風《かぜ》が丘《おか》公園のフリーマーケット。私は咲耶のアクキーが欲しかったんだけど売り切れで、店の人に『来月また来て』って言われました」

「その人は、黒っぽい服を着た細身の二十代の男？」

さらに訊くと、女は男の陰に隠れるようにして頷《うなず》いた。光輔がジャケットのポケットからスマホを出そうとすると、

「風が丘公園のフリマ。月一回やってて、今月は今日。午後三時までだよ！　あと一時間半しかない」

と、愛理がスマホの画面を見ながら進み出て来た。

「行きましょう」

光輔は告げ、カップルに礼を言って歩きだした。「おう」と架川が返し、その脇を抜けて愛理が駆けだす。と、架川は腕を伸ばし、愛理のバッグのショルダーを摑《つか》んだ。

「お前はここまでだ。帰れ」

「何で？　私がさっきの男を見つけたから、フリマがわかったんだよ」

眉《まゆ》をひそめ、愛理は強い口調で主張した。歩み寄り、光輔も告げた。

「もちろんわかってるよ。でも、相手は犯罪者なんだ」

「遠くから見てるから。ここまで来てダメなんて、ひどい。一緒に行く」

今度は眉根を寄せ、イヤイヤをするように首を横に振って手脚も動かす。と、サングラスを外して愛理を見下ろし、架川は告げた。

「いい加減にしろ。これは遊びじゃねえ。お前が来ても、足手まといになるだけだ」

愛理が黙り、すっ、と表情が消えた。まずいと感じ、光輔は言葉を探した。すると愛理は眼差《まなざ》しを尖《とが》らせ、言い返した。

「私だって、遊びだなんて思ってない。パパの役に立ちたいと思ったのに。パパは私が邪魔なの？」

「バカ。なに言ってんだ。お前は——」

「うるさい。お前って言うな！　私のことなんか、どうでもいいくせに！」

涙声になって叫び、愛理は身を翻して走りだした。

「愛理ちゃん！」

光輔も叫んだが、愛理は瞬《また》く間に走り去った。

10

パワーウインドウのボタンを押し、架川は助手席の窓を全開にした。吹き込む風は思いのほか冷たかったが、構わず窓枠に肘《ひじ》を乗せ、頬杖《ほおづえ》をつく。

「愛理ちゃんに電話しなくていいんですか？」

運転席の光輔が訊いてきた。二人を乗せたセダンは、首都高速道路を走っている。

「黙って運転しろ。絶対三時までに、風が丘公園に着けよ」

外を見たままぶっきら棒に返すと、光輔は「はい」と応《こた》えて口をつぐんだ。

愛理が去った後、架川と光輔は劇場の近くに停めてあったセダンに乗り、天王洲を出た。さっき架川が運営団体に電話し、風が丘公園のフリーマーケットは開催中という確認を取った。

車内に沈黙が流れ、架川の胸にもやもやとしたものが湧いた。十日前にセダンの後部座席で愛理と光輔のやり取りを聞き、嬉《うれ》しく思うのと同時に愛理をいじらしく感じた。それだけに、さっき叫ばれた言葉はショックだった。

「あなたは言葉が足りない上に、センスも最悪」。頭に元妻の声が蘇《よみがえ》る。架川がどんな服を着ようが何も言わなかった元妻だが、言葉選びにはうるさかった。

渋滞に巻き込まれ、風が丘公園に着いたのは午後二時半過ぎだった。園内の駐車場にセダンを停め、広い園内を進んだ。フリーマーケットの会場は、メインの出入口の近くにある広場だった。レンガブロック敷きの地面が等間隔に区分けされ、出店スペースになっている。

会場に入ったところで光輔と別れ、架川は家族連れや若者で混雑する通路を進んだ。出店スペースには衣類がかかったハンガーラックを並べているプロの業者もいれば、地面にレジャーシートを敷いて本やCD、手作りの雑貨などを売っている市民もいる。アニメグッズを売っている者も何人かいたものの、ホシの条件には当てはまらなかった。運営団体は出店数は約二百と言っていたが、既に片付けを始めている出店者もいる。架川が焦りを覚えた時、ジャケットのポケットでスマホが鳴った。

「どうした？」

「来て下さい。体育館の前です」潜めた声で光輔が告げる。「わかった」と返して電話を切り、架川は駆けだした。

公園の脇には区民体育館があり、その前にも出店スペースが設けられている。通路の中ほどに手招きをする光輔を見つけ、架川は駆け寄った。光輔が無言で通路の向かいを指したので、架川は目を向けた。二畳ほどの出店スペースの前に、小さな男の子を連れた三十代前半の夫婦と若い男の二人組が立っている。

「間違いねえか？」

架川が問うと光輔は、

「ええ。買って確認しました。店主の特徴も、ホシと一致します」

と答え、スラックスのポケットから降魔の射手の光矢のアクリルキーホルダーを出した。受け取って見ると、確かに金具や色の具合などが、捜査資料の写真と一致する。

「よし。周りの市民を巻き込むなよ」

気を引き締め、行き交う人に目を配りながら架川は告げた。「はい」と頷き、光輔は店に向かった。

「すみません」と声をかけ、光輔は店の前の人たちを左右に分けた。一方架川も「邪魔するぞ」と告げ、アクリルキーホルダーを売る店の隣の出店スペースに入った。レジャーシートを敷いたスペースに土足で踏み入ったので、店主の若い女が抗議の声を上げる。それを無視して、架川は出店スペースの端に行って隣を見た。折りたたみ式の長机にアクリルキーホルダーが並び、その奥に男が立っている。キャップを目深にかぶっているので顔はよく見えないが、二十代で細身、黒いジャンパーにジーンズという格好だ。キャップの男の向かいに立った光輔は警察手帳をかざし、告げた。

「このキーホルダーは偽物ですね。署までご同行願えますか？」

著作権法違反の現行犯で逮捕しないのは、後から小久保の事件で取り調べをした際に、「別件逮捕だ」と追及されるのを避けるためだ。

光輔の両脇の夫婦と二人組の男が、驚いたように顔を見合わせた。しかしキャップの男は、俯《うつむ》いたまま動かない。その肩に光輔が「行きましょう」と手をかけ、架川も足を踏み出したその時、キャップの男は光輔の手を振り払って身を翻した。出店スペースの奥に走り、公園と区民体育館を隔てるネットフェンスをよじ登りだした。

「コラ！」

架川は怒鳴り、キャップの男に駆け寄った。両腕をキャップの男の胴体に回し、フェンスから引きずり下ろす。キャップの男は勢いよく地面に転がり、スニーカーを履いた足が長机にぶつかった。アクリルキーホルダーが地面に散らばる音と、女の悲鳴が架川の耳に届く。背中か腰を打ったのか、キャップの男はうめき声を漏らした。

「任意で同行を求めたのに、乱暴していいのかよ」

男の声がして、架川は振り返った。長机の前にいた夫婦の夫の方が、架川に尖った目を向けていた。さらに二人組の男は顔の前にスマホをかかげ、こちらを撮影している。その後ろの通路でも大勢の人が足を止め、こちらを見たりスマホで撮影したりしている。

「撮影はやめて下さい」

そう告げて光輔が歩み寄ると、通路の人たちはスマホを下ろした。しかし二人組のうちの一人は撮影をやめず、夫婦の夫の方も架川を睨《にら》み続けている。

「こいつは、刑事の手を振り払って逃走しようとした。公務執行妨害だ」

架川は返した。よく見ると夫婦の夫の方はいかつい顔をして、日焼けした肌にネックレスを重ねづけしている。負けじと、夫婦の夫の方は返した。

「他に捕まえなきゃいけねえやつがいるんじゃねえのか？　いいじゃねえか、キーホルダーぐらい。こっちは、偽物だと承知で買ってるんだから」

「何だと？」

売り言葉に買い言葉で返し、睨みも利かせてしまう。すかさず光輔が歩み寄って来て、「行きましょう」と囁《ささや》いた。一度はそれに従い、キャップの男を立たせようとした架川だったが、

「そうだよ。自分の金で何を買おうが、勝手だろ」

という声に手を止め、振り返った。二人組の男の一人と目が合う。小太りで白いパーカーを着ている。

「偽物を作って売るのは犯罪だ。知らないのか？」

小太りの男を見返し、架川は問うた。その眼力と威圧感に怯《ひる》み、小太りの男は丸い目を揺らした。が、隣で撮影を続けている男をチラ見すると、自信を取り戻したようにこう返した。

「買うのは犯罪じゃないでしょ。安いものだし、誰にも迷惑かけてないし」

「そうだそうだ！」

夫婦の夫の方が手を叩《たた》き、後ろの通路にも、何人か頷《うなず》く人がいた。

「バカ野郎！」

気がつくと怒鳴っていた。「やめて下さい！」と光輔に腕を引かれたが、もう止まらない。架川は向かいの人々を見据え、言った。

「アニメグッズやブランド品の偽物に、ブルーレイの海賊版、違法動画。こういうものが、暴力団やマフィアの資金源《シノギ》になるんだ。偽物を売った金が銃器や違法薬物を買う元手になり、誰かを傷付けたり、人生を滅《め》茶《ちゃ》苦《く》茶《ちゃ》にしたりするんだぞ。それでもお前らは、『キーホルダーぐらい』『勝手だろ』と言えるのか？」

問いかけたが、返事はない。構わず、架川は続けた。

「買うやつがいるから、作るやつが現れるんだ。偽物を持つことは犯罪じゃねえが、罪だ。法律だけに善悪を委《ゆだ》ねるな。最後のジャッジは、てめぇでやれ。それが人としての筋《すじ》だ」

きっぱりと告げ、向かいを見渡した。夫婦の夫の方は何か言い返そうとしたが、隣の妻に止められて口をつぐんだ。小太りの男は、気まずそうに目を伏せる。

と、通路の人たちの中で、誰かが拍手をした。「その通りだ！」という男の声もする。他にも数人が拍手をし、「いいぞ、おまわりさん」「カッコいい！」という声も上がった。

「ありがとよ」

満足して、架川は片手を上げた。決まったなと思い、胸もすいた。すると光輔に「行きますよ」と囁かれ、振り向いた。いつの間にか、光輔はキャップの男を立たせて腕を掴《つか》んでいる。

「ここは僕が片付けますから、先に行って下さい」

光輔は早口でそう告げ、架川にセダンのキーを渡した。「わかった」と返し、架川は無言で俯いているキャップの男の身柄を受け取り、その場を離れた。

11

なにが「周りの市民を巻き込むなよ」だよ。ドスと睨みまで利かせて、一席《いっせき》ぶってるし。心の中でグチってため息をつき、光輔はハンドルを握り直した。

「なんか言ったか？」

架川が言い、隣から睨んできた。「いいえ」と返し、光輔は続けた。

「署に着いたら、蓬町西署に連絡しましょう。場合によっては、小久保殺しの取り調べは向こうに任せることに——」

「殺し⁉」

突然の大声に架川が振り向き、光輔も後ろを見た。手錠をはめられ、後部座席の真ん中に座らされたキャップの男が、目を見開いている。風が丘公園を出てから約十分、ずっと無言で俯いていた。

身を乗り出し、キャップの男は問うた。

「俺は偽物を売ったから捕まったんじゃないんですか？　小久保って誰ですか？　そんなやつ知らないし、殺してもいません」

「いいから、黙ってろ」

架川は告げたが、男はさらに言った。

「本当です。信じて下さい。偽物を売ったのだって、『手伝ってくれ』って誘われたからで」

「誘われた？　誰に？」

引っかかるものを覚え、光輔はセダンを道の端に寄せて停めた。

その後の話によると、キャップの男は内沼武流《うちぬまたける》、二十八歳で千葉《ちば》にある「サニーデイ」というスーパーマーケットで働いていたという。しかし今年の夏にリストラされ、再就職先が見つからずに焦っていたところ、ネットで「ウイリー」という人物と知り合い、仕事を紹介されたそうだ。

その方法は、まずウイリーがダミーの住所と氏名で、内沼宛《あて》に一回五万円分の商品を宅配便で送る。宅配便を受け取り、商品の仕入れ代金をネット通販のギフト券で支払った内沼は中身のアクリルキーホルダーを売り、完売した旨をウイリーにメールする。すると、次の商品が送られて来るというものだ。

そこまで聞いて、光輔はスマホでサニーデイというスーパーマーケットを探し、電話をかけた。店長によると内沼が働いていたのもリストラされたのも事実で、送ってもらった内沼の写真も、後部座席の男と同じ顔だった。加えて今年四月の小久保の事件当日、内沼は昼過ぎから午後八時の閉店まで、サニーデイで働いていたという。

つまり内沼にはアリバイがあり、小久保殺しのホシではないということか。そう悟り、光輔は隣を見た。同じことを考えていたらしく、架川も光輔を見て頷く。

「『手伝ってくれ』の意味は？」

光輔は話を戻し、内沼は答えた。

「偽物を売るのは、元々ウィリーがやってたらしいんです。でも『キーホルダーはいくらでも作れるけど、売り手が足りない』って」

「いくらでも作れる？」

自分で製造してるってことか。だとしたら、それなりの設備と技術が必要だな。そう思い、光輔はポケットからさっき買ったアクリルキーホルダーを取り出した。

金具の先をつまんで顔の前にかざすと、光矢のイラストが描かれたアクリルキーホルダーは左右に揺れた。それを眺めていた光輔の頭に、ある映像が浮かんだ。十日前、焼肉店で見たペンギンのイラスト入りのアクリルキーホルダー。愛理が、「萌衣ちゃんが、『もらいものだけど、私とお揃いだよ』ってくれたの」と話していたものだ。

もらいもの？　誰に？　新たな疑問が湧いたとたん、光輔の頭の中で火花が散り、目がちかちかした。

「僕は痛風、彼はバイク事故で、ここに運び込まれました」、頭に声がして、リュックサックを肩にかけた太った男の姿が浮かんだ。静香の病院で会った荒幡欣也だ。

「今も通院してるんですけど、紺野さんはダイエットやリハビリの相談にも乗ってくれて」、荒幡はさらに語ったが、光輔はその隣にいる男に引きつけられる。

白土裕吾。バイク事故で脚を負傷し、アルミ製の杖《つえ》をついていた。そして白土の勤務先は、店舗の看板や販促グッズの製造会社。店舗の看板や販促グッズの多くには、アクリル板が使われている。

「いくらでも作れるけど、売り手が足りない」って、そういう意味か。そう閃《ひらめ》き、視界が戻りかけた刹那《せつな》、光輔の頭の中に「患者さんや同僚の方が、毎日のようにお見舞いに来て下さるんです」という萌衣の声が響き、病室のベッドに横たわる静香の姿が浮かんだ。

「そうか」

視界が戻るなり、そう呟《つぶや》き、光輔はハンドルに向き直った。「なんだ、どうした」と、耳元で架川の声がする。

「静香さんの病院に行きます。パトライトを」

早口で告げ、光輔はセダンを出した。「おう」と返し、架川はコンソールボックスを開けてパトライトを取り出し、セダンのルーフに載せた。後ろから、訳がわからないといった様子の内沼の視線を感じた。

12

パトライトを点《とも》してサイレンも鳴らし、光輔は二十分で恵比寿南病院に到着した。玄関の前にセダンを横付けし、内沼の手錠の片方を後部座席のアシストグリップに繋《つな》ぐ。近くにいた病院の警備員に声をかけ、事情を説明して内沼の見張りを頼んだ。セダンを降りた光輔と架川は玄関から院内に入り、病棟に走った。

階段で三階に上がり、まっすぐ静香の病室に向かった。奥のドアの前で立ち止まり、光輔はスライド式のドアを開けた。病室に駆け込んだがベッドには誰も寝ておらず、シーツや布団なども片付けられていた。一瞬混乱した光輔の耳に、

「部屋替えだ」

という架川の声と、身を翻し病室を出て行く足音が聞こえる。慌てて、光輔も続いた。

廊下を戻り、ナースステーションに向かった。カウンターの奥には看護師たちがいて、その中には丸山聖子の姿もあった。

「紺野静香さんは？」

カウンターに手をついて身を乗り出し、光輔は問うた。その声に驚き、丸山と看護

師たちが振り向く。

「別の部屋に移ったんです。廊下の反対側の端で――」

と、ナースステーションにリズミカルなメロディーが流れだした。患者がナースコールのボタンを押したらしく、看護師の一人が壁のパネルに歩み寄った。パネルには小さなランプが並び、脇に部屋番号と患者の名前が書き込まれている。ボタンを押した患者の部屋のランプが点る仕組みらしく、看護師はパネルの脇のスピーカーに語りかけた。

「紺野さん、どうしました？」

静香の名を聞き、光輔ははっとしてスピーカーに目を向けた。

「た、助けて！」

スピーカーから、萌衣の声が響いた。取り乱し、怯《おび》えているのがわかる。

「萌衣ちゃん！」

そう呼びかけ、光輔はナースステーションに進み入った。架川も続く。パネルに歩み寄り、さらに呼びかけようとした矢先、スピーカーからどたばたという音と、「放せ！」という男の声が流れた。そしてその声に対抗するように、

「放さない！」

という、怒りを含んだ女の声が続く。

「愛理ちゃん!?」

光輔が声を上げるのと、架川が身を翻して駆けだすのが同時だった。「警備員を呼んで下さい！」と丸山に告げ、光輔も駆けだした。

ナースステーションを出て、廊下の奥に走った。まっすぐに延びる長い廊下の両側に、病室のドアが並んでいる。端の病室までは三十メートルほどあり、その先は行き止まりで廊下はＬ字形に曲がっている。

と、前方でがらりと音がして、端の病室のドアが開いた。姿を現したのは、濃紺の長袖《ながそで》のＴシャツにジーンズ姿の男。白土裕吾だ。そしてその腰には、愛理がしがみついている。白土は病室を出ようと前のめりになってもがき、それを愛理が阻止しようとしている。

「愛理！」

走りながら架川が叫び、愛理は振り返った。白土も振り返り、焦ったように片手で腰に回された愛理の手を引き剝《は》がし、もう片方の手を振り上げて後ろに回し、愛理の顔面を殴った。「痛っ！」と声を上げ、愛理が白土の腰から手を離す。

「てめぇ！」

太い声で怒鳴り、架川は足を速めた。慌てて、白土が前方の角を曲がって廊下を走りだす。病室の前に着いた架川は、「愛理を頼む」と光輔に告げ、白土を追った。

光輔は愛理に歩み寄り、「大丈夫⁉」と声をかけた。両手で鼻を押さえ、うずくまっていた愛理だが、しっかりした声で「はい」と返した。ほっとした光輔の耳に、また架川の怒鳴り声が聞こえる。光輔は振り向き、愛理も立ち上がった。二人で角を曲がって前方を見る。

杖を持っていない白土は、脚を引きずるようにして走っている。架川はその数メートル後ろに迫っているが、廊下を行き来する人が邪魔で、思うように進めないようだ。

「警察だ。どけ！」

架川は叫び、驚いて足を止めた人たちの間を縫って走った。すぐに白土に追い付き、その肩に腕を伸ばした。しかし振り返った白土は身をよじって逃れ、廊下の脇に置かれていたワゴンを斜め後ろに押した。行く手を阻まれ、架川は急ブレーキをかけて止まった。その隙に、白土はさらに走る。光輔が廊下の奥を窺《うかが》うと、ドアが左右に開いたエレベーターが見えた。

ワゴンを押しのけ、架川は走りだした。が、エレベーターホールに辿《たど》り着いた白土は脚を押さえ、エレベーターのカゴに駆け込もうとした。焦りを覚え、光輔も廊下を駆けだす。すると前方で、

「白土ぉ！」

と太くドスの利いた声が響いた。廊下の端をダッシュする光輔の前方で、架川が床

を蹴《け》ってジャンプした。空《くう》に浮いた架川は、膝《ひざ》を折った状態で片脚を持ち上げ、膝下を前に蹴り出した。エナメルの黒革靴を履いた足が白土の背中の真ん中にヒットし、鈍く重たい音を立てる。バランスを崩した白土は、前のめりにカゴの床に倒れ込んだ。しかし両足はエレベーターホールに残っていて、そこに閉まりかけたドアがぶつかり、左右にするすると開いた。

「架川さん！」

追い付いた光輔は、カゴの前に立つ架川に駆け寄った。

「愛理は？」

真っ先に、架川はそう訊《たず》ねた。「大丈夫です」と光輔が返すと、架川はほっとしたようにカゴに入った。と、そこに警備員たちが駆け寄って来た。白土は顔を歪《ゆが》め、片手で脚を押さえている。

「あなたが静香さんを、駅の階段から突き落としたんですね。詳しいことは署で聞かせてもらいます」

光輔は告げたが、白土は何も応《こた》えない。その場を架川に任せ、光輔は廊下を戻った。

「愛理ちゃ――」

愛理は廊下の途中で立ち止まり、前を見ていた。

「パパ、超カッコいい！」

胸の前で両手を組み、愛理は声を上げた。たじろぎつつ、光輔はそのまっすぐで迷いのない眼差《まなざ》しに見入った。すると、

「愛理ちゃん、来て！」

と病室の方で声が上がった。愛理は身を翻し、光輔も続いた。廊下を戻り、病室に入った二人の前に、萌衣がいた。

「ママが」

　声を震わせて言い、萌衣はベッドを指した。その脇を抜け、光輔は室内を進んだ。何があったのか、床には椅子と白土の杖《つえ》、愛理のバッグが転がっていた。脇に行き、光輔はベッドを覗《のぞ》いた。前に来た時と同じように、人工呼吸器と点滴につながれた静香が横たわっている。しかしその目は、うっすらと開いていた。驚き、光輔は身を乗り出して問いかけた。

「静香さん。警察の者です。聞こえますか？」

　すると静香はゆっくり、かすかにだが頷《うなず》いた。

13

　署の一階のロビーに下り、架川は視線を巡らせた。

と、並んだソファの前に愛理の姿があった。書類を手に、隣に立つ年配の女と話している。歩み寄る架川の耳に、「だからここに、住所と名前を書けばいいんですよ」という愛理の声と、「ああ、そういうこと」と返す年配の女の声が聞こえた。年配の女に何かの申請用紙の書き方を訊《き》かれ、教えているようだ。二人の後ろには、別の年配の女と男が用紙を手に立っている。ついでに自分も、不明点を教わるつもりだろう。「困っている人を、放っておけないんだよね」。光輔が愛理にかけた言葉を思い出し、架川は頬が緩むのを感じた。

　足を止め再度視線を巡らせると、ロビーの隅に矢上がいた。何かの催しをやっているらしく、スマホで展示物を撮影している。架川はロビーを横切り、矢上に歩み寄った。

「課長」

　猫の絵らしきものの写真を撮りながら、「はいはい」と笑顔で振り向いた矢上だったが、架川の姿を認めるなり、真顔に戻って身構えた。

「な、なに？」

「向こうで市民が呼んでますよ。折り入って話があるとか」

　ソファの方を指して告げると、矢上は「本当に？」と視線を動かした。矢上を連れ、架川は愛理たちに歩み寄った。

「後はこの人が引き継ぎます。わからないこと、日頃の悩み、鬱憤《うっぷん》、なんでもどうぞ」

そう告げて隣を指すと、年配者たちが一斉に矢上を見た。訳がわからないといった様子ながら、矢上は作り笑顔で会釈した。

「じゃ、よろしく……行くぞ」

顎《あご》でフロアの奥を指して愛理を促し、架川は歩きだした。愛理が後に続き、残された矢上は「えっ。あの、架川くん！」と声を上げたが、あっという間に年配者たちに取り囲まれた。

愛理を連れて三階に上がり、廊下の隅にある休憩スペースに入った。壁に並んだ自販機で飲み物を買い、二人で並んでベンチに座った。

「妙にめかし込んでるな」

缶コーヒーを一口飲み、架川は言った。ペットボトルのミルクティーを口に運びかけてやめ、愛理は顔をしかめた。

「そんなことないし」

制服姿は前に署に来た時と同じだが、肩に下ろした髪の先を軽くカールさせている。

ミルクティーを飲み、愛理は話を始めた。

「昨日、静香さんが退院したの。すっかり元気になって、後遺症も残らないみたい。

萌衣ちゃんは、『落ち着いたらママと桜町中央署にお礼に行く』って言ってるけど、取りあえず報告に来た」

「そうか。礼なんかいいから、養生するように伝えろ。お前は、これからも萌衣ちゃんを支えてやれよ」

架川が返すと、愛理は「言われなくてもそうするよ」と口を尖《とが》らせた。

恵比寿南病院での騒動から、約二週間。あのあと署に連行された白土は黙秘していたが、内沼武流も逮捕されたと知ると罪を認めた。

白土は二年ほど前から早朝や休日に職場の機械で偽物のアクリルキーホルダーを作って売り、小遣い稼ぎをしていた。そして今年の四月、「東京アニメウェーブ」の会場でも商売していたが、小久保元気に「偽物だ」と見破られた。白土は小久保を丸め込もうとホールの裏に連れて行ったものの、「イベントの主催者に無断で売るのも犯罪だ」と責められ、かっとなって護身用のナイフで小久保を刺し、逃走した。

ところがその直後、白土はバイク事故を起こして恵比寿南病院に搬送された。大ケガを負った白土は意識が朦朧とする中、「もう助からない」と感じたそうだ。そこで懺悔《ざんげ》のつもりで静香に小久保殺しを告白したが、一命を取り留めてしまう。

回復した白土を静香は「自首した方がいい」と説得したが、白土はためらう。静香の説得は退院後も続き、九月末のある日、リハビリ後に赤坂《あかさか》の喫茶店に呼び出され、

「自首しないなら、私が警察に話す」と告げられた。白土は焦るが、翌日荒幡から「紺野さんがケガをして意識不明だ」と連絡が入る。思わぬ事態に安堵《あんど》する一方、白土は「紺野さんが目を覚ましたらどうしよう」と不安にかられ、見舞いを装って病院に通い、様子を確認していた。

　するとある日、架川たちが現れ、静香の事故を調べ始めた。思い詰めた白土は、静香の人工呼吸器のスイッチを切ろうとした。が、そこに愛理が入って来て、揉《も》み合いになったという流れだ。愛理のペンギンのアクリルキーホルダーは、萌衣が白土からもらったものだった。

「もう二度と、あんな無茶をするなよ。白土がナイフを持ってたら、刺されてたかもしれねえんだぞ」

　白土の腰にしがみつく愛理の姿を思い出し、架川は強い口調で告げた。また口を尖らせ、愛理が返す。

「ママにも散々叱られたし、わかってるよ。天王洲でパパたちと別れて、一旦《いったん》は家に帰ろうとしたんだよ。でも萌衣ちゃんに報告しなきゃと思って、病院に行ったの。で、玄関で萌衣ちゃんに会って一緒に病室に入ったら、白土が静香さんの人工呼吸器を切ろうとしてた。後はもう、無我夢中で——でも、静香さんは階段から突き落とされたんじゃなくて、本当に事故だったんだね」

「ああ。意識が戻った後、ちゃんと確認したから間違いない。萌衣ちゃんの誤解だった訳だが、お陰で白土の罪が明らかになった。あの子には、礼を言わなきゃならねえ」

架川の言葉に愛理は「そうだよ」と返し、自分が褒められたように胸を張った。その無邪気な姿に、架川の気持ちは和らぐ。

静香の証言によると、どうやって白土を自首させるか悩み、小久保の事件を調べたそうだ。そのせいで寝不足になり、駅の階段から足を滑らせてしまったらしい。

「白土は取り調べで、『紺野さんはもちろん、小久保さんも本当は殺したくなかった』と話したらしい。根っからの悪人はわずかで、ほとんどはごく普通の人間だ。だが人間ってのは悪いことができる機会があると、つい流されちまう。犯罪者になる可能性は、誰にでもあるってことだ」

架川が言うと、愛理は「うん」と頷いた。

「萌衣ちゃんが、『白土さんは、すごく親切にしてくれた。あれが全部ウソだなんて思えない』って言ってた。白土は悪い人じゃないけど、弱い人だったのかもね」

最後の方は独り言のようになり、愛理は俯《うつむ》いた。その横顔がひどく頼りなげに思え、架川はこのところずっと考えていたことを切り出した。

「天王洲での一件だが、俺はお前をどうでもいいなんて思ってねえぞ。お前は恩人だからな」

「恩人？」と愛理が訊き返す。「そうだ」と頷《うなず》き、架川は話を続けた。

「昔の俺は、怖いもの知らずだった。やくざ者に銃を向けられようが、ドスで斬りつけられようが何も感じなかったんだ。だがお前が生まれて、死にたくねえ、生きて家に帰りてえと思うようになった。離れて暮らすようになっても、それは変わらねえ。だからお前は、命の恩人なんだよ」

目を見て伝えたかったが照れ臭くなり、途中で前を向いてしまった。しかし愛理は話を聞き終えるまで、じっと架川を見ていた。

愛理が生まれて変わったことは、本当はもう一つある。犯罪やそれに手を染める者への怒りが強まり、許してはならないと更に感じるようになった。だからこそ、光輔と追っている敵の正体を突き止め、罰したいと思う。

「そうなんだ」

愛理は言い、にっ、と笑った。そして、

「『お前』呼びはムカつくけど、いいよ。天王洲の件は忘れる。その代わりって訳じゃないけど、今回の事件をモデルに小説を書くから。きっと面白くなるよ。白土を捕まえた時のパパは超カッコよかったし、説教動画も、学校のみんなに大評判だったから」

と続け、両手で架川の腕を摑《つか》んで身を寄せてきた。何か誤解したのか、廊下を通りかかった女の職員が、ぎょっとした顔で二人を見て行く。

「なにが『いいよ』だ。お前は一体」

言いかけた架川だったが、自分の腕にすがる愛理がとても満ち足りて幸せそうなのに気づき、「まあ、いいけどよ」と呟《つぶや》いて両手をスラックスのポケットに入れた。

説教動画とは、風が丘公園のフリーマーケットで内沼の店の客と集まった人々に語る架川を撮影したものだ。撮影者はあの日スマホを構えていた誰かで、後日それを動画投稿サイトにアップした。すると「おっしゃる通り」「正論中の正論」「偽物は作品の敵」等々のコメントが付き、同時に「この人は誰？」「服のセンスがヤバい」と話題になり、動画はすぐに削除されたが、若者を中心に一時《いっとき》盛り上がったらしい。

「ところで、今日蓮見さんは？」

急に声のトーンを変えて体を起こし、愛理は訊《たず》ねた。架川が振り向くと、愛理は廊下を見ながらそわそわと髪の乱れを整えたり、スカートの裾《すそ》を引っ張ったりしている。

「今日は非番だが、予定があるからじきに来る」

怪訝《けげん》に思いながらそう返し、架川は腕時計を覗《のぞ》いた。時刻は午後五時過ぎだ。と、閃《ひらめ》くものがあり、架川は視線を愛理に戻した。

「お前、まさかあいつに惚《ほ》れたのか？」

「はあ!?　何言ってんの?　全然違うし」と顔をしかめた愛理だが、その頬はみるみる赤く染まっていく。呆然《ぼうぜん》としてから気を取り直し、架川は告げた。

「確かにツラだけはいいが、あいつはダメだ。やめておけ」

「違うって言ってるでしょ！　それにツラだけって、ひどくない?　蓮見さんはいい人だよ。最初に会った時からすごく優しくて、私の気持ちもわかってくれて」

「それが仕事なんだよ」

「パパは違うじゃん。それに、蓮見さんは笑顔がきらきらしてて」

「バカ。なにがきらきらだ。あの笑顔は」

つい言いかけ、架川は我に返って口をつぐんだ。光輔のトレードマークとも言える笑顔だが、架川は「能面」と呼び、見る度にもやもやとした気持ちになる。笑顔を浮かべている時に限って、光輔が何かを企《たくら》んでいると感じるからだ。

横顔に愛理の怪訝そうな視線を感じ、どう説明するか架川が逡巡《しゅんじゅん》していると、

「あれ、愛理ちゃん。どうしたの?」

と言って、光輔が休憩スペースに入って来た。秋物のスーツを着て、白い歯を見せて笑っている。持っていたミルクティーを架川に押しつけ、愛理が立ち上がった。

「こんにちは。静香さんが退院したから、その報告を――」

「俺から伝えておくから、もう帰れ。日が暮れたぞ」

愛理を遮って告げ、架川は立ち上がった。休憩スペースの窓の外は既に真っ暗で、向かいのビルの明かりが見える。

「だからなに？　子どもじゃないんだから」

「いいや、子どもだ。二十歳《はたち》になろうが、三十になろうが、お前は一生俺の子どもだ」

　顔を指さして宣言し、ミルクティーを差し出す。受け取った愛理は「何それ」と騒いだが、架川は光輔を「行くぞ」と促し、廊下を歩きだした。

「またね。部活をがんばって」

　手を振って光輔も歩きだすと、愛理は諦《あきら》めた様子で階段に向かった。ほっとしたが釈然としない想いで、架川は廊下を進んだ。

「また親子ゲンカですか？」

　表情を読んだのか、光輔が訊《き》いてきた。振り返り、架川は答えた。

「やっぱりあいつは、男の趣味が悪い。最悪だ」

「『ママに似たのかもね』ですね」

　焼肉店での愛理の言葉を真似て、光輔はいたずらっぽく返した。

「ほっとけ」

　架川はそう言い返し、ついでに光輔の脚を軽く蹴《け》った。「八つ当たりはやめて下さいよ」と光輔が憤慨し、廊下を行き来する署員たちが二人を怪訝そうに見た。

14

テーブルに、ＬＩＮＥのメッセージの着信音が流れた。光輔は自分のスマホに目をやったが、画面は暗いままだ。と、また着信音がして、光輔と隣に座る架川は顔を上げた。

テーブルの向かいに座った男が、自分のスマホを見ている。しかし男はメッセージを確認せず、スマホを置いた。

「本当にもう、何がどうなってるんだか、さっぱりですよ」

酔いでまぶたが赤くなった目で光輔たちを見て、男は言った。小柄で痩《や》せた体をスーツに包み、べっ甲模様のプラスチックフレームのメガネをかけている。「だよな」と頷き、架川は話しだそうとしたが、それを遮って男は続けた。

「『違う』って言われたけど、左遷なんじゃないですかね。だって総務部から組対ですよ？　こんな人事、あり得ないでしょ。左遷ですよ、左遷」

首を突き出して訴え、また光輔たちを見る。「左遷」を連呼され我が身を再認識したのか、架川がむっとする。空になったジョッキを持ち上げ、「圭市《けいいち》、お代わり！」

と告げた。奥のカウンターの中で秋場《あきば》圭市が、「はい。テーブル二番さん、生中《なまちゅう》お代わり一丁！」と威勢よく応《こた》える。

数日前、光輔は架川に「組対の新顔と会う段取りを付けた。歳が近いらしいから、お前も来い」と言われた。そして署で愛理と別れて二時間後、光輔は架川とこの居酒屋に来た。新橋《しんばし》駅にほど近い飲み屋街にあり、サラリーマンを中心とした客で賑《にぎ》わっている。するとほどなくして、目の前の男、定村修斗《さだむらしゅうと》がやって来た。歳は二十九で、階級は巡査部長。今回の異動は寝耳に水だったらしく、挨拶《あいさつ》もそこそこに酒をあおり、グチと泣き言を言い始めた。

「普通は、本庁や所轄の刑事課から配属されるでしょう？　入庁以来ずっと事務畑の僕なんて、場違いもいいところですよ。みんなデカくてゴツくて、目つきも悪いし。この先、どうしたらいいのか」

またグチり、定村はグラスに入った濃いピンクのイチゴサワーをあおった。かつての職場を非難され腹が立ったのか、架川は「お前な」と身を乗り出した。光輔は架川の脇を突《つつ》いて止め、定村に笑顔を向けた。

「最近では暴力団も、証券取引やネットビジネスなどに進出していて、元銀行員やITベンチャーの社員を構成員に引き込んでいると聞いています。そういう動きに対抗するために、事務畑の職員を抜擢《ばってき》したんじゃないですか」

「だからって、何で僕なんですか。しかも選《よ》りに選って、第四課ですよ？　広域暴力団が相手の、バリバリのマル暴じゃないですか……やっぱり左遷なのかな。架川さん、金井《かない》さんから何か聞いていませんか？」

　後半は思い詰めた顔になり、架川を見る。金井というのが、定村の元上官で架川の警察学校の同期らしい。圭市が運んで来たビールのお代わりを引ったくるようにして受け取り、架川は返した。

「知るか。さっきから聞いてりゃ、グチグチと。そんなにイヤなら、辞めちまえ」

「それができないから、グチってるんです」

　睨《にら》みを利かせる架川にも負けず、定村は返した。すかさず、光輔は訊ねた。

「訳ありですか？　なら、僕もです。兵庫《ひょうご》県警にいたんですけど辞めて、警視庁は再採用です」

「へえ」と返し、定村は光輔をしげしげと見た。少し落ち着いたのか、イチゴサワーのグラスを置いて言う。

「大学の奨学金を還《かえ》さなきゃいけないんです。まだ三百万円以上残ってて」

「大変ですね。力になれることがあれば、何でも言って下さい。ところで、元長野県警の折原大悟の遺体が発見されたそうですね。その後、折原と信濃一家の件はどうですか？　亡くなった藤原さんから聞いていたので、気になっています」

笑顔をキープして、光輔は本題を切り出した。「ああ」と頷《うなず》いた定村だったが、はっとして顔を引き締め「捜査機密なので」と答えた。すると、架川が言った。

「組対に馴染《なじ》みたきゃ、結果を出せ。折原の件を話せば、とっておきのネタを教えてやるぞ……少し前に、特殊詐欺のグループが別のグループのアジトを襲った事件があっただろ？　原因は詐欺のカモの奪い合いってことになってるが、裏がある」

前半は重々しく、後半は声を潜めて思わせぶりに語りかける。「そうなんですか？」と定村も声を潜めて目を見開いた。頷き、架川は続ける。

「犯人側のグループは、最近売り上げが落ちていたんだろう。元締めの暴力団に『強盗をしてでも上納金を用意しろ』と脅され、商売敵を襲ったんだ。犯人側のリーダーを突いてみろ。元締めの名前をゲロするはずだ」

「なるほど。やってみます」

感心したように定村が返したので、光輔はその目を見て告げた。

「では、折原の件を」

しまったという顔をした定村だったが、架川にも威圧感溢《あふ》れる眼差《まなざ》しを向けられ、渋々答えた。

「折原の隠し口座もかつてそこにあった金も、信濃一家に与えられたもののようです。しかし折原は、未公開株絡みの投資話に乗って借金まみれになった。信濃一家に見切りを付けられた上に県警の捜査の手も迫り、失踪《しっそう》したんでしょう。ただし、信濃一家がなぜ折原に口座と金を与えたのかは、わかっていません」

「そうですか」

光輔は返し、架川に目配せをした。と、またメッセージの着信音がして、定村のスマホの画面が明るくなった。光輔は問うた。

「メッセージを確認しなくていいんですか？」

「ええ。どうせ彼女からです。すごく心配性で」

「だったら、返信した方がいいですよ。どうぞ」

そう促すと、定村は照れ臭そうに「すみません。じゃあ、ちょっと」と告げ、スマホを持って店を出て行った。息をつき、光輔がビールを飲んでいると圭市がやって来た。

「あの人も刑事ですか？　キャラが濃いですねえ」

空いたつまみの皿を下げつつ、笑う。元ヤンキーの圭市は、暴力団に入りかけたところを架川に説得されて更生し、この店で働きながら小劇団の役者をしている。架川の捜査協力者《エス》でもあり、光輔とも知り合いだ。

鼻を鳴らし、架川は串《くし》からむしり取るようにして焼き鳥を食べた。

「なにが『キャラ』だ。気色の悪いものを飲みやがって。あれでも男か？」

「甘い酒が好きなんでしょう。珍しくないですよ」

人なつこい笑顔で圭市は返したが、架川はさらに言った。

「大方、椛島《かばしま》が、『組対に新しい風を』とかなんとか言って決まった人事だな。無論、船津《ふなつ》は諸手《もろて》を挙げて賛成だ」

椛島寿夫《ひさお》警視長は、この春就任した、本庁組織犯罪対策部の部長だ。その部下の本庁組織犯罪対策部組織犯罪対策第四課課長が、船津成男《なるお》警視正だ。今年の夏、光輔と架川はこの二人こそが架川の左遷の黒幕だと突き止めたが、証拠をもみ消された。そして光輔と架川は、この二人に本庁警務部部長の有《う》働《どう》弘樹《ひろき》を加えた三人が、自分たちが追う陰謀に関わっていると踏んでいる。

圭市が立ち去り、光輔は言った。

「でも、定村さんがあのキャラでツイてましたよ。マル暴デカの知恵と引き換えに、組対の情報を聞き出せそうじゃないですか」

「そりゃそうだが」

借金があって恋人がいるなら、弱みも見つけやすいし。そう心の中で付け足し、光輔は「でしょ？」と笑いかけた。と、焼き鳥を咀嚼《そしゃく》するのをやめ、架川が光輔を見た。

「なんですか？」と訊《き》くと「別に」と顔を背け、ぼやくように「愛理のやつ、本当に趣味が悪いな」と言った。

15

スマホが振動した時、船津成男は六本木《ろっぽんぎ》のクラブにいた。

スーツのジャケットからスマホを出して画面を確認し、同席する面々に「失礼します」と告げてソファから腰を上げた。深紅のカーペットが敷かれた通路を進み、壁際のバーカウンターに向かう。スツールに腰かけ、バーテンダーに水を注文した。

広々とした店内には間隔をたっぷり取り、大きな革張りのソファと大理石のローテーブルが置かれている。ソファにはドレスや着物をまとった女と客の男が着き、酒と会話を堪能《たんのう》中だ。カウンターの向かいの壁はガラス張りで、そこに縁なしメガネをかけた船津の顔が映っていた。

飴色《あめいろ》に輝く板張りのカウンターに、ミネラルウォーターのグラスが置かれた。それを一口飲み、船津はスマホに届いたメッセージを読んだ。

画面に表示された小さな吹き出しの中には、「今夜、架川英児、蓮見光輔と会いました」とある。送信者は、藤原要亡きあと自分たちの下部《しもべ》として引き込んだ人間だ。その下部に与えた最初の仕事が、架川と蓮見の監視だ。メッセージは「今後も二人に接近できるように、段取りを付けました」と続き、船津は満足して「了解した」と返信した。

架川を所轄の刑事課に飛ばしたのが、今年の春。ところが架川は蓮見とともに、船津たちが藤原に命じてやらせたある一件を突き止めた。藤原を切り捨てることで一件はもみ消したが、架川と蓮見は性懲《しょうこ》りもなく嗅《か》ぎ回っている様子だ。我々の計画のためにも、架川と蓮見は処分する。心の中でそう呟《つぶや》き、船津は振り返った。

フロアの奥に、さっきまで船津が座っていたソファがある。そこで店の女たちと談笑している中背で小太りの男は、椛島寿夫。その隣には、大柄で彫りの深い顔立ちの有働弘樹が座っている。そして椛島と有働、女たちに囲まれるようにしてソファの中央に腰掛けているのは、船津たちの計画の中心人物だ。

顔を上げ、椛島が船津を見た。船津はカウンターからスマホを取り、「すべて計画通り」の意味で椛島に掲げて見せた。意図が伝わったらしく、椛島は口の端をかすかに上げて頷き返した。

第二話　一枚の名刺

1

杉林を抜けると、視界が開けた。矢上慶太は足を止め、風景を眺めた。山裾《やますそ》は紅葉で赤や黄色に染まり、その先に麓《ふもと》の街並みが広がっている。秋晴れの空の遠くには、新宿の高層ビル群も見えた。迷わず、矢上はジャンパーのポケットからスマホを出して写真を撮った。続けてＬＩＮＥを立ち上げ、撮った写真を妻のあづみに送る。

「こんにちは」

登山道を進む年配者のグループが、挨拶《あいさつ》してきた。

「こんにちは」

矢上も笑顔で挨拶を返す。「お気を付けて」と声をかけてグループを見送っていると、あづみから返信があった。こちらも写真で、メタルフレームのメガネをかけたあづみと、長い髪を頭の後ろで束ねた娘の美咲《みさき》、二人の手前に三毛猫のチロも写っていた。続いて、「美咲はやっとウエディングドレスが決まったって。パパが出かけちゃって、チロは寂しがってます」というメッセージも届いた。

寂しがってるのはチロだけか。矢上の胸に、もやもやとしたものが湧く。

もちろん、家族への愛情はある。だが美咲は間もなく嫁《とつ》ぎ、あづみも習い事だ近所づきあいだと忙しい。今は仕事に忙殺されている矢上だが、定年まであと五年。警視庁を退職した後に「濡《ぬ》れ落ち葉」などと言われないよう、趣味や生き甲斐《がい》を見つけなくてはならない。絵や工作など手近なことから始めたが、家に籠《こ》もってばかりになりそうで、最近はもっぱらアウトドアだ。

外は気持ちがいいけど、やっぱり俺はものを作るのが好きなんだよな。モデルならチロがいるし。そう思い、矢上は写真のチロを眺めた。きょとんとした顔で首を傾げているのがなんとも愛らしく、自然と顔がほころんだ。

と、またあづみからメッセージが届いた。「でも、イケメンにおやつをもらったからご機嫌」とある。イケメン？　誰だ？　矢上が怪訝《けげん》に思っていると、さらにメッセージが届いた。またもや写真で、茶髪の優男《やさおとこ》がチロを胸に抱き、片手に猫のおやつが入ったスティック状の袋を持っている。美咲の婚約者の石川《いしかわ》だ。

なんでこいつがいるんだ？　矢上は眉《まゆ》をひそめた。チロはすっかりくつろいだ様子で、石川の腕の中で目を細めている。すぐに石川は美咲と同じ美容師で、火曜日の今日は休みだと気づいたが、気持ちは晴れない。

すると今度は、スマホが鳴りだした。画面には「蓮見くん」とある。矢上は通話ボタンをタップして、スマホを耳に当てた。

「もしもし」

「蓮見です。柊町《ひいらぎちょう》二丁目で、遺体《ホトケ》が出ました」

落ち着いてはいるが深刻な声で、蓮見光輔が告げる。

「コロシか？」

「恐らく。休日に大変申し訳ありませんが、課長に確認をお願いしたいことがあります」

本当に申し訳がなさそうに、光輔は言った。背筋を伸ばし、矢上は身を翻した。

「わかった。すぐに向かう」

そう返して電話を切り、足早に登山道を戻り始めた。

2

山を下りて電車を乗り継ぎ、矢上は一時間半ほどで現場に到着した。柊町二丁目は桜町中央署の管区の南側に位置し、農地や雑木林が多いエリアだ。現場に通じる幹線道路脇の小《こ》径《みち》は封鎖され、立木の間に「立入禁止」の黄色いテープが渡されていた。

集まり始めた野次馬とマスコミをかき分けて前に出ると、制服姿の警察官が「お疲れ様です」とテープを持ち上げてくれた。礼を言い、矢上はテープをくぐった。雑木林に囲まれた小径を歩きだしてすぐ、向かいから光輔が駆け寄って来た。スーツ姿で両手に白手袋、足にはシューズカバーを装着している。

「お疲れ様です。現場はこの奥です」

一礼して告げ、光輔は後ろを指した。「お疲れ」と返し、矢上は光輔に手渡された白手袋とシューズカバーを装着した。並んで小径を歩きだすと、光輔は言った。

「現場はアパートの建設予定地です。作業中の業者が三時間ほど前にホトケを見つけ、通報したそうです」

「鑑識は？」

「済んでいます」

「わかった」

そう返すと、光輔は黙った。捜査は第一印象が大切で、事前に情報を得すぎるのはよくないという矢上の方針を知っているからだろう。

「登山も始めたんですか？」

問いかけられ、矢上は振り返った。光輔の大きな目が、矢上が身につけたハットとジャンパー、パンツとトレッキングシューズを見ている。どれもアウトドアブランドのもので新品、加えて大きなリュックサックも背負っている。

照れ臭くなり、矢上は首を横に振って答えた。

「そんな大層なものじゃないよ。ただの山歩き、今風に言うとトレッキングってやつ？」

「職員文化祭で見た作品といい、課長は多趣味ですね」

「いやいや。これっていうものが見つからなくて、困ってるんだよ。蓮見くんはどう？　趣味はあるの？」

照れ隠しで問い返すと、光輔は「いえ」と即答してこう続けた。

「修業中の身ですから。『仕事が趣味』と胸を張って答えられるような刑事になるのが目標です」

「そう」

百点満点の答えだな。矢上は感心し、自分が蓮見と同年代だった頃はどうだっただろうと思いを馳《は》せた。しかしすぐにそれどころではないと気づき、前を向いた。

少し歩くと広い場所に出た。雑木林が切り開かれ、土の上に伐採した幹や枝、雑草が積み上げられている。奥には木立とショベルカー、ダンプカーなども見えた。その手前に、部下の刑事たちの姿があった。何かを取り囲んで見下ろしているようだ。光輔とともに歩み寄り、矢上も足下を見た。

作業の途中で停止したと思《おぼ》しきショベルカーの前に、深さ一メートルほどの穴が堀られている。その穴の底に、白骨化した遺体があった。頭蓋骨《ずがいこつ》と頸椎《けいつい》が露《あら》わになり、体はジャケットとワイシャツ、スラックスに包まれている。穴の縁に立って合掌一礼し、矢上は問うた。

「ホトケは男か？」

「はい。頭蓋骨の大きさや形状からして、間違いないそうです。ポケットに入っていた財布から、免許証が見つかりました。氏名は楠本貴喜《くすもとたかき》。昭和五十八年生まれで、住所は渋谷区です。照会したところ、楠本には行方不明者届が出ていました。後は仁科さんから」

光輔に言われ、振り向くと仁科素子がいた。鑑識は済んだはずなのに、一人だけ残っていたのか。矢上が怪訝に思っていると仁科は会釈し、話しだした。

「検視の結果を待たないと断言はできませんが、ホトケは死後四、五年。三十代から四十代の男性で、前頭骨の中央に、銃創《じゅうそう》があります」

目を伏せたままぼそぼそと語り、穴の中の遺体の頭蓋骨を指す。矢上が身を乗り出すと、確かに額の真ん中に直径一センチほどの穴が開いている。

「あの大きさだと、凶器の銃は三十八口径か。死因はそれか？」

「恐らく。他にも頭頂骨と側頭骨、下顎骨《かがくこつ》が単純骨折し、頬骨《きょうこつ》は粉砕骨折しています。

バットやゴルフクラブなどで強打されたのでしょう……この先は専門家に」

顔を上げて口調もはきはきとしたものに変えて説明し、仁科は矢上の後ろを指した。すると、

「おう」

という低くぶっきら棒な声がした。ぎょっとして振り向いた矢上の目に、薄茶色のサングラスのレンズ越しに自分を見下ろす架川英児が映る。

「山や林の中でリンチし、拳銃《チャカ》で頭を打ち抜いてとどめを刺して埋める。典型的な暴力団の処刑スタイルです。ホトケもやくざ者でしょう。身につけているものも、いかにもです」

架川は言い、視線を穴の中の遺体に向けた。矢上も改めて遺体を見る。ジャケットとスラックスは黒無地だがワイシャツは薄紫色で、鎖骨の上には太い金のネックレスが載っていた。

「確かに」

頷《うなず》いた矢上だったが、架川が淡いグレーに黒のピンストライプのダブルスーツに黒いワイシャツ、深紅のネクタイという格好なのに気づく。そう言う架川も、「いかにも」だ。気を取り直し、矢上は顔を上げた。

「では、暴力団絡みのコロシのセンが強いということか……ところで、僕に『確認を

お願いしたいこと』って？」

問いかけながら、光輔の方に振り向く。光輔は何か答えようとしたが、それより早く眼前にジップバッグが突き出された。突き出したのは仁科で、ジップバッグの中身は長方形の紙片。シワだらけで汚れてもいるが、名刺のようだ。

「それもホトケの財布に入っていました」

なぜか少し遠慮がちな口調で、光輔が言う。「そう」と返し、矢上はジップバッグを受け取って名刺を見た。とたんにぎょっとして、「えっ⁉」と声を上げてしまう。

「矢上慶太」、名刺の中央には黒く飾り気のない文字でそう印刷されていた。

3

廊下のドアが開いた。振り返った光輔の目に、刑事課の応接室から出て来た矢上と、男の二人組が映る。一人は三十代後半、もう一人は四十代半ばだ。封筒を抱えた矢上に誘《いざな》われ、二人組は廊下を歩きだした。光輔も付いて行く。

廊下の奥のエレベーターホールまで行き、三人は足を止めた。下りのエレベーターのドアが開き、二人組が乗り込む。矢上も倣おうとしたが、四十代半ばの男に、「お気遣いなく」と言うように手を上げられ、会釈してエレベーターホールに留《とど》まった。

「お疲れ様でした」

光輔も一礼し、二人組は無言で返礼した。四十代半ばの方の男は、光輔の後ろの誰かにも頭を下げる。振り返ると、いつの間にか架川が立っていた。架川は小さく頷き返し、エレベーターのドアが閉まった。

「やれやれ」

息をつき、矢上は身を翻した。その横顔に、光輔は問いかけた。

「どうでしたか？」

「取りあえず一服《いっぷく》させて。喉《のど》が渇いちゃった」

眉根《まゆね》を寄せて訴え、矢上は廊下を戻った。光輔と架川も歩きだす。時刻は午前十時過ぎだ。

三人で休憩スペースに入った。矢上はペットボトルの緑茶を買い、振り返って「何か飲む？」と訊《き》いた。光輔は遠慮したが架川は「ブラックコーヒーを」と答え、矢上は缶コーヒーも買った。三人でベンチに腰掛け、緑茶を飲むと矢上は言った。

「組対の人っていうのは独特だよねえ。がっしりしてるし、目つきも鋭いし……スーツは普通だったけど」

最後のワンフレーズは、光輔を挟んで横に座る架川をチラ見して言う。しかし架川に見返され、慌ててこう続けた。

「同じ組対四課でも、架川くんがいたのは広域暴力団対策係で、さっきの二人は暴力犯捜査係だもんね」

「広域暴力団対策係は、主に鷲見組を担当。暴力犯捜査係は、都内の暴力団を担当しているんですよね」

光輔が問いかけると、架川は缶コーヒーを一口飲んで「ああ」と答えた。

「暴力犯捜査係は第一から第五係まであり、組対四課じゃ一番の大所帯だ。主な職務は、都内の指定暴力団事務所の視察と情報収集、エスから得た情報の分析……あの二人が来たということは、やはり昨日のホトケはやくざ者ですか？」

架川が本題を切り出し、光輔も矢上を見る。

雑木林で白骨遺体が発見されてから、一夜明けた。あの後遺体は司法解剖にかけられ、死後約五年で、死因は拳銃《けんじゅう》で撃たれたことによる頭部損傷と判明した。また、遺体と楠本貴喜の歯の治療痕《こん》を照合したところ一致した。

「架川くんの読みは正解。楠本貴喜は、仁英組《じんえいぐみ》の若中《わかちゅう》、つまり末端の構成員だった。仁英組は渋谷区に本部を持つ暴力団で、構成員は約八十名。しかし組長が逮捕され、五年前に解散してる。元構成員も大半は引退、死亡、または服役中。ということで、組対は情報は提供するが、捜査員は送れないそうだ」

「つまり、楠本殺しの捜査はこっちでやれってことですか」

不満を覚えつつ、光輔は問いかけた。すると架川がスラックスの脚を組み、無表情に答えた。

「だろうな。仁英組は、歌舞伎町《かぶきちょう》に本部を持つ広域暴力団・黒扇会《こくおうかい》の三次団体だった。だがその黒扇会も、抗争やら内ゲバやらでいまや壊滅寸前。今さら楠本殺しのホシを挙げたところで組対にメリットはなく、貴重な人員を割けねえってのは、当然の判断だ。人員を割けねえのは、桜町中央署も同じだろうけどな」

「うちも同じ？　課長、そうなんですか？」

振り返って問いかけると、矢上は決まり悪そうに「ああ」と頷いた。

「楠本殺しの捜査はするが、総動員で、とはいかない。うちは今、満作《まんさく》町の連続放火事件も抱えているからな」

「そんな」と抗議の声を上げかけた光輔を、架川は「安心しろ」と制した。

「刑事課のデカを二つのヤマに振り分けるなら、俺とお前は楠本殺しの担当になる。違うと言われても、勝手に捜査するけどな」

そう言い放ち、架川は鋭い目で矢上を見た。びくりと肩を揺らした矢上だったが、架川を見返して言った。

「架川くんと蓮見くんは、楠本殺しの担当だ。そして僕も、きみたちに加わる」

「えっ!?」

光輔は驚き、架川も怪訝《けげん》な顔になる。すると、矢上は言った。

「楠本が持っていた名刺。あれは六年前の五月に僕が渡したものだ。当時僕は大久保《おおくぼ》署にいて、わかな銀行の強盗事件を捜査していた」

「覚えています。大きな事件でしたよね」

「ああ。聞き込みで西新宿のバーに行ったんだが、楠本はそこの客だった。店を出たところで声をかけられ、『自分は仁英組の構成員だが、足を洗いたい』と言われた」

「足を洗う？　本当ですか？」

架川が身を乗り出し、矢上は頷く。

「本当だ。だが僕は捜査で手一杯で、暴追《ぼうつい》センターの電話番号を教えて名刺を渡し別れたんだ。そのあと楠本から連絡はなく、すっかり忘れていた。僕は寝る前にその日あったことをメモする習慣があるから、昨夜当時の手帳を確認して思い出したんだ」

説明しながら、矢上はスーツのジャケットのポケットから古い手帳を出して開いた。日付が振られたページには、黒いインクの几帳面《きちょうめん》な文字がぎっしりと並んでいる。それを見返し、光輔は告げた。

「最善の対応でしたし、忘れるのも仕方がないと思います」

暴追センターとは、暴力追放運動推進センターという公益法人の略称だ。各都道府県にあり、暴力団の排除や被害の相談、暴力団からの脱退者の支援などを行っている。

「だが、楠本は死ぬまでやくざ者だった。その事実が全てですよ」

架川も言い、矢上は「わかってる」と頷《うなず》いた。

「でも楠本は、死ぬまで僕の名刺を持ち続けていた。それも事実だろう？」

細い目を向けて問いかけられ、架川は黙った。光輔がかける言葉を探していると、矢上は膝《ひざ》の上に置いた封筒を開けて書類を取り出した。楠本の事件の捜査資料で、今朝光輔たちにも同じものが配られた。

矢上は捜査資料をめくり、あるページで手を止めて見入った。光輔が脇から覗《のぞ》くと、生前の楠本の写真が添付されていた。楠本は小柄だが顔はごつく、厚ぼったい奥二重の目が挑むようにこちらを見ていた。

4

エナメルの黒革靴の足を上げ、架川は後ろから運転席をどすんと蹴《け》った。

「暑すぎる。暖房を切れ」

ワインレッドのネクタイを緩めつつ命じると、ハンドルを握った光輔が振り返った。

「でも、課長が」

「いいよいいよ。もう十分暖まったから……架川くん。シートを蹴るのはやめようか。警察車両は、都民の血税で買った公用車だからね」

助手席で矢上が言う。後半は子どもに言い聞かせるような口調だ。返事はせず、架川は横を向いて窓の外を眺めた。街路樹の葉は色づき、歩道を行き交う人もコートやジャケットを身につけている。十一月に入り、最高気温が二十度を下回るようになった。

「しかし、楠本の経歴は見事だね。小学生の時に万引きで補導されたのを手始めに、ケンカにカツアゲ、集団暴走行為。挙げ句にこれだよ」

呆《あき》れたように語り、矢上は手にした捜査資料を光輔に差し出した。セダンを運転しながら、光輔がそれを覗く。

「今どき珍しいですよね。若い子のタトゥーは、よく見ますけど」

窓の外に目を向けたままの架川だが、二人が何を見ているのかはわかる。生前撮影された、楠本の刺青《いれずみ》の写真だ。楠本は左右の肩から胸、二の腕に龍《りゅう》と桜吹雪、背中に般若《はんにゃ》の面の刺青を入れていた。刺青の料金は時間で決まり、一時間で約二万円。楠本が入れたものは、総額百万円以上かかったはずだ。

休憩スペースから刑事課に戻った矢上は、部下たちに連続放火事件と楠本殺しを二班に分けて捜査すると告げた。その後、班分けが発表され、それぞれが捜査を開始した。

矢上をリーダーとする楠本殺しの捜査班は、警視庁内の楠本の資料を集め、目を通した。続いて聞き込みに着手し、架川は光輔、矢上とともに楠本の行方不明者届を出した人物に会うことになった。しかし架川が署の駐車場でいつも通りセダンの助手席に乗ろうとしたところ、光輔に視線で止められた。仕方なく助手席を矢上に譲り、後部座席に座ったのはいいが落ち着かず、しかも矢上は「今日は冷えるね」と言って暖房をフルパワーで入れた。

「最近の暴力団は、末端の構成員ほど派手な刺青を入れる傾向にある。目を付けた非行少年に『カッコいいだろ』と見せ、組に引き込むためだ」

架川が解説すると、光輔と矢上は声を揃えて「なるほど」と言った。

資料によると、楠本は死亡時三十三歳前後で独身。静岡《しずおか》県出身で両親を早くに亡くし、養護施設で育った。幼い頃から非行に走り、高校を中退してパチンコ店などで働くも長続きせず、十代の終わりに上京して仁英組に出入りし、二十一歳で組長の玉田《たまだ》昇《のぼる》の盃《さかずき》を受け、正式な構成員となった。前科は複数で、恐喝と違法薬物の売買で服役経験もある。

「暴力団は、飴《あめ》と鞭《むち》を巧妙に使い分ける。最初は飴で、よくやるのが目を付けたガキを高級焼肉店に連れて行ってメシを食わせ、組長に紹介するという手だ。しかし組に引き込んだ後は、徹底的に鞭を入れる。月に数回、四十八時間組事務所に詰める当番に、上納金や構成員集めのノルマ。嫌気が差してやめようとしたやつは『指を詰めろ』と脅し、ぼこぼこに殴る」

「マルチ商法や怪しい新興宗教みたいですね。でも、そんなやり方で縛り付けても組織は長続きしませんよね」

「やつらは先のことなんざ考えちゃいねえよ。『数は力』ってのが、やくざ者の哲学だ。内情はどうであれ、人がたくさんいりゃ華やかで上手《うま》くいってるように見えるだろ」

「ははあ。『数は力』っていうのは一理あるね」

前を向き、矢上が言う。架川が「感心してどうするんですか」と突っ込むと、「そうなんだけどさ。しかし架川くんはさすがに詳しいね。心強いよ」と笑った。

「どうも」

と返して息をつき、架川は窓を少し開けた。


午後五時過ぎに目的地に着いた。北《きた》区の隅田《すみだ》川《がわ》にほど近い一画で、狭い通り沿いに民家やビルが並んでいる。既に日は暮れ、街灯が点《とも》っていた。

セダンを降り、架川は光輔、矢上とともに古く小さなビルに向かった。建物の一階は駐車場になっており、ボディの脇に「クリーニングサービス晴天舎《せいてんしゃ》」と書かれた白く古いワンボックスカーが停まっていた。作業から帰って来たところらしく、水色の作業服を着た四、五人の男たちがワンボックスカーからモップやバケツ、業務用の掃除機などを下ろしている。光輔が手前に立つ若い男に声をかけた。

「すみません」

「はい」

明るく応《こた》え振り返った若い男だったが、光輔の隣に立つ架川の風体を見るなり、顔を強《こわ》ばらせた。他の男たちも動きを止め、その場の空気が固まる。

「いえあの、この人はそういうんじゃなく」

架川を指し慌てて説明を始めた矢上を遮り、架川は、

「桜町中央署の架川です」

と告げて警察手帳を見せた。「マジで？」と声を漏らした若い男を、他の男が突《つ》いて止める。と、ワンボックスカーの後ろから、中年男が進み出て来た。

「社長の小松崎《こまつざき》です。どうぞ」

低い声で告げ、駐車場の奥にあるドアを指す。大柄で、白髪交じりの髪を短く刈り込んでいる。

小松崎の後に続き、ドアからビルに入って階段を上がった。二階はクリーニングサービス晴天舎のオフィスで、出入口の脇の応接セットに案内された。部屋の奥には事

務机が並び、壁際には洗剤やブラシなどが並んだ棚とロッカーがある。

　事務職員らしき年配の女が架川たちにお茶を出し、小松崎もソファに座った。矢上が話しだす。

「昨日お電話した矢上です。楠本さんは残念でしたね」

「はい。どこかで無事でいてくれればと思っていたんですが」

　そう答え、小松崎は目を伏せた。年相応のシワやたるみはあるが精悍《せいかん》な顔立ちで、体も引き締まっている。と、ドアが開いてさっきの男たちがオフィスに入って来た。年配の女と挨拶《あいさつ》を交わし、手にした掃除用具をドアの脇の棚にしまう。それを見て、光輔が言った。

「こちらの会社を紹介したテレビ番組を見たことがあります。小松崎さんは、講演や本の執筆もされているとか」

「誰かの役に立てればと思って。でも、いたずらや嫌がらせもあるんですよ。僕は名刺に携帯電話の番号を載せているんですが、ネットに流出しちゃったらしくて」

　恥ずかしそうに応え、小松崎は大きくがっしりした手で頭を掻《か》いた。

「そうでしたか。警察に相談は？」

「いや。知らない番号は無視すればいいだけだし、もう慣れました」

　あっけらかんと返し、小松崎は自分の前に置かれた湯飲み茶碗《ぢゃわん》を取ってお茶を飲んだ。

　この男、小松崎実《みのる》のことは架川も知っていた。小松崎は黒扇会傘下の暴力団の構成員だったが十年ほど前に脱退し、クリーニングサービス晴天舎を設立した。オフィスビルや店舗の清掃を請け負い、元暴力団の構成員や元非行少年を積極的に雇用して更生支援をしている。

　架川は部屋の奥に視線を向けた。掃除道具を片付け終えた社員の男たちが、自分の机に着いている。そのうちの一人は作業服の上着を脱いで半袖《はんそで》になっており、腕には刺青を消した痕《あと》が残っていた。

「楠本さんとは、どこで知り合われたんですか？」

　今度は矢上が訊《たず》ね、小松崎は答えた。

「五年前の春にここを訪ねて来て、『仁英組にいるが、足を洗ってこの会社で働きたい』と言ったんです。そういう人は少なくないので、話を聞いて相談に乗りました。ご存じだと思いますが、『やめます』と言って『はい。そうですか』で済む暴力団はありません。楠本さんも『下手すれば殺されるかもしれない』と言っていましたが、運良く組長の玉田が逮捕されたんです。組の解散は確実だし、よかったなと思っていた矢先、楠本さんは姿を見せなくなり、連絡も取れなくなりました」

「おかしいですね。なぜでしょう」

光輔が問うと、小松崎は「さあ」と首を捻《ひね》った。

「そういう人も少なくないし、一人でやっていけると判断したのかなと思いました。それでも気になるし、履歴書なども受け取っていたので行方不明者届を出しました」

「そうですか」と返し、光輔は頷《うなず》いた。組んでいた脚を解《ほど》き、架川も口を開いた。

「楠本さんが足を洗いたいと思った理由を聞きましたか？」

「ええ。『勢いだけで気の利かない俺は、やくざには向いていない。他に生きる道はないと思って続けてきたが、あんたを知ってやり直せるかもと感じた』と話していました」

　小松崎の答えを聞き、架川は黙って頷いた。横顔に光輔の視線を感じる。と、再び矢上が問うた。

「最後に楠本さんに会った時のことを覚えていますか？」

「はい。五年前の六月三日です。『組長の機嫌が悪く、みんなぴりぴりしてる』と話していました。玉田という男は短気で、暴力沙汰《ざた》が絶えなかったようです。でも楠本さんは足を洗ってからの計画を楽しそうに話して、『また連絡する』と言って帰って行きました」

　そう説明し、小松崎は後ろのドアに目をやった。

「それで、連絡は？」

「ありません。それきりです」

目を伏せ、小松崎は首を横に振った。光輔も問う。

「楠本さんとの連絡手段は?」

「メールは苦手みたいで、もっぱら電話でした。シャイだけど寂しがり屋で、よくかけてきました」

そう語り、小松崎は懐かしそうに目を細めた。

それから少し話して、架川たちはクリーニングサービス晴天舎を辞した。ビルを出て、セダンに向かう。光輔がセダンのドアを解錠すると、架川は言った。

「やくざに嫌気が差したんじゃなく、向いてないから足を洗いたいってのは意外だったな」

「ええ。楠本は、冷静で客観的に物事を考えられる男だったんですね。本気でやり直したいと思っていたんでしょう」

「楠本殺害のいきさつも、予想と違ってた。組の脱退を巡るトラブルだと考えていたんだが、解散は確実だったんだろ? やくざ者は、ムダなコロシはしねえからな」

「では楠本は、組の脱退の他にもトラブルを抱えていたのかもしれませんね。僕は小松崎が気になります。楠本が姿を消したのを『そういう人も少なくない』と思いながら、行方不明者届を出した。おかしいですよね」

「ああ。やるべきことが見えたな」

架川が告げると、光輔は「はい」と頷いた。架川と光輔がセダンに乗り込もうとした矢先、矢上が口を開いた。

「なるほど。きみたちは、こうやって捜査を始めるのか。いいものを見せてもらったよ」

細い目を輝かせ、架川と光輔を交互に見て告げる。呆《あき》れて言い返そうとした架川だったが、光輔に眼差《まなざ》しで止められた。

「とんでもない。僕こそ、課長の熟練の捜査テクニックを学べるチャンスだと思っています」

笑顔とともに光輔に返され、「熟練って、やめてよ」と眉根《まゆね》を寄せた矢上だが、満更でもなさそうだ。バカバカしくなり、架川は後部座席のドアを開けてセダンに乗り込んだ。

5

矢上がシートベルトを締めると、光輔はセダンを出した。後部座席でスマホを弄《いじ》りながら、架川が言った。

「その辺の駅で降ろせ。エスと会う段取りを付けた」

「わかりました。僕は署に戻りますが、課長はどうしますか？」

光輔に問われ、矢上は「僕も署に」と答えかけてやめた。頭を巡らせ、改めて答える。

「架川くんと一緒に行くよ。いいかな？」

振り返って問いかけると、架川が顔を上げた。光輔も驚いている様子だ。

「……はい」

頷いた架川だったが、迷惑に思っているのは明らかだ。しかし矢上は、「ありがとう」と言って視線を前に戻した。

桜町中央署に配属されたいきさつといい、日頃の言動といい、架川は悩みのタネだ。だが結果は出しており、どんな捜査をするのか上司として把握する義務がある。

地下鉄南北線《なんぼくせん》の駅まで送ってもらい、矢上は架川とセダンを降りた。地下鉄を乗り継ぎ、架川は青山《あおやま》一丁目駅で降りた。街灯や店先にクリスマスの飾り付けがされた青山通りを進み、一棟のビルに入る。エレベーターで最上階の十二階に上がり、廊下を進んだ。突き当たりの黒いガラスのドアの前まで行き、架川は足を止めた。後に続いた矢上は、架川の肩越しにドアを見上げた。

『MEMBERS-ONLY』って書いてあるから、会員制？　ここはバーかなにか？」

「いや。サウナです」

「えっ」

矢上が驚いている間に、架川はドアの脇のインターフォンを押した。「はい」と女の声が応《こた》え、架川が名乗ると電子錠が解除されてドアが開いた。

間接照明で照らされた、薄暗い通路を進んだ。奥にこれまた薄暗い受付カウンターがあり、黒い制服を着た若い女がいた。架川が女と話し、矢上は周りを見た。

カウンターの向かい側に黒革張りのソファが数脚置かれ、周りに高そうなオブジェや壺《つぼ》などが飾られている。突き当たりの壁はガラス張りで、まばゆい夜景が広がっていた。

女からカードキーを受け取り、架川はさらに通路を進んだ。左右に黒く大きなドアが並び、ホテルのようだ。しんとして、他に人気《ひとけ》はない。架川はドアの一つの前で足を止め、センサーにカードキーをかざした。かちりと音がして解錠され、架川はバーを摑《つか》んでドアを開けた。

予想はしていたが、ドアの奥の部屋も薄暗かった。壁際にロッカーと金属製の椅子が置かれ、向かいに洗面台とドアがガラス張りのシャワールーム、サウナのドアがあった。

架川はロッカーの一つに歩み寄り、慣れた仕草で扉を開けた。ダブルスーツのジャケットを脱ぎ、ロッカーの中のハンガーにかける。いまいち落ち着かない気持ちで、矢上も隣のロッカーを開けた。

二人とも裸になり、腰にタオルを巻いてサウナに入った。熱気が押し寄せ、奥の大きな窓越しの夜景が目に映る。室内は広く、床と左右の壁沿いに設《しつら》えられたベンチは白木張り。ベンチとベンチの間には、サウナストーンを積み上げたストーブが置かれている。

「全部個室なんだ。すごいね。いつもこんなところに来てるの？」

ベンチに座り、室内を見回しながら矢上が訊《たず》ねた。その隣に座って胸の前で腕を組み、架川は答えた。

「たまに。俺は、エスと会うのはサウナと決めているので」

「へえ。またなんで」

矢上がさらに訊ねようとした時、ドアが開いた。姿を現したのは、年配の男。腰にタオルを巻き、ペットボトルのミネラルウォーターを持っている。

「待たせたな」

架川の顔を見て言い、年配の男は向かいのベンチに歩み寄ってどっかりと座った。恰幅《かっぷく》がよく、顔の色艶《いろつや》もいい。

「いま来たところだ。急に呼び出して悪かったな。猪口《いぐち》、今日はすごい人を連れて来たぞ。俺の上司の刑事課長だ」

ちょっと前までとは別人のような笑顔で架川は告げ、矢上を指した。ぎょろりと目を動かし、猪口という男が矢上を見る。矢上が「どうも」と会釈すると、猪口は「おお。刑事課長様か」と破顔した。目つきが鋭く威圧感もあるが、やくざ者のそれとは違う。同時に、猪口がここの会員なのだろうと矢上は悟った。

「仁英組について聞きたい。あんたは渋谷にも事務所を持っていたし、覚えてるだろ？」

さっそく架川が質問を始め、猪口は「ああ」と頷《うなず》いた。

「あそこはダメだ。組長の玉田は度胸はあるがケンカっぱやく、キレると手がつけられなかった。若頭の益永《ますなが》ってのが目端《めはし》の利くやつだったからなんとかもっていたが、俺はいずれ潰《つぶ》れるだろうと思ってたよ」

調子よく喋《しゃべ》りだした猪口に、架川は「そうか」と相づちを打った。

「じゃあ、五年前に組が解散した原因も玉田か？」

「そうだ。女房の浮気相手を半殺しにしてパクられた。そういう時はケツ持ちの上部組織が警察と話《ナシ》をつけるんだが、玉田は黒扇会と揉《も》めていたから尻尾《しっぽ》切りされたんだ」

「黒扇会と揉めてた？　何で？」

「会費、つまり上納金だよ。毎月八十万円以上を納めさせられていたらしい。玉田は黒扇会の本部長補佐の土方《ひじかた》に抗議して減額させたが、『見返りにお前のシマの一部を寄こせ』と言われた。玉田は『本末転倒だ』とキレたらしいが、後の祭りだ」

「敵も然《さ》る者ってところか。黒扇会の上納金ノルマがキツいのは有名だしな」

感心したように架川が言うと、猪口は満足げに頷いてキャップを開け、ミネラルウォーターを飲んだ。

「ところで、仁英組に楠本貴喜って若中がいたんだが聞いたことはねえか？」

額の汗を拭《ぬぐ》い、架川は問うた。しかし猪口は「知らねえなあ」と首を傾げた。

その後も猪口は昔話を延々と語り、矢上がのぼせかけた頃に「またな」と言って立ち上がった。猪口がサウナを出て行くのを待ち、架川は言った。

「十分ほどしたら出ましょう」

「わかった。あの猪口って男は、元やくざ？」

ベンチのストーブから離れた場所に移動しつつ、矢上は訊ねた。

「ええ。しかし早々に足を洗って、デリヘルを経営していました。その時の稼ぎでこの近くにビルを買い、今じゃ悠々自適ですよ」

「悠々自適なのに、エスをやってるの？」

「エスがみんな、金に困ったり後ろめたいことを抱えたりしてる訳じゃありません。

猪口は昔話がしたくて仕方がないんですよ。だが内容が内容だから、家族や近所の人にはできない。俺はそこを利用して、ネタを引き出しているんです」

「ははあ。マル暴の知恵だね。でも、ここの支払いはどうするの？」

感心しつつ、矢上はさっきから気になっていたことをぶつけた。あっさりと、架川は返した。

「猪口の奢《おご》りです。ビジターは二時間四万円で、俺には払えません」

「それはまずいよ。元とはいえ、相手はやくざでしょ」

「だから、後日こっちが奢ります。署の近くに、刺身が絶品の居酒屋があるでしょう」

「知ってるけど、あそこは腹一杯飲み食いしても一万円いかないよ。釣り合いが取れないでしょ」

不安に思い問い返すと、架川はにやりと笑った。

「チャラにしたって事実があればいいんです。やくざ者にとって大切なのは体裁とメンツで、金額をどうこういうのは無粋《ぶすい》です」

「そういうものなんだ」

納得し、矢上は架川を眺めた。胸板は厚く腹は引き締まり、とても自分と三歳違いとは思えない。

「架川くん。趣味ってなに？　筋トレとか？」

思わず訊ねた矢上を架川は怪訝《けげん》そうに見返し、答えた。

「特には。趣味とか習い事って、所詮《しょせん》は暇つぶしでしょう。俺は生きてるだけで、十分充実していますから」

「あっそう」

この根拠のない自信は、どこから来るのか。架川くんは苦手だ。今夜家に帰ったら、手帳にそう書こう。心に決め、矢上は腰を浮かせて架川から離れた。

6

同じ頃、光輔は新橋にある秋場圭市の居酒屋にいた。テーブルの向かいには、定村修斗が座っている。

「正直、半信半疑だったんですよ。でも、藁《わら》をも摑む思いでやってみたらまさかの展開で。いやホント、架川さんはすごい。大感謝です」

そう捲《まく》し立て、定村はメガネのレンズの奥にある小さな目を見開いた。

「それはよかった。架川さんが聞いたら喜びますよ。今夜は都合が悪いそうで、一緒に来られなくてすみません」

笑顔を作りつつ光輔が謝罪すると、定村は「いやいや」と言って細い首を横に振ってネクタイを緩めた。

　前回会った後、定村は架川に授けられたマル暴デカの知恵を実践し、特殊詐欺グループのリーダーを聴取して元締めの暴力団の名前を聞き出したという。よほど嬉《うれ》しかったようで、さっきからこの話ばかりを繰り返している。

「お陰で、ちょっと組対に馴染《なじ》めたみたいです。船津課長にも『よくやった』と褒めてもらえたし」

　定村はさらに捲し立てたが、この話を聞くのも三度目だ。しかし光輔は笑顔をキープし、「何よりです……イチゴサワーのお代わりは？」と言ってテーブルの上のグラスを指した。定村が「じゃあ」と頷いたので、光輔は通路を通りかかった圭市を呼び止めた。

「バナナサワーを始めたんですよ。どうですか？」

　空になったグラスを下げ、圭市が訊ねた。目を輝かせ、定村は「お願いします」と返した。バナナサワーって、架川さんがいたら絶対ケチをつけるな。そう思いながら、光輔は「僕もビールのお代わりを」と告げた。同じことを考えていたらしく、圭市は光輔に含みのある笑顔を向け、「ありがとうございます」と会釈してテーブルを離れた。

「続けて結果を出せば、完璧《かんぺき》に馴染めますよ。特殊詐欺グループの元締めの暴力団は、神群《しんぐん》会傘下の磯波《いそなみ》一家でしょう？　だったら、対立状態にある嘉嶋《かしま》興業に接触するといいですよ」

光輔が告げると、定村は「えっ。でも」と戸惑い顔になった。すかさず、光輔はこう続けた。

「敵の敵は味方。嘉嶋興業も、磯波一家を潰すチャンスだとわかっているはずです。きっとネタを提供してくれますよ」

「そうか！　蓮見さんもすごいですね。組対にいたことがあるんですか？」

「いいえ。それで、今朝お願いした件なんですけど」

首を横に振り、光輔は話を変えた。はっとして、定村は身を乗り出して声のトーンを落とした。

「小松崎実ですよね。『五年ルール』をクリアして、その後も問題は起こしていません」

五年ルールとは暴力団排除条例、通称・暴排条例により、暴力団の元構成員は脱退後も五年間は暴力団関係者とみなされ、銀行口座が開設できなかったり、携帯電話や賃貸住宅の契約が結べなかったりするというものだ。これが足かせとなり、更生に失敗する者も多い。

「ただ、小松崎の会社のクリーニングサービス晴天舎は、五年ほど前に経営不振に陥っています。資金繰りに行き詰まって不渡りを出しかけたんですが、何とか踏みとどまって持ち直したようです」

「踏みとどまったということは、資金を調達できたということですよね。どうやって？」

「そこまではちょっと。でも、暴力団対策情報室でG資料を閲覧したら小松崎のデータが残ってましたよ。蓮見さんの予想通りです。すごいですね」

感心したように言い、定村は光輔をしげしげと見た。再度「いえいえ」と返し、光輔はつまみの刺身を食べた。

暴力団対策情報室とは警視庁組織犯罪対策部組織犯罪対策第三課の附属機関で、暴力団とその関係先の膨大なデータを管理する、警視庁の組織犯罪捜査のシンクタンクだ。中でも暴力団の構成員の情報に特化しているのがG資料で、光輔も以前ある手段で閲覧したことがある。

定村も刺身をつまみ、話を続けた。

「小松崎実が足を洗う前に所属していたのは、黒扇会傘下の三矢元《みやもと》組で、今から三十年ほど前に若頭の濱松《はままつ》昇から盃《さかずき》をもらっています。しかしその後、三矢元組の組長が逮捕されて服役し、濱松は面会するために組長と養子縁組して苗字《みようじ》を変えました。その新しい苗字が、『玉田』なんです」

「濱松昇は玉田昇になったってことですか？　仁英組の元組長と同じ名前ですね」

「同一人物です。三矢元組は組長が服役中に死亡し、仁英組に吸収されました。そのタイミングで、小松崎は足を洗ったようです」

「じゃあ玉田と小松崎は、親子盃を交わした親分・子分という関係だったんですね」

驚きながらも、光輔は頭を巡らせた。日本の刑務所は、受刑者の親族または仕事上の重要な関係者、受刑者の社会復帰に必要な者、または特別な事情があると施設が認めた者以外は面会できない。そのため、受刑者に会うために養子縁組をする暴力団関係者も珍しくない。

小松崎と楠本は、時期は違うが同じ親分に仕えていた。だが小松崎は、その事実を光輔たちに伝えなかった。それどころか玉田のことを、「短気で、暴力沙《ざ》汰《た》が絶えなかったようです」と知らない人間のように話した。加えて、楠本が出入りしていたころ小松崎の会社は経営不振に陥り、謎の復活を遂げている。胸がざわめくのと同時に手応《てごた》えを覚え、光輔は圭市が運んで来たビールを飲んだ。

「お役に立てましたか？」

バナナサワーのグラスを手に定村が不安げに訊《き》いてきたので、光輔は再び笑顔を作った。

「もちろんです。もう一つの件はどうですか？」

「よかった……折原大悟の件ですね。生前折原は、春蘭市の『コフレ』というクラブの常連でした。で、蓮見さんの読み通り、コフレのバックには信濃一家がいました。よくわかりましたね」

定村にまじまじと見られたので、光輔は「ただのカンですよ」とごまかし、「いま、コフレという店は？」と先を促した。頷《うなず》き、定村は答えた。

「営業しています。ママは二代目で、田並史江《たなみふみえ》という三十九歳の女です」

やはりそうか。光輔の頭に今年の夏、G資料を閲覧した際に得た情報が蘇《よみがえ》り、いまの定村の話と結びついた。さらに手応えを覚え、光輔は「また何かわかったら教えて下さい」と念押しした。頷こうとした定村だったが、急に手を上げて「こっちこっち」と言った。光輔が振り向くと、女がひとり店に入って来るところだった。

「いらっしゃい！　お待ち合わせですね。こちらにどうぞ」

素早く駆け寄った圭市に案内され、女は通路を進んだ。光輔たちは立ち上がり、女を出迎えた。前髪を額の真ん中で分けたショートボブで、中肉中背。地味なニットとスカート姿でハーフコートとバッグを抱えている。女が自分の隣の椅子に荷物を置き、圭市が立ち去るのを待って定村は言った。

「秋吉玲未《あきよしれみ》さんです。こちらは、蓮見光輔さん」

「はじめまして、桜町中央署の蓮見です。お会いできて嬉しいです。定村さんからお話を聞いているうちに、どんな方か興味が湧いちゃって」

後半は言葉を砕けさせ、光輔はぺこりと一礼した。サイドの髪を手で押さえつつ、玲未も頭を下げる。

「秋吉です——やだ。何の話をしたの？」

恥ずかしそうに問い、玲未は隣を見た。定村は慌てて「普通のことだよ。どこで知り合ったとか、付き合い始めてどれぐらいかとか」と返し、「ですよね？」と光輔を見た。光輔は笑い、「ええ」と返した。

前回定村に会った時、光輔は「恋人がいるなら、弱みも見つけやすい」と感じた。そこで玲未の経歴を調べ、定村と連絡を取るのと並行して情報を集めた。秋吉玲未は本庁の総務部所属の二十九歳、階級は巡査長だ。山形《やまがた》県出身で、元同僚の定村と付き合い始めて三年になる。定村曰《いわ》く、「結婚は奨学金の完済後というのは彼女も納得してくれているけど、組対への異動は想定外で動揺してる」そうだ。

着席して玲未が飲み物とつまみをオーダーし、改めて三人で向き合った。

「私も定村さんからお話を伺っています。蓮見さんと架川さんに相談に乗っていただいたお陰で、組対でも何とかやっていけそうだって」

手を拭《ふ》いたおしぼりをたたみ直してビニール袋の上に置き、玲未は言った。光輔は言葉を返そうとしたが、それより早く定村が告げた。

「やっていけそうとは言ってないよ。取りあえず居場所を確保できたってだけ。そもそも、組対に長居する気はないし」

「わかってるけど」

困惑し、玲未はサイドの髪を耳の後ろにかけた。美人ではないが、ちょっとした仕草や表情がたおやかで目を引かれる。

「組対は特殊ですからね。でも、思っているほど危険じゃないですよ。暴力団は力を失ってるし、警察官に乱暴したらどうなるかわかってますから。刑事課の方が何倍も身の危険にさらされています」

最後のワンフレーズは冗談めかし、光輔は言った。「確かに」と定村は納得し、玲未も頷いて笑った。場が和んだところに玲未のビールが運ばれて来たので乾杯し、光輔はさらに言った。

「大学の奨学金って、大変なんですね。定村さんが結婚は完済してから、と考えるのも無理はないなと思いました」

「ええ。うちの両親は、結婚して実家の農業を手伝ってくれれば奨学金を払ってもいいと言ってるんですけど」

そう玲未が告げると、定村は顔をしかめた。

「それは断っただろ。組対はイヤだけど、警察にはいたいんだよ」

「だったら、再採用で山形県警に入り直すのはどうですか？　副業の申請をして許可を得れば、農業を手伝えますよ」

光輔の提案に定村は「え〜っ」と抗議の声を上げ、玲未も「ええ」と頷いたが明らかに乗り気ではない。すかさず、光輔は続けた。

「再採用だと待遇が心配ですか？　なら、大丈夫ですよ。僕は兵庫県警を辞めて再採用で警視庁に入りましたけど、不満を感じたことはありません。むしろ、環境が変わって能力を発揮できるようになりました」

「へえ」

静かに短く返した玲未だったが表情は真剣で、目の輝きも増している。

予想通り、玲未にとって定村との結婚は重要な問題のようだ。約四万人いる警視庁の警察官で、女性が占める割合は十パーセントほど。そのうちの八割が職場結婚をすると、光輔は噂で聞いたことがある。

定村が「できれば東京で働きたいんです」と主張したのでその話はお終《しま》いになり、世間話や噂話になった。その後一時間ほどで定村たちと別れた光輔だったが、成果は十分だと感じた。

7

翌朝、捜査会議が開かれた。会議室は連続放火事件の班が使っているので、架川たちは刑事課の室内に置かれた打ち合わせ用のテーブルを使った。

矢上の司会進行の下、刑事たちが捜査状況を報告した。架川は昨夜猪口から得た情報を報告し、続いて光輔の番になった。光輔はテーブルの奥に置かれたホワイトボードの前に立ち、報告を始める。それを聞いていた架川だったが、強い違和感を覚えた。

間もなく、光輔は報告を終えて席に戻った。隣に身を乗り出し、架川が光輔に囁《ささや》きかけようとした矢先、スーツのジャケットのポケットでスマホが振動した。取り出して見ると、定村からＬＩＮＥのメッセージが届いていた。「昨夜はお目にかかれず残念でした。代わりに蓮見さんから新たな捜査テクを教えていただき感謝です！　今後ともよろしくお願いします」とある。

やっぱりか。架川は思い、同時に腹立たしさを覚えた。横目で光輔を睨《にら》んだが、素知らぬ顔で矢上の話を聞いている。

捜査会議が終わり、刑事たちはそれぞれの持ち場に向かった。矢上が「先に行ってて」と言うので、架川は光輔と署屋を出た。駐車場のセダンの前まで行き、架川はスマホを突き出して言った。

「定村と会ったな。聞いてねえぞ」

「今朝話そうと思ってたんですよ。でも架川さんは、会議が始まる直前まで来なかったから」

スマホの画面を一瞥《いちべつ》し、光輔は笑って応《こた》えた。

「さっきの報告も『組対の関係者から聞いた』と言っていたが、定村に調べさせたな。やつはネタ元ではあるが、同期から『力になってやってくれ』と託されてもいるんだ。ヤバい橋を渡らせるようなことをするな」

「わかってますよ。ちゃんと足が付かないようにレクチャーしてるし、見返りも渡しています」

「見返り？『新たな捜査テク』か。何を教えた？」

スマホをポケットに戻し架川が問うと、光輔は即答した。

「敵の敵は味方。特殊詐欺グループの元締めの情報を、敵対関係にある組織から聞き出せと教えました」

「俺がお前に教えた手じゃねえか。てめえ、どういうつもりだ？」

怒りが湧き、架川は歩み寄って光輔を睨んだ。「すみません」と頭を下げた光輔だったが、「でも」と言ってこう返した。

「僕は架川さんの代わりに教えたつもりです。相棒なんだし、結果が伴えばいいじゃないですか」

「そういう問題じゃねえんだよ」

顔を突き出してすごむと、光輔は「降参」の意思表示のように両手を上げて笑った。

「だから、すみませんって。それに折原大悟の件の情報も得ましたよ。あと、定村の彼女にも会って」

「彼女だと？　お前ってやつは――そもそも、その顔だ。能面みてぇなツラで笑いやがって。それで何でもごまかせると思ってるんだろ。ふざけんな」

そう捲《まく》し立て、架川は光輔の首に腕を回して絞め上げた。眉間《みけん》にシワを寄せ、「苦しい！　すみませんって言ってるのに」と騒ぐ光輔だったが、笑顔は崩さない。怒りにもどかしさも加わり、架川は「うるせえ！」と言って空いている方の手で光輔の頭を叩《たた》いた。何ごとかと、駐車場にいる署員たちが振り向く。すると、

「ちょっと、何やってんの！」

といううろたえまくった声がして、矢上が駆け寄って来た。

一時間ほどで、架川たちが乗ったセダンはクリーニングサービス晴天舎に着いた。事前に連絡をしておいたので、社員たちは作業に出ていたが、小松崎は二階のオフィ

スにいた。

向かい合ってソファに座ると、矢上は昨日の捜査でわかったことを告げた。聞き終えた小松崎は、神妙な顔で頭を下げた。

「すみません。玉田との関係はお話ししなくてはと思ったんです。でも過去のことだし、つい」

「隠したところでバレますし、状況はさらに悪くなります。おわかりですね？」

光輔が問いかけると、小松崎は「はい」と答えてうなだれた。

「楠本はあんたと玉田の関係を知った上で、ここを訪ねて来たんじゃねえのか？」

架川は問い、光輔と矢上が振り向く。ここに来る車中、架川は横を向いてひと言も喋《しゃべ》らなかった。頷《うなず》き、小松崎は返した。

「その通りです。楠本さんが組事務所で僕を取材したテレビ番組を見ていたら、現れた玉田に『そいつは裏切り者だ。くだらねえものを見るな』と殴られたそうです。でも楠本さんは、『それで足を洗う決心がついた』と話していました」

納得し、架川は頷いた。光輔が話を変える。

「五年前の経営危機についてはどうでしょう。不渡りを回避したそうですが、資金の調達方法は？　ひょっとして、玉田から借りたんじゃないですか？」

「いや」

首を横に振って何か答えようとした小松崎を遮り、光輔はさらに言った。

「あの頃、玉田は上納金を巡って黒扇会と揉《も》めていました。そんな時にあなたが取材されたテレビを見て、玉田はあなたのことを調べたんでしょう。で、会社の経営状況を知り、弱みを握るつもりで『金を貸してやる』と連絡した。追い込まれていたあなたは玉田の申し出を受けてしまい、それを知った楠本さんは、あなたを責めた……違いますか？」

淡々と語り、最後のワンフレーズで眼差《まなざ》しを鋭くして小松崎の顔を覗《のぞ》く。小松崎が絶句し、架川と矢上も呆気《あっけ》に取られて光輔を見た。

ここに来る途中、別の刑事から「経営危機の際、小松崎は銀行などから資金を調達しようとしたが断られた」という情報が入った。それは架川も聞いていたのだが、光輔がこんな風に考えを巡らせていたとは思わなかった。

観念したように息をつき、小松崎は言った。

「その通りです。玉田から連絡があり、罠《わな》だとわかりながら五百万円借りてしまいました。しかし、楠本さんに責められたというのは違います。むしろ彼は、『あの時、俺が事務所なんかでテレビを見てなかったら』と自分を責めていました」

「本当です」と付け加え、小松崎は架川たちを見た。すると光輔は、

「ふうん」

と呟《つぶや》いた。架川が振り向くと、光輔は目を伏せて黙った。また頭を巡らせているのは確実で、架川はその横顔に見入った。

8

一時間ほど話し、クリーニングサービス晴天舎を出た。矢上に「署で情報を整理しよう」と言われ、光輔はセダンで桜町中央署に向かった。

刑事たちが出払い、刑事課はがらんとしていた。光輔は矢上、架川とともに打ち合わせ用のテーブルに着いた。

「蓮見くん、改めてすごいねえ。まさか小松崎が玉田から金を借りていたとは思わなかったよ」

感心して言い、矢上は休憩スペースで買ったペットボトルの緑茶と缶入りのブラックコーヒーを光輔と架川に渡した。礼を言って緑茶を受け取り、光輔は返した。

「さっきの小松崎の話で玉田は短気なだけじゃなく、相当嫉妬《しっと》深い男だなと感じました。自分も金のトラブルを抱えているし、元子分の苦境を知ればつけ込んでやろうと思ったはずです。小松崎の方も、銀行などに断られた状況で大金を工面できたんですから、絶対まともな方法じゃないなと」

「ははあ。それだけのことを、あの短時間で。さすがは我らがエース。ねえ、架川くん？」

　ペットボトルのほうじ茶を飲みながら笑顔で問いかけた矢上だったが、架川は黙ったまま横目で睨《にら》み返した。焦った矢上がむせ、その背中を光輔がさすっていると架川は言った。

「楠本の失踪《しっそう》と小松崎の借金には関係があるはずです。しかし『楠本さんに責められたというのは違います』という小松崎の言葉は、ウソだとは思えません」

　スラックスの脚を組んで椅子に座り、仏頂面で前を向いている。まだ昨夜の定村との一件を怒っているらしい。笑顔を作り、光輔は「僕もそう思います」と返し、矢上も「僕も」と頷いた。緑茶をテーブルに置き、光輔は矢上に問うた。

「楠本のスマホはどうなっていますか？　遺留品にはありませんでしたが、小松崎と連絡を取り合っていましたし、所持していたのは確かですよね」

「うん。いまキャリアから履歴を取り寄せてる。でも五年も経ってるから、時間がかかるよ」

　むせて涙目になった目で、矢上が答える。

「防犯カメラを解析するといっても、これも五年前ですしね。さて、どうしましょうか」

光輔は言い、スーツの胸の前で腕を組んだ。架川からも、考え込んでいるような気配を感じる。と、矢上が席を立った。ホワイトボードの前に行き、空いたスペースに黒いペンで何か書き始めた。光輔は腕を解《ほど》いてそれを眺め、架川も視線をホワイトボードに向けた。

「はい、できた」

五分後、矢上はそう言って光輔たちに向き直った。

ホワイトボードには、①から⑧までの数字が縦並びに書かれている。①から③までは、数字の脇は空いているが、④の脇には「柊町二丁目」、⑤の脇には「楠本貴喜」、⑥の脇には「制裁」、⑦の脇には「暴行の後、射殺」、⑧の脇には「殺人及び死体遺棄」と書き込まれていた。架川は訝《いぶか》しげに首を捻《ひね》ったが、光輔はすぐに閃《ひらめ》いて告げた。

「『八何《はっか》の原則』ですね。警察学校で習いました」

「正解」

矢上は答え、嬉《うれ》しそうに笑った。架川は「ああ。あれか」と呟く。

八何の原則とは、犯罪の事実を証明するために必要な構成要件だ。①は「何人《なんぴと》が」で犯人を指し、②は「何人と共《とも》に」で共犯者を指し、③は「何時《なんどき》」で犯罪が起きた日時、④は「何処《どこ》で」で犯罪が起きた場所、⑤は「何人を」で被害者、⑥は「何故《なぜ》に」で犯罪の動機、⑦は「如何《いか》にして」で犯罪の手段、そして⑧は「何をしたか」で、犯罪の結果を指す。これを一つずつクリアしていくのが事件捜査で、八項目すべてが解明されなければ、その事件は解決とは言えない。

光輔たちを見て、矢上はさらに言った。

「基本に忠実にっていうのが僕のモットーだから。取りあえずこれを見直して、空いているところを埋めていこうよ」

「了解です」

そう答えて光輔は身を乗り出し、架川もかったるそうにしながらも組んでいた脚を解いてホワイトボードに向き直った。

「じゃあ、上から。①の『何人が』は、現状では暴力団関係者か？　って感じだよね」

そう問いかけられ光輔と架川が頷くと、矢上は①の脇に「暴力団関係者？」と書き込んだ。

「続いて②の『何人と共に』。楠本は、深さ一メートルほどの穴に埋められていた。リンチも一人でやったとは思えないし、共犯者がいたと考えていいかな？」

矢上の問いかけに架川が、「ええ。二、三人いたと思います」と答える。矢上はホワイトボードの②の脇に「二〜三人」と書き込んだ。そして矢上は「さて」と言い、③を指した。

「これは難題だぞ。楠本はいつ殺されたのか。鑑識は五年前と推定し、小松崎の証言とも一致しているが、何月何日の何時頃かは不明だ」

「生前の楠本に最後に会ったのは、仁英組の元若頭の益永典彦《のりひこ》。五年前の六月八日の午後六時過ぎで、楠本はこの二日前の六月六日に事件を起こして逮捕されており、身元引受人として迎えに行ったそうです。車で楠本を拾い、組事務所の前で降ろして弁護士に会いに行ったとか。実は同じ傷害事件で玉田も逮捕されていて、それが仁英組解散のきっかけになりました」

　捜査資料に書かれていた通りのことを、光輔は淀《よど》みなく述べた。「その通り」と矢上が満足げに頷《うなず》き、架川も口を開いた。

「若頭が下っ端の若中を迎えに行ったのか？　妙だな。事件って何だ？」

「詳細はわかりませんが、被害者は当時二十七歳の男性です」

「そういや、俺のエスが玉田は五年前に女房の相手を半殺しにしてパクられたと言っていたぞ」

　架川の言葉に矢上は「そうそう、そうだった」とまた頷き、こう続けた。

「という訳で、カギはこの『③何時』。玉田が起こした事件を調べようと思うんだが、どうだ？」

　捜査会議の時の口調になり、ホワイトボードを見る。光輔も倣い、並んだ数字とその脇の文字を眺めると、事件のアウトラインが摑《つか》めた気がした。③の脇の空きスペースも、これからやるべきことを示してくれているように思える。

「わかりました」

光輔は返し、架川も首を縦に振った。

9

昼食を済ませ、光輔たちは渋谷の道玄坂《どうげんざか》署に向かった。五年前の六月六日に楠本と玉田が起こした傷害事件の所轄署だ。

当時の捜査員は既にいなかったが、刑事課の刑事から話を聞けた。事件の被害者は高岩朝陽《たかいわあさひ》といい、六本木のホストクラブ「ＢＩＧＢＡＮＧ」で働くホストだった。玉田には志保理《しほり》という当時三十八歳だった妻がいたが、志保理はホスト遊びにはまり、高岩と愛人関係になった。それを知った楠本が玉田に伝え、玉田は激怒。楠本を連れて渋谷区幡ヶ谷《はたがや》の高岩の自宅マンションに乗り込み、高岩に殴る蹴《け》るの暴行を加え、駆けつけた警察官に逮捕された。その後の取り調べで玉田には明確な殺意があったとして殺人未遂罪で再逮捕され、裁判で懲役十一年を言い渡された。現在も服役中の玉田だが体調を崩し、医療刑務所に収容されているという。一方楠本は罪を認め反省もしていたため、事件の二日後に釈放されたそうだ。

「腑《ふ》に落ちねえな」

道玄坂署の署屋を出るなり、架川は言った。ダークグレーのダブルスーツをまとい、薄紫色のレンズが入ったサングラスをかけたその姿に、署屋の玄関脇に立つ警察官が不審の目を向ける。すかさず矢上が「お疲れ様です」と警察官に笑顔を向け、光輔は「楠本の釈放ですか？」と訊《たず》ねた。「ああ」と架川が頷く。

「罪を認めて反省したといっても、前科ありのやくざ者だぞ」

そう語りながら架川は署屋の玄関の階段を下り、駐車場に向かった。光輔と矢上も続く。

「確かに。玉田には暴行や傷害の前科が複数あり、暴力団関係者に対する襲撃事件への関与も疑われていた。そんな時に高岩の事件が起き、絶好のチャンスとばかりに組対の刑事が駆けつけて来たんですよね。それなら構成員の楠本も大事な駒で、たった二日で釈放する訳がない」

光輔も倣う。話しているうちに桜町中央署に停めたセダンの前に着き、解錠した。と、矢上のスマホが鳴り、「ちょっとごめん」とその場を離れた。運転席に乗り込もうとした光輔の肩を「おい」と脇から架川が摑《つか》んだ。

「定村を使って当時の組対のネタを聞き出すつもりなら、やめろ」

振り向いた光輔の目を覗《のぞ》き、架川は告げた。笑って、光輔は答えた。

「わかってますよ。定村は架川さんの犬ですもんね」

「勘違いするな。あいつはネタ元だ。俺は身内は犬にしねえ」

光輔の肩から手を離し、架川は低く返した。自分は船津や椛島とは違うと言いたいのか。架川さんって、ムダにカッコつけるっていうか見栄を張るんだよな。内心でそう思いながらも光輔が笑顔を向け続けていると、架川はむっとしたように手を伸ばし、指先で光輔の頬を鷲掴《わしづか》みにした。焦り、光輔は架川の手を引き剝《は》がそうとしたが、びくともしない。

「ちょっと！」

光輔は声を上げたが架川は口を引き結び、手を左右に振った。一緒に光輔の顔も左右に揺れる。

「何やってんの」

スマホを手にこちらに戻って来ながら、矢上が言った。腕に道玄坂署でもらった高岩の事件の捜査資料が入った封筒を抱えている。

「いえ、ふざけていただけです……定村を使わないで、どうやって情報を得るんですか？　組対の連中は、今でも架川さんを敵視していますよ」

前半は笑顔で矢上に、後半は潜めた声で架川に言う。じっと光輔を見下ろしていた架川だったが、急に片手を下ろして身を翻し歩きだした。その背中に光輔が目を向けると、架川は小さく鼻を鳴らしてセダンの後部座席に乗り込んだ。

「ふざけてる場合じゃないでしょ。渋谷まで来たんだし、鑑取《かんど》りしよう」

呆《あき》れ顔で助手席に乗り、矢上が告げた。鑑取りとは、事件の被害者や加害者の関係者に聞き込みすることを指す警察の隠語だ。運転席に座ってシートベルトを締め、光輔は応《こた》えた。

「わかりました。まずこの近くのマッサージ店に行きましょう。高岩のマンションに乗り込む前に、玉田と楠本がいた場所です」

「わかった。医療刑務所の玉田は重篤な状態らしいから諦《あきら》めるとしても、益永典彦に当時の話を聞ければねえ。でも、組対が取り調べ中なんでしょ？」

矢上に問われ、後部座席の架川は頷いた。

「ええ。益永はいまや黒扇会の幹部ですが、去年内ゲバで対立した別の幹部を舎弟に殺害させた罪、つまり殺人教唆《きょうさ》で逮捕されています。ようやくゲロを始めたそうなので、組対は別件を割り込ませたくないでしょう」

「だよねえ。何か手があればなあ」

ため息をつき、矢上は前に向き直ってシートベルトを締めた。架川は無言。横を向いて窓の外を見ている。ほら。定村を使う以外ないじゃないか。そう思い、光輔も前に向き直ってセダンのエンジンをかけた。

五分ほどでマッサージ店に着いた。円山町《まるやまちょう》のラブホテル街の真ん中にあるビルの地下駐車場の一画という、変わった立地だ。

地下駐車場は古くて薄暗いのに、停まっているのは高級車ばかり。ビルにも何をしているのかよくわからないテナントが入っていて、露骨に怪しい。光輔は奥の店の前にセダンを停め、架川、矢上とともに降車した。

店も古く、出入口の自動ドアには「輝命堂《きめいどう》」と、ところどころ塗料が剝がれた文字で書かれていた。その脇には、近頃珍しい公衆電話のスタンドがあった。

店内に入ると手前にカウンターがあり、中に年配の女がいた。

「いらっしゃい。予約は？」

ぶっきら棒に、年配の女が問いかけてきた。小太りの体をスタンドカラーの水色の白衣に包み、長い髪を頭の後ろで束ねている。言葉のイントネーションからして、アジア系の外国人のようだ。警察手帳を見せ、光輔は告げた。

「警察の者です。ちょっと話を聞かせて下さい」

たちまち、年配の女の小さな目に警戒の色が浮かぶ。それを見返し、光輔は微笑んで続けた。

「五年前に別の場所で起きた事件の確認をしたいだけです。すぐに終わりますよ」

「五年前？　覚えてないよ」

薄茶色の眉墨《まゆずみ》で描かれた細い眉をひそめた年配の女だったが、安堵《あんど》したのがわかった。光輔たちが話している間に、架川と矢上は前に進み出て店内を眺める。カウンターの向かいには椅子がいくつか置かれ、脇にパーティションが立てられていた。その奥が施術スペースで、壁沿いに縦長のマッサージベッドが等間隔で並び、カーテンで仕切られている。平日の午後二時過ぎだがベッドは八割埋まっていた。客は年配者が多く、水商売風。このビルや近所で商売をする者が常連の、知る人ぞ知る人気店といったところか。

「五年前の六月六日に、仁英組の組長だった玉田昇が傷害事件で逮捕されました。事件の前、玉田はこの店に来ていたそうですね」

「ああ、玉田さんね。よく来てくれた。今は刑務所でしょ」

額を脂《あぶら》でテカらせて年配の女が頷《うなず》いた時、カウンターの中で電話が鳴った。従業員の若い女が駆け寄って来て、コードレスの銀色の子機を取って耳に当てた。短く会話した後、若い女は子機を手に施術スペースに向かい、カーテンの奥に入った。それを横目で見ながら、光輔は話を再開した。

「覚えているだけでいいので、事件の日のことを教えて下さい。玉田は一人でここに来たんですか？」

「違う。いつも子分二人と一緒。子分はそこの椅子で待ってた」

「事件の日は、後からもう一人来ませんでしたか？　この男なんですが」

そう言って光輔はジャケットのポケットから楠本の写真を出して見せたが、年配の女は首を横に振った。

「顔は覚えてないけど、後からもう一人来たのは覚えてる。その後、大変だったから。玉田さんがすごく怒って、大きな声を出したり店のものを壊したりした。子分が止めようとしたけどダメで、玉田さんはもう一人と店を出て行った」

さっき道玄坂署で聞いた通りだ。高岩の事件後、この年配の女も聴取を受けている。

「玉田と、そのもう一人の男が話すのを聞いたか？」

その声に光輔が振り向くと、架川がいた。隣には矢上もいる。年配の女が答えようとした時、さっきの若い女が子機を戻しに来た。若い女が立ち去り、年配の女は答えた。

「聞いてない。玉田さんは奥の個室にいて、もう一人もそこに行ったから。でもその前に、もう一人と子分がここにいたのは見た」

「ここに」と言う時には向かいの椅子を顎《あご》で指し、光輔たちも目を向けた。これも道玄坂署で聞いた通りで、楠本は五年前の六月六日の午後三時前にこの店に来た。そして子分二人に、「姐《ねえ》さんのことで組長に話がある」と告げ、子分の一人がそれを玉田に伝えに行った。楠本は残りの子分とここで十五分ほど待たされた後、個室にいる玉田の元に呼ばれたという。

「ここで待っている間、もう一人の男はどんな様子だったかな」

矢上も問い、年配の女は素っ気なく返した。

「立ったり座ったり、落ち着かなかった。途中で一度、外に出て行った」

「外に出て何をしていたんだ？」

架川が問い、光輔は年配の女の答えを待った。が、またカウンターの中で電話が鳴りだした。さっきの若い女が来て電話に出て、そのまま子機を手に施術スペースに向かった。年配の女が答える。

「わからない。でも、子分に呼ばれてすぐに戻って来た」

五年前の聴取と同じ答えだ。がっかりした光輔だったが、この女の話すことにウソはなさそうだと感じた。矢上も同じように感じたのか、笑顔で話を変えた。

「わかった。ありがとう。個室を見せてもらえるかな」

幸い個室は空いていて、すぐに案内してもらえた。施術スペースの奥のドアを出て、廊下の向かい側だ。

個室と言っても窓のない細長く狭い部屋で、中央にマッサージベッド、両側にタオルや客用の施術着が載ったワゴンが置かれている。光輔は言った。

「手がかりはなさそうですね」

「いや、わからないよ」

そう返し、矢上は室内に視線を巡らせた。大きく全体を見てから、ワゴンやベッドなどの部分へ。それが終わると個室の外に目を向け、室内に視線を戻す。続いて個室の出入口と部屋の天井や壁の隅を確認してから、玉田が寝ていたと思《おぼ》しきマッサージベッドへと視線を動かす。そして最後に左から右、下から上へと室内を眺めた。

「『基本に忠実に』ですね」

光輔が告げると、矢上は「そう」と頷いた。光輔も頷き、改めて室内を見直し始めた。

「何やってんだ」

と、後ろから架川が訊《き》いてきた。その隣では年配の女も、怪訝《けげん》そうな顔をしている。

「捜査員が現場を観察する場合、『全体から部分へ』『外周から内部へ』『外縁から中心へ』『左から右、またはその逆など、一定した同一方向へ』『下から上へ』というのが一般的な順序です。矢上さんに倣い、僕もその順序で観察しています」

ふんと納得したように鼻を鳴らし、架川も室内を見回した。光輔は観察を続け、廊下に出た。と、「外縁から中心へ」を行っている途中、あるものに目が留まった。マッサージベッドの脇に置かれた丸椅子で、上に充電器にセットされた電話のコードレスの子機が載っている。

「あれは」

と振り返って年配の女に訊こうとした矢先、子機の液晶画面に明かりが点《とも》った。個室に電話のベルが流れだす。従業員の誰かが電話に出たのか、ベルはすぐに止んだ。

「ここは携帯の電波が入らないから、お客さんに用がある人は、店の固定電話にかけてくる。忙しいお客さんが多くて電話は鳴りっぱなしだから、子機をいくつか置いてる。外には公衆電話もあるよ」

そう年配の女は答えた。

「地下だからね。でもその分、家賃は格安なんじゃない？」

矢上がいたずらっぽく問いかけると女は破顔し、「よくわかったね」と答えた。

ああ、そういうことか。合点がいった光輔だったが、何か引っかかる。すかさず架川に、「どうした？」と訊かれた。矢上も「何かわかった？」と目を輝かせる。

「何か引っかかるんですが、それが何かわからなくて……すみません。次に行きましょう。高岩の自宅マンションです」

光輔はそう答え、頭を切り替えて身を翻した。

しかしマンションを訪ねると、高岩はいなかった。管理会社に確認したところ、傷害事件の後に転居し、転居先は不明だという。宮崎《みやざき》県にある高岩の実家にも問い合わせたが、「何年も音信不通で、どこで何をしているのかわからない」と言われた。

10

光輔は暖簾《のれん》をくぐり、店の引き戸を開けた。

「いらっしゃい！」

カウンターの奥の厨房《ちゅうぼう》で従業員の男たちが威勢のいい声を上げ、焼き鳥の匂いをはらんだ煙が顔に当たる。

「こんばんは。お待ちしてました」

圭市が歩み寄って来て会釈した。頭にタオルを頭巾《ずきん》のようにして巻き、ユニフォームの黒いTシャツにジーンズ、サンダルという格好だ。光輔も「どうも」と会釈し、後ろの架川は「おう」と返す。

高岩のマンションを訪ねたあと桜町中央署に戻り、捜査会議に出た。それから適当な口実で架川とともに署を出て、電車を乗り継いで新橋にあるこの居酒屋に来た。

声を落とし、圭市は告げた。

「お連れ様はいらしてますよ。それと、もう一人」

「もう一人？」

そう訊き返し、光輔は視線を巡らせた。午後七時を過ぎ、広い店内はサラリーマンを中心とした客で賑《にぎ》わっている。テーブル席からカウンター席へと見た光輔の目が、一ヵ所で止まった。

「若井《わかい》さん？」

驚き、問いかけた。「なに？」と架川も進み出て来る。と、カウンター席の奥で若い女が立ち上がった。

「どうも。ご無沙汰《ぶさた》しています」

そう言って一礼した女は、若井美波《みなみ》。本庁警務部所属の二十七歳で、階級は巡査部長だ。切れ長の大きな目が印象的な美人で、黒く長い髪をダークグレーのスカートスーツの肩に下ろしている。

「こちらこそご無沙汰しています。お元気そうですね」

意外に思いつつ、光輔は笑顔で会釈を返した。

「お陰様で。蓮見さんと架川さんも相変わらず……一緒なんですね」

無表情に抑揚なく告げた後、最後のワンフレーズだけ声を小さくして言う。と、架川も言った。

「何しに来た？　ここは俺のシマだぞ」

威圧感溢《あふ》れる口調と表情で問いかけられ、若井も眼差《まなざ》しを尖《とが》らせた。

「おっしゃる意味がわかりません。架川さんはこの店の経営者なんですか？　違いますよね。加えて『シマ』という言葉は暴力団の縄張りを指す隠語で、警視庁の職員が日常的に使用するには不適切かつ――」

「まあまあ」

声を張り上げ、圭市が割り込んできた。

「若井さんは、新しい常連さんなんです。警察の方で、架川さんや蓮見さんとも知り合いと聞いて驚きました。よく、二人の噂話で盛り上がって……ですよね？」

圭市に人なつこい笑顔で問いかけられ、若井は「ええまあ」と頷《うなず》く。一方架川は、不服そうに口を引き結んでいる。

若井は警視庁職員の不祥事を取り締まる人事第一課監察係、通称・ヒトイチの所属で、今年の春、架川にかかっていた疑惑の調査のために桜町中央署にやってきた。しかし調査の過程で光輔に疑いを抱き、なりすましの事実を暴こうとしたのだが、光輔は警視庁内の協力者と架川の手を借りてこれを回避。その後、若井は本庁に戻った。

「お邪魔なようなので、帰ります。今日もおいしかったです。ごちそうさまでした」

そう言って若井は椅子からバッグを取り、圭市に会釈した。「そんな」と止めようとした光輔を見て、若井は言った。

「お目にかかれてよかったです。どうかこれからもお元気で、仲睦《なかむつ》まじく」

「仲睦まじく？」

首を傾げた光輔だったが、閃《ひらめ》くものがあり、慌てて続けた。

「若井さん。ひょっとして、僕と架川さんを」

しかし若井は素早く代金を支払い、店を出て行ってしまった。ぴしゃりと閉められた引き戸を見て、架川は顔をしかめた。

「お邪魔だの、仲睦まじくだの、訳のわからねえこと言いやがって。どうなってんだ、あいつは」

「僕らのことを、完全に誤解してますね」

合点がいき、光輔は脱力してため息をついた。しかし架川は不機嫌そうに鼻を鳴らし、「案内しろ」と言うように圭市に顎《あご》を動かして見せた。圭市がカウンター席とテーブル席の間の通路を歩きだし、架川と光輔も続いた。

通路を突き当たりまで行き、暖簾をくぐるとトイレのドアがあった。ドアの脇にも暖簾があり、圭市はそれをくぐって店のバックヤードに通じる通路に入った。傍らに厨房が見え、その先にいくつかドアが並んでいる。突き当たりには、裏口のドアも見えた。

圭市は立ち止まり、ノックしてドアの一つを開けた。トイレの方に目をやってから、

「どうぞ」と告げて光輔たちをドアの奥に招き入れた。

壁際にスチール製のロッカーが並び、中央に週刊誌やコミック雑誌が載ったテーブルと椅子が置かれている。従業員のロッカールーム兼休憩室だろう。椅子の一脚には男が座っているが黒いTシャツではなく、スーツに革靴という格好だ。圭市が部屋を出て行くのを確認し、光輔は男に声をかけた。

「琢己《たくみ》にいちゃん。久しぶり」

「直人《なおと》、元気だったか？」

破顔し、男は立ち上がった。背が高く色白で、黒く太い眉《まゆ》と一重まぶたの細い目の対比が印象的だ。羽《は》村《むら》琢己警部、三十五歳。本庁警務部人事第一課人事情報管理係の係長だ。いわゆる準キャリアの羽村だが、学生時代にある出来事で梶間優人に命を救われ、直人が父親の無実の罪を晴らすと決めた時には協力を申し出てくれた。彼こそが警視庁内の協力者で、直人が蓮見光輔になりすます算段を整え、若井の追及を逃れる手助けもしてくれた。

「おう」

架川も声をかけ、テーブルに歩み寄って椅子にどっかりと座った。羽村はたじろぎ、「どうも」と返して椅子に座り直した。光輔も椅子に腰掛け、三人で向かい合った。

「ここ、いいですね。よく使うんですか？」

室内を見回し光輔が問うと、架川はスラックスの脚を組んで答えた。

「まあな。裏口から出入りできるから、関係を知られたくねえ相手と会うには好都合だ……で、どうだ？」

本題を切り出され、羽村は話しだした。

「直人に言われたとおり、信濃一家とクラブ『コフレ』について調べました。信濃一家の組長、当麻秀和は健在です。用心棒やみかじめ料などのシノギで資金を獲得する一方、不動産やリゾート開発などの会社も経営しています」

「正業《せいぎょう》にも進出してるってことだね。コフレの方は？」

身を乗り出し、光輔は問うた。

「これも光輔が言った通り、二代目ママの田並史江は当麻の愛人だ。ただし、関係がいつ始まったかまでは、突き止められなかった」

落胆を覚えつつ「わかった」と呟き、光輔は質問を続けた。

「初代ママの小浜《こはま》三代子《みよこ》は？」

「去年店を辞めてる。当麻との関係はもっと前に終わっていたが、やり手で人気もあるので働き続けていたらしい」

「僕も前に、三代子は面倒見がよくて店のホステスたちに慕われていたと聞いた。とくに身寄りのなかった歌川チカは、母親みたいに慕ってたって」

　光輔の頭に和服が似合う妖艶《ようえん》な美女の三代子と、童顔で痩《や》せたチカの面影がよぎる。架川も問うた。

「三代子は今どうしてる？」

「それが、わからないんです。店を辞めて間もなく春蘭市を出たのは確かなんですが、その後の足取りは不明です」

「三代子は春蘭市出身だろ。五十を過ぎて生まれ育った街を出るには、よほどの理由があったはずだ。引っかかるな」

「三代子の居所《いどころ》を突き止めましょう」

　向かいの二人を見て光輔は言い、羽村は大きく頷いた。だが架川は、首を横に振った。

「居所以前に、生きているかどうかだ……いいか？　俺たちは確実に敵に近づいている。十分注意して、誰も信じず、巻き込むな。藤原さんの最期を覚えてるだろ？」

　そう告げながら組んでいた脚を解《ほど》き、光輔、羽村、もう一度光輔の順に見た。

　定村のことを、まだ怒ってるのか。うんざりはしたが、藤原のことを思い出すと緊張と警戒を覚えた。「わかりました」と、光輔は架川に頷き返した。

11

報告書を読み終え、矢上は顔を上げた。午後十一時近くなり、刑事課はがらんとして、矢上の他に席に着いているのは当番、つまり当直の刑事だけだ。

幸い、連続放火事件は犯行がストップしている。今のうちに、楠本殺害事件を解決しなければ。そう考え、矢上は報告書を片付けて立ち上がった。向かい合って並ぶ机の列の脇を抜け、打ち合わせ用のテーブルに歩み寄った。ホワイトボードの前に立ち、貼られた写真と書き込まれた文字を眺める。と、写真の一枚が目に留まり、マグネットを外して手に取った。写っているのは、楠本の財布に入っていた自分の名刺だ。

楠本はどんな気持ちで、この名刺を持ち続けていたのか。俺がこの名刺を渡し、楠本が小松崎の元を訪ねるまで、約一年空いている。仁英組が黒扇会と揉《も》めたのはその頃で、楠本が置かれた環境もさらに厳しくなっただろう。あの時、楠本が連絡をくれていれば。いや、くれていたとしても俺に満足な対応ができたかどうか。

思いを巡らせ、矢上は手近な椅子を引いて座った。写真をテーブルに置き、ジャケットのポケットから手帳を取り出した。六年前に使っていたもので、楠本に名刺を渡した日のページを開いてみたが、「バーを出たところで男に『自分は仁英組の構成員だが、足を洗いたい』と言われ、暴追センターの番号を教えて名刺を渡す」としか書かれていない。

後悔と罪悪感が胸に押し寄せ、息苦しくなった。三十年近くデカをやってきて、これか。情けなくなる反面、こういう生身の感情を失わないところが自分の強みだとも思う。

と、LINEのメッセージの着信音がした。スマホを確認すると、娘の美咲から写真が届いていた。写っているのは、ベッドの上に広げられたウエディングドレスだ。感想を聞かれたのかと返信しようとした矢先、またメッセージが届いた。

「仕事中にごめん。このドレスを選びました。前にパパが買ったすごいデジカメ、借りていい？　式当日に石川さんの友だちに撮ってもらおうと思って」とある。すごいデジカメとは、矢上が趣味探しの一環で買った最新式のデジタル一眼レフカメラだ。確かにすごいのだがすごすぎて使いこなせず、バッグに入ったままになっている。

貸すのは構わないが、あいつの友だちか。そう思い、胸にもやもやとしたものが湧く。だが、美咲のドレス姿はできるだけ綺麗《きれい》に残したい。ここで使えば、あづみに「とんだ無駄遣い」と言われたあのデジカメを買った甲斐《かい》もあるか。考えがまとまらないまま、とにかく返事を打たねばとスマホを握り直した時、

「お疲れ様です」

　と声をかけられた。はっとして顔を上げると、テーブルの向こうに光輔が立っていた。スマホと手帳をポケットに戻し、矢上は返した。

「お疲れ。まだ帰ってなかったの？」

「ええ。架川さんと、高岩朝陽が勤務していたホストクラブに行って来ました。店は今も営業していましたが、ホストの顔ぶれは一新していました。ただ、運営スタッフに事件当時から働き続けている男がいて、高岩のホスト仲間の連絡先を教えてくれました。明日《あした》、訪ねてみましょう」

　明るくはきはきと、光輔は報告した。今朝出勤して来た時と全く変わらないその態度と佇《たたず》まいに、矢上は眩《まぶ》しさを覚えた。と、光輔に「大丈夫ですか？」と訊《き》かれたので、頷《うなず》いて答えた。

「うん。楠本の遺留品を見直してた」

「そうですか。着衣からは、不審な指紋や毛髪などは検出されなかったそうですね」

　光輔は言い、ホワイトボードに目を向けた。貼られた写真の中には楠本が身につけていた黒いジャケットとスラックス、薄紫色のワイシャツ、金のネックレスなどもある。

「財布からは指紋が検出されましたが、楠本のものだけ。特にその名刺には、たくさん付着していたと聞きました」

　そう続け、光輔はテーブルの上の写真を見た。「らしいね」と返し、矢上も写真を見る。わずかな沈黙があり、光輔は言った。

「楠本にとって課長の名刺は、お守りみたいなものだったのかもしれませんね」

「お守り？」

　矢上が顔を上げると、光輔は「ええ」と頷いた。

「ここに連絡すれば足を洗える。これを持っている限り外の世界と繋《つな》がっているという想いで、名刺を取り出しては眺めていたんじゃないでしょうか」

「そうかな。そのせいで、組を抜ける踏ん切りが付かなかったとも考えられるけどね」

「だとしても、課長の名刺が楠本の支えだったのは確かですよ」

　光輔は返し、小さく笑った。矢上に気を遣っているのは明らかで、ありがたく思うとともに、そつのなさに感心もした。写真をテーブルに置き、矢上は訊《たず》ねた。

「蓮見くんにも、そういう支えがあるの？」

「ええ。財布に入れて、持ち歩いてはいませんけど」

　微笑んだまま、光輔は答えた。矢上は「ちなみにそれは？」とさらに訊ねようとしたが、ポケットの中でまたＬＩＮＥの着信音がした。すると光輔は、

「報告書を書いて帰ります。お疲れ様でした」

と一礼し、自分の席に向かった。拍子抜けしてその背中を見送った矢上だったが、

気を取り直してスマホを出した。

メッセージは美咲からだった。「言っておくけど、このドレスを着て最初にツーショット写真を撮るのはパパとだからね」とあった。意味がわからず返事を打とうとすると、またメッセージが届いた。

「一緒にバージンロードを歩くんでしょ？　腕を組んでるところ、撮ってもらおうね」。白い吹き出しに並んだ文字を読み、矢上は「そういうことか」と呟《つぶや》き、胸が熱くなって気恥ずかしさも覚えた。

ふいに、頭に一つの記憶が蘇《よみがえ》った。ポケットを探り、手帳を取り出してテーブルに置く。矢上は片手にスマホを握ったまま、もう片方の手で慌ただしく手帳のページをめくった。

12

カーナビが目的地への到着を告げ、光輔はセダンを停めた。通りの先に生け垣に囲まれた瓦《かわら》屋根の古く大きな家があり、向かいには畑が広がっている。畑にはハート形の大きな葉が印象的な里芋が、ぎっしりと植えられていた。

光輔、矢上、架川は、セダンを降りた。晴天で空気はからりとしている。架川はレンズが淡い水色のサングラスを外し、ポケットに入れた。

「人がいるね。行ってみよう」

畑を指して矢上が歩きだし、光輔と架川も続いた。等間隔でまっすぐに延びる畑道《はたけみち》に、人影が二つあった。一つはキャップをかぶり作業服を着た男で、もう一つは日よけ帽子をかぶり割烹着《かっぽうぎ》のような服を着た女。どちらも中年で、地面にかがみ込んで作業中だ。

　土を踏んで畑道を進み、光輔たちは作業着の男に歩み寄った。先頭を行く矢上が警察手帳を見せて問う。

「すみません。警察の者ですが、新井《あらい》さんですか？　息子さんの和也《かずや》さんはご在宅でしょうか」

「和也は俺ですけど」

怪訝《けげん》そうに答え、男は立ち上がった。軍手をはめた手に鎌を持ち、足下には収穫した里芋が入ったコンテナが置かれている。

「えっ……失礼しました。五年前の、ホストをしてらした頃の話を伺いたいんですが」

驚いてからすぐ笑顔に戻り、矢上は告げた。「ホスト」と言う時には声を小さくし、周囲を窺《うかが》う。一本後ろの畑道には中年女がいて、こちらを怪訝そうに見ている。

「構いませんけど……ひょっとして、あの頃の写真を見て来ました？　じゃあ、わかりませんよね。太るわハゲるわ、大変ですよ」

新井は言い、キャップを脱いで明るく笑った。丸い顔は贅肉《ぜいにく》で顎《あご》がだぶつき、髪の生え際も後退しているが、肌質は三十代前半のものだ。

「だが、昔よりずっといい顔をしてるぞ」

矢上と光輔の後ろから架川が告げる。濃紺に白いストライプのダブルスーツと、里芋畑のギャップがすごい。新井はさらに笑い、

「それはどうも……おふくろ、大丈夫だから」

と首を回して中年女に告げた。

ホストクラブの運営スタッフが教えてくれた高岩朝陽のホスト仲間は、埼玉《さいたま》の入間《いるま》市にいた。五年前、事件で負った傷が癒《い》えると高岩はホストを辞めた。新井もほぼ同時期にホストを辞め、実家に戻って農業を継いだらしい。昨夜光輔がホストクラブで見せてもらった写真の新井は、金色のスジ盛りの髪に細い顎、シルバーのカラーコンタクトだった。

「同僚だった高岩朝陽さんは、覚えていますよね？　今どうされているかご存じですか？」

矢上が質問を始め、新井は「いや」と首を横に振った。

「店を辞めてしばらくは連絡を取り合ってましたけど、最近は全然。どうかしたんで

すか？」

「五年前に高岩さんが襲われた事件を調べています。当時高岩さんは売れっ子ホストで、事件の犯人の妻と交際していたんですよね」

狭い畑道で身を乗り出し、光輔も言った。

「ああ、あれですか。覚えていますけど、『やっぱりな』って感じでしたよ」

「というと？」

「高岩が売れっ子だったのは事実だけど、接客テクニックじゃなく色恋営業《イロエイ》ですから。指名客に片っ端から『好きだ』『本当に愛してるのはお前だけ』とかなんとか言ってその気にさせて、さんざん貢がせてました。借金を作ってヤバい風俗で働くハメになったお客さんも、一人や二人じゃありません」

そう答え、新井は顔をしかめた。架川も問う。

「店を辞めた後、高岩は何をしていたんだ？」

「バーテンダーとかキャバクラのキャッチとか。でも長続きしなくて。情報商材とか浄水器とかのセールスもやってました。『十分バカやったんだから、まともに働けよ』と言ったんですけど、『俺には無理』と返されて、それきりです」

新井の返事を聞き、架川はふんと鼻を鳴らして両手をスラックスのポケットに入れた。

新井が「引っ越してるかもしれないけど」と言ってスマホに入っていた高岩の自宅の住所を教えてくれたので、光輔たちは礼を言ってその場を離れた。セダンの前まで戻り、光輔は言った。

「風向きが怪しくなってきましたね」

「うん。イロエイや貢がせてたっていうのは珍しい話じゃないけど、その後の暮らしぶりもまともじゃなさそうだ」

眉《まゆ》をひそめ、矢上も言う。エナメルの黒革靴の底に付いた土を落とし、架川は告げた。

「高岩を訪ねるぞ。ただし、要注意だ」

13

高岩朝陽の自宅は、世田谷《せたがや》区の新代田《しんだいた》にあった。住宅街の中のアパートで、敷地の前には駐車場がある。高岩の部屋は二階の中ほどにあり、ベランダの向こうの掃き出し窓には明かりが点《とも》っている。時刻は午後一時前だ。

一旦《いったん》アパートの前を通り過ぎてからまた戻り、光輔はセダンを停めた。シートベルトを外し、架川が告げた。

「俺と矢上さんが話を聞きに行くから、お前はここで見張ってろ」

「はい」

緊張を覚えながら、光輔は頷《うなず》いた。矢上が言う。

「架川くん。わかってると思うけど、高岩は被疑者《マルヒ》じゃなく、鑑取りの相手だからね。穏やかかつ丁寧に」

が、構わずに架川はセダンのドアを開けた。慌てて矢上も続こうとした矢先、高岩の部屋の明かりが消えた。

「明かりが消えました」

フロントガラス越しに掃き出し窓を見て、光輔は告げた。はっとして、架川と矢上が座席に戻る。

三人で外を窺《うかが》うこと約三分、アパートのエントランスから高岩が出て来た。加えて、男がもう一人。二人は何か話しながら、敷地の前の駐車場に向かった。高岩は茶髪のツーブロックヘアに派手な柄のジャンパーで、ホスト時代とそう変わりはない。もう一人の男は坊主頭で、小柄小太りな体を黒いジャージの上下に包んでいる。

二人は駐車場の奥に停められた白い軽自動車に歩み寄り、高岩が運転席、ジャージの男は助手席に乗り込んだ。てっきりその隣の黒いワンボックスカーに乗ると思っていたので、光輔は「意外ですね」と言い、矢上と架川も頷いた。軽自動車には改造などはほどこされておらず、型も古い。軽自動車が駐車場を出たので、光輔もセダンを出した。

軽自動車はアパートの前の小径《こみち》を進み、やや広い通りに出た。尾行に気づかれないように間に一台挟み、光輔もセダンで通りを進んだ。

「なんだ？」

しばらくすると、後ろで架川が言った。ハンドルを握り、光輔も言う。

「変ですね」

光輔たちのセダンの前には灰色のステーションワゴンがいて、その前を高岩たちの軽自動車が走っている。だが、軽自動車は時速十キロあるかないかの低速走行だ。

「安全運転にしても、遅すぎるね。故障したとか？」

通りを見回し、矢上も言う。住宅街の中だが環状七号線から井《い》ノ頭《かしら》通りへの抜け道になっているのか、車通りは多い。シートベルトを締めた体を起こし、運転席と助手席の間に首を突き出して架川は答えた。

「いや。この通りに出るまでは、普通に走っていました」

「だよね。どうしたんだろう」

そう言って、矢上は首を捻《ひね》った。ステーションワゴンのドライバーも困惑している様子で、座席から身を乗り出して前を窺っているのがわかる。ステーションワゴンは営業車らしく、バックドアに製薬会社の名前が書かれていた。

ドライバーが焦るか苛立《いらだ》つかしたのか、ステーションワゴンはセンターラインに寄った。しかしこの通りは追い越し禁止で、それに気づいたのかステーションワゴンは車線の中央に戻った。すると今度は速度を上げ、軽自動車との距離を詰めた。だが軽自動車に速度を上げる気配はなく、ステーションワゴンはクラクションを短く鳴らした。

「気持ちはわかるけど、これ以上はダメですよ」

ステーションワゴンのドライバーに言い聞かせるように、矢上が呟《つぶや》く。クラクションを不必要に使う行為は道路交通法の警音器使用制限違反にあたり、三千円の罰金が科せられる。パッシングに関しても令和二年六月に道路交通法が改正され、執拗《しつよう》に行うと妨害運転、いわゆる煽《あお》り運転とみなされ、三年以下の懲役または五十万円以下の罰金が科される。

しかし高岩はのろのろ運転を続け、ステーションワゴンのドライバーが苛立ちを爆発させたようにクラクションを長く鳴らした。光輔たちのセダンの後ろには長い車列ができ、対向車のドライバーが何ごとかとこちらを見て行く。

「後続車両をからかっているのか？　高岩は三十過ぎだろう。何が面白いんだ」

眉をひそめ、架川が言う。その言葉を聞き、光輔は閃《ひらめ》いた。

「わかった。煽らせ運転ですよ。わざとのろのろ運転をして、後続車両のドライバーが煽り運転をするように仕向けるんです」

前を向いたまま早口で説明すると、矢上が「ああ」と頷いた。

「煽られてる様子を動画に撮った上で後続車両を停めて、『動画をSNSにアップしてやる』とか『警察に通報する』と脅して金銭を喝取《かっしゅ》するやつね。煽り運転が違法行為になったことを悪用した手口で、最近増加してる」

「軽自動車に乗ってるのもそのためか。小型車はナメられやすく、煽り運転のターゲットにされることが多いからな」

架川も頷き、光輔は、

「ええ。でも、問題は動画で撮るだけじゃなく」

と話を続けようとした。その矢先、ブレーキランプを点灯させてステーションワゴンが急停車した。光輔も慌ててセダンのブレーキを踏み、反動で体が前後に揺れる。同時に前方で、がしゃんと硬く尖《とが》った音がした。

「大丈夫ですか!?」

真っ先に、光輔は隣と後ろを見た。矢上は「大丈夫」と頷き、架川は両手で運転席と助手席のシートの端を摑《つか》み、体を乗り出して言った。

「お前が言おうとした通りになったか」

「ええ。煽らせ運転をするドライバーの中には動画で撮影するだけじゃなく、故意に追突事故を起こさせる者がいるんです」

　早口で話しながら、光輔はセダンを通りの端に停めた。その間に矢上は無線機で本庁の通信指令本部に事故を報告し、所轄警察署交通課の出動を要請した。

　光輔はハザードランプを点してシートベルトを外し、セダンを降りた。トランクから三角表示板を出し、路上に置く。架川も降車し、後続車両に事故を報《しら》せた。一方矢上は「大丈夫ですか？」と声をかけながら、事故車両に歩み寄る。

　光輔と架川が交通整理をしていると、すぐにサイレンを鳴らしたパトカーがやって来た。架川が警察官の一人に状況を説明し、光輔は他の警察官に交通整理を任せて事故車両に向かった。

　速度が出ていなかったので、追突された軽自動車はバックドアがわずかに凹《へこ》んだだけ。追突したステーションワゴンも、フロントバンパーに小さな傷が付いただけだ。しかし、その脇に立つ男たちの顔は険しい。端に立つ矢上に、光輔は囁《ささや》きかけた。

「どうしました？」

「ステーションワゴンのドライバーは、『わざとのろのろ運転をして、急ブレーキを踏まれた』と訴え、高岩たちは『安全運転をしていただけ。煽られて怖くなり、ブレーキを踏んだ』と主張してる」

振り返った矢上が、眉根《まゆね》を寄せて囁き返す。予想通りの展開なので無言で頷き、光輔は男たちを見た。ステーションワゴンのドライバーは四十代半ばの男で、縁なしのメガネをかけて背中に製薬会社の名前が入ったジャンパーを着ている。その向かいには黒いジャージの男が胸の前で腕を組んで立ち、隣の高岩は俯《うつむ》いて片手でスマホ、もう片方の手で前髪を弄《いじ》っている。

「刑事さんも、後ろにいたなら見てたでしょ？　あれは絶対こっちを挑発するつもりだったんですよ」

矢上を振り向き、ステーションワゴンのドライバーが言った。矢上が答えるより早く、黒いジャージの男が返した。

「だから違うって言ってんだろ。ゆっくり走って何が悪いんだ。高速道路には五十キロって法定最低速度があるが、一般道にはねえ。だろ？」

最後は矢上を見て、挑むように問う。

「『法定最低速度』なんて難しい言葉、よく覚えたな」

低く無愛想な声がして、その場にいる五人の目が動く。両手をスラックスのポケットに突っ込んで肩を怒らせ、架川が進み出て来た。

「はあ？　バカにしてんのか」

組んでいた腕を解き、ジャージの男がわめいた。隣の高岩は、驚いたような顔で架川を見ている。鋭い眼光で二人を見据え、架川はさらに言った。

「確かに一般道に法定最低速度はねえ。だが、道路交通法には『安全運転の義務』ってのがあって、他の車に危害を及ぼすような運転は禁止されてるんだよ」

一瞬動揺してから、ジャージの男は何か言い返そうとした。が、架川は、

「それに、何だこれは」

と続けて軽自動車に歩み寄り、開いた窓から中を覗《のぞ》いた。

「型落ちの軽自動車に、前後二カメラとナイトビジョン搭載の高級ドライブレコーダーか？　半端な法律の知識といい、ケツ持ちがいるな。誰だ？」

畳みかけるように問いかけ、ジャージの男と高岩の顔を交互に睨《にら》む。その隣に行って光輔も車内を覗くと、確かにバックミラーの脇とリアガラスの上にカメラが取り付けられている。振り向いて光輔も口を開こうとした刹那《せつな》、高岩は身を翻して走りだした。

「おい！」

「高岩！」

声を上げ、架川と光輔も走りだした。

車道を走りだした高岩だったが前方に交差点があるのに気づき、歩道に入った。スマホをジャンパーのポケットに押し込み、さらに走る。光輔と架川も歩道に入って後

を追った。

交差点の手前まで行き、高岩は歩道を曲がった。光輔たちも倣うと、傍らに背の高いネットフェンスが現れた。中は工場らしく、白い箱のような建物が並んでいる。高岩はネットフェンスに沿って走り、途中で脇道に入った。と、半歩後ろを走る架川が、

「挟み撃ちだ！」と告げ、傍らの門から工場の敷地に駆け込んだ。「はい！」と返し、光輔は脇道に向かう。

脇道の両脇にも、高いネットフェンスがそびえていた。工場と工場の間の狭い通路だが裏の通りに抜けられるらしく、高岩は一心不乱に前進を続けている。

「高岩！」

前方で声が上がり、高岩はびくりと顔を向けた。片側のフェンスに大きな扉があり、その向こうに架川が立っている。扉もネットフェンス張りだが、カギがかかっているのか、架川は開けようとしない。じゃあ、よじ登ればと光輔はフェンスの上を見たが、鉄条網が二重に張られている。開かない扉に苛立《いらだ》ったように、架川は両手でフェンスを摑んで揺らし、さらに怒鳴った。高岩は架川の状況に気づいたのか、少しほっとした様子で前進を続けた。

「てめぇ！」

一際大きな声で架川が怒鳴り、高岩はその眼前を駆け抜けようとした。と、架川は

両腕を伸ばして扉を押し、扉は勢いよく外側に開いた。行く手を塞《ふさ》がれ、高岩は扉に激突して仰向《あおむ》けで地面に倒れた。

挟み撃ちで騙《だま》し討ちか。感心しながら、光輔は高岩に歩み寄った。身をかがめ、両手で鼻を押さえて呻《うめ》いている高岩の腕を掴み、もう片方の手で腰の帯革《たいかく》から手錠を取り出した。事情聴取中の逃走で緊急逮捕すると告げようとしたが、先に高岩が言った。

「け、刑事さん、助けて！」

「えっ？」

思わず訊《き》き返すと、高岩は荒く呼吸しながら裏返った声で訴えた。

「あの人、やくざでしょ？　殺される」

「あの人」と上げた指は、光輔の隣に来た架川に向けられている。高岩の顔を見下ろし、架川は警察手帳を出して返した。

「バカ野郎。俺も『刑事さん』だ」

「マジ!?　だって『ケツ持ち』とか言ってたし、その格好……俺、昔やくざに半殺しにされたんだよ。今度こそ、本当に殺されると思って」

目を剝《む》いて騒いだ後、高岩は脱力したように黙り込んだ。

「知ってる。その話を聞きに来たんだ」

架川が返すと高岩は、「えっ!?」とまた目を剝いた。「誰がやくざだ」と不満顔で呟《つぶや》き、架川は顔を上げた。

「今さらですか？」

高岩を立たせながら光輔が呆《あき》れると、架川は「何だと？」と威圧感溢《あふ》れる顔で睨んできた。それを見て怯《おび》える高岩を「大丈夫だから」となだめ、光輔は「応援を呼びましょう」と告げてスマホを出した。すると架川は、

「俺が呼ぶ」

と言って自分のスマホを出した。

本庁から組対の刑事がやって来たのは、事故発生から一時間ちょっと経った頃だった。

通りの端に停めたセダンを降りる男の二人組に向かい、架川は手を上げた。

「よう、深山《みやま》」

「『よう』じゃないですよ。何なんですか」

前を歩く男が顔をしかめて返す。歳は三十代前半、二つボタンでジャケットの丈が短めの、流行のシルエットのダークスーツを身につけている。これといった特徴のない顔立ちだが目つきは鋭く、体にも厚みがあって独特の威圧感がある。

名前は初めて知ったが、光輔は前にも深山と会ったことがある。本庁組織犯罪対策

部組織犯罪対策第四課の刑事で、かつての架川の下僚だ。架川はある容疑をかけられて組対を追われ、それは間違いだと証明されたのだが、別のいざこざがあり、組対の刑事たちは今でも架川をよく思っていない。深山も以前会った時は、架川を見下すような態度を取っていた。

　と、深山の後ろからもう一人の男が顔を出し、光輔にぺこりと頭を下げた。定村修斗だ。深山とコンビを組み、捜査に当たっているのだろう。光輔も会釈し、周りに注意しながら微笑みかけた。現場は追突事故の実況見分を行う所轄署交通課の警察官と、高岩たちの恐喝容疑を捜査する所轄署刑事課の刑事、光輔たち、さらに歩道に集まって来た野次馬で騒然としている。

「そう怒るなって。事件《ヤマ》がありゃ駆けつけるのが、デカってもんだろ」

　なだめるように告げ、架川は歩み寄って来た深山の肩を叩《たた》いた。鬱陶《うっとう》しそうに身を引き、深山は返した。

「ヤマって、交通違反じゃないですか。なんで俺らが」

「マルヒは煽《あお》らせ運転を組織的に行っており、バックにはケツ持ちがいる。ケツ持ちは集めた人間に車とドライブレコーダーを与えて恐喝のテクニックを教え、ガイシャから奪った金と追突事故で得た保険金を吸い上げてる」

　そう説明して架川は後ろを振り返り、深山と定村の視線も動く。ジャージの男は警察官と刑事に付き添われ、ステーションワゴンのドライバーとともに実況見分中。高岩は所轄署のセダンに乗せられ、所轄署の刑事と矢上から聴取を受けている。

「で、俺らに何をしろと？」

深山が架川に問うた。あっさりと、架川が答える。

「決まってるだろ。捜査だよ」

「だから」

話しだそうとした深山を遮り、架川はさらに言った。

「組対の捜査対象は、暴力団だけとは限らねえ。その名の通り『組織』の関与が疑われるヤマなら、なんでもアリだ。殺人、強盗、窃盗、詐欺、恐喝に交通違反。職務質《ばんか》問《け》や自動車検問で見つけたナイフや違法薬物をきっかけに犯罪組織を摘発なんてのは、よくあることだろ」

ああ、そうか。目が覚めたような思いで、光輔は架川を見た。定村も驚いて架川を見ているが、深山は渋い顔で黙ったままだ。すると、ダメ押しといった様子で架川は言った。

「お前、新入りのお守《も》りやなんやらで、最近点数を稼げてねえだろ。ここいらで結果を出さねえと、ヤバいんじゃねえのか？」

むっとして、深山は架川を睨んだ。しかし平然と架川に見返され、また少し黙ってから問うた。

「本当にケツ持ちがいるんですか？」

　すると架川は光輔を見て、「答えろ」と言うように顎《あご》を動かした。深山に向き直り、光輔は一礼した。

「深山さん、お久しぶりです……先ほど聴取したところ、あちらの高岩は煽らせ運転は認めたものの、最近仲間に加わったばかりです。リーダー格は向こうのジャージの岡地《おかじ》という男で、黙秘していますが元締めについて把握している模様です」

　身振り手振りを交え、高岩とジャージの男を指して説明した。真剣な顔で話を聞いていた深山は「わかりました」と頷《うなず》き、もう一度架川を見た。

「望みは何ですか？　わざわざ呼びつけてネタを提供するってことは、狙いがあるんでしょう」

「さすがに話が早いな」

　架川が笑うと、深山はため息をついて返した。

「架川さんはうちの課長どころか部長にも睨《にら》まれてるし、大したことはできませんよ」

「わかってるって……黒扇会の益永典彦を聴取してるだろ？　別件で話を聞きたい。短時間でいいし、俺じゃなく課長が行く。いいな？」

　声を潜め、セダンの中の矢上を指して架川は迫った。

『いいな？』って言われちゃね。何とかするので、少し時間を下さい」

「よし」

頷き、架川は光輔に目配せをしてきた。それに頷き返しながら、光輔はまた感心する。

まさか高岩の煽らせ運転を使い、益永の聴取を取り付けるとは。組対という部署を知り尽くした架川だからこその発想で、これもマル暴デカの知恵だろう。

「みんなは元気か？」という架川の問いかけで、深山との世間話が始まった。光輔も定村に「意外なところで会えましたね」と笑顔を向けた。「ええ」と定村も笑い、囁《ささや》き声で「先日はありがとうございました。あのとき教わった『敵の敵は味方』ですけど、いま嘉嶋興業に接触してるところです」と報告してきた。

「そうですか。くれぐれも気をつけて下さいね。玲未さんが心配しますから」

「はい。でも何でも話せるし、僕の情けないところも知り尽くしてるから、気が楽なんです」

「現場でノロケですか？」と笑ってからかってから、光輔は囁いた。

「ところで折原大悟の件なんですが、生前折原は春蘭市のコフレというクラブの客だったんですよね？」

「ええ」

深山を気にしつつ、定村は頷く。光輔も架川をチラ見してから、こう続けた。

「コフレの顧客名簿を入手できませんか？　最近のものだけではなく、十年前から。信濃一家と折原の関係が十年前に始まったのなら、店に通いだしたのもその頃のはずです」

「いや、さすがにそれは」

「クラブなら必ず顧客名簿があるはずだし、折原と信濃一家の関係を探る手がかりになりますよ。迷惑はかけないし、何かわかったら、定村さんの手柄にしていただいて構いませんから」

追い込むかたちにならないよう、軽いノリで語りかける。「はあ」と定村が困惑しながらも応《こた》えた時、深山が「おい、行くぞ」と振り返った。

「じゃあ」

と定村は歩きだした深山を追い、光輔は「お疲れ様です」と笑顔で見送った。あと一歩だが、必ず引き受けるはずだ。そう思い、視線を感じて顔を向けると架川がじっと見ていた。定村と何か大事な話をしたと疑っているのは一目瞭然《いちもくりょうぜん》だが、笑顔をキープし、

「挨拶《あいさつ》しただけです。顔が怖すぎですよ。野次馬も見てるんですから」

と語りかけて歩み寄った。

14

光輔たちが桜町中央署に戻ったのは、午後五時前だった。休む暇もなく、刑事課の打ち合わせ用テーブルで楠本殺害事件捜査班の捜査会議が始まった。

「じゃあ、楠本は玉田に妻の浮気相手が高岩だと報《しら》せただけじゃなく、暴行にも加わっていたんですね」

矢上と光輔の報告を聞き終え、班員の一人の野本滋《のもとしげる》巡査部長が言った。二十九歳の野本は刑事課では光輔に次ぐ若手で、柔道二段の猛者《もさ》だ。

「ええ。高岩の話によると楠本は殴る蹴《け》るに加え、『あのベッドで姐《ねえ》さんとやったのか！』『この腕時計も姐さんに買ってもらったんだろ！』などと迫ったそうです。それで玉田はますます興奮し、高岩に全治六ヵ月のケガを負わせました」

ホワイトボードの前に立つ光輔がメモを見返しつつ応えると、テーブルに着いた班員たちからため息が漏れた。高岩は、岡地と追突事故現場の所轄署に連行された。今後組対の捜査員も加わっての取り調べを受けることになるが、光輔たちには「今度こそ、まともな職に就きます」と話していた。

「そこまでやって、よく二日で釈放されましたね」

また野本が言い、光輔は頷いた。

「ええ。それは僕らも気になっていて、組対に確認しようと思っているんですが」

テーブルに着いている他の刑事たちも首を傾げ、ホワイトボードの端に貼られた事件関係者の写真に目をやった。事件当時六十六歳だった玉田は小柄だが目つきの鋭い、いかにもな強面《こわもて》。一方、当時四十五歳の益永は面長で目鼻立ちも整っている。

と、光輔の隣に立つ矢上が眉根《まゆね》を寄せて言った。

「シノギが下手で気も利かない楠本は、仁英組ではつまはじきにされていたようだ。志保理と高岩の関係を知って、点数を稼ぐチャンスとでも思って玉田に密告し、高岩の自宅に連れて行ったんだろう……悪徳ホストとはいえ、カタギを暴行するなんて。しかも、小松崎に脱退の相談に乗ってもらっていた最中に。『足を洗いたい』なんて、口だけだったのか」

後半は悲しげな口調と表情になり、最後は俯《うつむ》いてしまった。慌てて、光輔がフォローの言葉をかけようとすると、架川が口を開いた。

「俺はそうは思いません」

矢上が顔を上げ、光輔と他の刑事たちも振り向く。組んでいた脚を解き、架川は続けた。

「確認しましたが、当時仁英組は組対にマークされており、玉田には二十四時間の監視が付いていました。当然それは構成員である楠本も知っていたはずなのに、なぜ高岩の件を玉田に密告し、煽《あお》るような真似までしたのか。玉田が問題を起こせば組対の思うツボで、点数を稼ぐチャンスどころか、組のピンチです」

「組をピンチに追い込むのが目的だったとか？　玉田が逮捕されて仁英組が解散すれば、楠本は自動的に足を洗えますよね」

　別の刑事が言った。なるほどと光輔は思ったが、矢上は首を横に振った。

「いや。楠本はつまはじきにされてはいたが、借金などはなかった。そこまでやらなくても、小松崎や警察の力を借りれば、時間はかかっても仁英組を脱退できたはずだ」

「そうなると、楠本の密告の目的がわかりませんね。点数稼ぎと足を洗うことの他に、何かあるんでしょうか」

　光輔が呈した疑問に刑事たちは首を捻《ひね》り、矢上は弱々しい眼差《まなざ》しで、ホワイトボードに貼られた名刺の写真を見た。矢上が自分自身を責めているのは確実で、光輔はかける言葉を探したが見つからず、架川に目をやった。しかし架川は口を引き結んで前を見て、何か考え込んでいる。

　困惑し、光輔は室内に視線を泳がせた。と、刑事課のドアが開いて制服姿の若い女が入って来た。課内の事務を担当している職員で、手に封筒を持っている。通路を近づいて来た女は、矢上に封筒を差し出した。

「失礼します。道玄坂署から届きました」

「ありがとう」

矢上は封筒を受け取り、中身を出した。隣から光輔が覗《のぞ》くと、楠本の写真だった。白い背景の前で、上半身を正面と横から撮影している。矢上が言う。

「高岩の事件で逮捕された時のものだ。昨日行った時に、『見つからないので探して届けます』と言われたんだよ」

「そうだったんですか」

写真の楠本は気が抜けたような顔をして、こちらを見る目もどこか虚《うつ》ろだ。しかしその頰には、鮮血が付着している。高岩のものだろう。

返り血を浴びるほどの暴力を人に振るう男が足を洗うなんて、無理な話だったのか。そうよぎると虚《むな》しくなり、光輔は写真から目をそらそうとした。と、視界の端に映った薄紫色に引かれ、再度写真を見た。薄紫色は楠本が身につけたワイシャツで、ボタンを外した胸元からは金のネックレスが覗いている。ワイシャツの上は、黒いスーツだ。

「これ、遺体の着衣と同じですよね？」

光輔がホワイトボードに貼られた遺体の写真と逮捕時の写真を交互に見て言い、矢上も倣った。

「ああ、そうだね」

「だとしたら、楠本は道玄坂署を釈放されて間もなく殺害されたことになりますね。釈放された楠本を迎えに行ったのは――」

そこまで話した時、光輔の頭の中で火花が散った。目がちかちかして、頭が猛スピードで回り始める。

「若頭が下っ端の若中を迎えに行ったのか？ 妙だな」。最初に頭に響いたのは、架川の声だ。確かに妙だ。でも、目的があれば――。

光輔の思考を遮るように、「むしろ彼は、『あの時、俺が事務所なんかでテレビを見てなかったら』と自分を責めていました」という小松崎の声と顔が再生された。『あの時～』は、小松崎が玉田から金を借りたと知った時の楠本の言葉だ。

ひょっとして、それで。ある結論が光輔の中で出かけた刹那《せつな》、それを押しとどめるように「――でも、いたずらや嫌がらせもあるんですよ。僕は名刺に携帯電話の番号を載せているんですが、ネットに流出しちゃったらしくて」と恥ずかしそうに頭を搔《か》いた後、「――無視すればいいだけだし――」とあっけらかんと返す小松崎の姿が蘇った。

すると今度は、頭の中で電話のベルが鳴り始めた。そこに「立ったり座ったり、落ち着かなかった。途中で一度、外に出て行った」と、高岩傷害事件の前の楠本について語る、マッサージ店の女の言葉が重なった。電話は鳴り続け、今度は「ここは携帯の電波が入らないから」というマッサージ店の女の声と、店の出入口の脇に置かれた公衆電話のスタンドの映像が重なって消えた。

そして最後にまた小松崎が現れ、寂しく悲しげな眼差しで「でも楠本さんは足を洗ってからの計画を楽しそうに話して、『また連絡する』と言って帰って行きました」と語った。「また連絡する」の小松崎の言葉には、クリーニングサービス晴天舎のドアの前に立って同じ言葉を口にする楠本の姿も重なり、にやりと笑って部屋を出て行く後ろ姿まで浮かんだ。

なんで会ったことのない、楠本の姿と声が。うろたえた光輔だったが、同時にその楠本の声こそが、さっき出かかった結論のさらに奥にあるものだと気づいた。

「摑《つか》めたか？」

そう声がしたので、「はい！」と答え目を開けると、数センチ先に架川の顔があった。

「うわっ！」

思わず体をのけぞらせると、架川も体を起こした。

「蓮見が事件の真相を突き止めました。言うとおりにして下さい」

そう架川が、唖然《あぜん》とこちらを見ている刑事たちに告げると、「えっ、本当!?」と矢上が声を上げる。みんなに一斉に目を向けられたじろいだ光輔だったが、素早く頭を整理して笑顔も浮かべ、告げた。

「僭越《せんえつ》ながら、これからみなさんにしていただきたいことを伝えます」

15

翌日の午後。架川は光輔、矢上とともにクリーニングサービス晴天舎を訪れた。小松崎は、オフィスの応接セットで待っていた。仕事の予定がキャンセルになったそうで社員たちもいて、パソコンを操作したり、掃除用具の手入れをしたりしている。年配の女がお茶を出して引っ込むと、光輔が言った。

「昨日はありがとうございました。お借りしたスマホは、なるべく早くお返しします」

「それは構いませんけど、あんな古いやつが役に立ったんですか？」

怪訝《けげん》そうに小松崎が問う。昨日は捜査会議のあと光輔が小松崎に「五年前に使っていたスマホを持っていますか？」と訊《たず》ね、小松崎が「ええ」と答えたので、急いで借りに来た。「もちろんです」と頷《うなず》き、矢上が話しだした。

「小松崎さんが古いスマホを処分せずに持っていて下さったこと、留守番電話にスマホ本体の伝言メモを使っていて下さったことのお陰で、事件が解決したと言っても過言ではありません」

「事件が解決？　じゃあ」

「楠本さんを殺害したのは元仁英組若頭で、黒扇会幹部の益永典彦です。益永はいま別件で逮捕されていますが、昨日私が聴取をしたところ、犯行を認めました……小松崎さん。あなたは玉田からの借金以外にも、隠し事をしていましたね？」

最後は眼差しを鋭くして、矢上は小松崎を見た。とっさに答えられない小松崎に、架川が告げた。

「借りた金で急場をしのいだのはいいが、返済のあてはない。すると玉田は、『黒扇会の本部長補佐の土方を殺せ。成功すれば借金はチャラにしてやる』と持ちかけてきた。無論あんたは断ろうとしたが、玉田は『なら金を返せ』と迫る。追い詰められたあんたは、そのことを楠本に話した。違うか？」

強めの口調で問いかけると、小松崎は「その通りです。申し訳ありません」と深々と頭を下げた。その声と姿に、社員たちがこちらを振り向く。

「俺らはあんたを責めに来たんじゃねえ。聴いて欲しいものがある」

そう告げて、架川は隣に視線で合図をした。頷き、光輔はスーツのジャケットのポケットから、灰色の古いスマホを出した。昨日ここで借りたものだ。光輔はスマホを操作してローテーブルに置いた。

「もしもし、小松崎さん？　俺、楠本」

スマホのスピーカーから、楠本の声が流れた。意外と柔らかく、落ち着きもある。驚いたように目を見開いた小松崎だったが、伝言メモに録音された音声だと気づき、スマホに見入った。架川と光輔、矢上も耳を澄ます。

「この間の件だけど、やっぱりダメだ。土方を殺《やっ》したところで何も変わらねえし、あんたは一生玉田にいいように使われる」

そこで言葉を切り、楠本が煙草をくわえて火を点《つ》ける気配があった。背中を丸めて話しているのか、声がくぐもっている。

「で、考えたんだ。俺はいま、円山町のマッサージ店にいる。組長に会って、姐《ねえ》さんの浮気をチクるつもりだ。組長はブチギレて浮気相手をぶん殴り、組対のデカどもが俺らをパクるだろう。そうなりゃ組は解散に追い込まれ、あんたの借金と襲撃の件もチャラだ。最高だろ？　姐さんの運転手をやらされて腐ってたけど、ネタが掴めてよかったよ」

そう言って、楠本は潜めた声で笑った。それを聴く男たちの間には張り詰めた空気が流れ、とくに小松崎は身を乗り出したまま呆然《ぼうぜん》としている。

「なんで僕なんかのために、そんなことを」

スマホを見つめ、小松崎が呟《つぶや》いた。それに応《こた》えるように、楠本が話を続けた。

「だからって、気にする必要はねえぜ。俺が勝手にやることだ。だってさ」

言葉を切り、楠本は黙った。何か迷うか考えるかしているのか、せわしなく煙草をふかす音が聞こえる。体の向きを変えたらしく、衣擦《きぬず》れの音がして楠本は言った。

「あんたは、足を洗いてぇと思うやくざ者の希望なんだ。そのあんたが悪の道に戻れば、みんな『更生なんて夢だ』『過去には勝てねえ』と諦《あきら》めちまう。それは絶対にダメだ……俺なら、大丈夫だ。パクられて前科《まえ》が増えちまうが、どうってことねえよ。あんたがいてくれりゃ、きっとやり直せる」

語るほどに、楠本の声は明るく熱を帯びていった。自分で自分を鼓舞しているのがわかる。と、すすり泣きの声がして、架川は顔を上げた。小松崎かと思いきや、矢上だ。涙で頬を濡《ぬ》らして鼻水も垂らし、光輔が差し出したポケットティッシュを礼を言って受け取っている。

昨夜署でこの伝言メモを聴いた時も、号泣してたじゃねえか。呆《あき》れて矢上を眺める架川の耳に、楠本の声が聞こえた。

「小松崎さん。俺もあんたみてぇに、みんなの希望になりてぇんだ。とは言っても、インタビューだの講演だのは無理だから、きっちり働いてるところを見せて、『あいつみてぇな半端もんのバカがやり直せたんだから、俺だってまだ間に合う』と思ってもらう。それならできるだろ?……ああ、なんか俺、すげえわくわくしてる。このあと警察《サツ》にパクられるってのに、バカみてぇだよな」

あはは、と楠本が笑った時、後ろで誰かの声がした。楠本が返事をする気配があり、

「組長が呼んでるってよ。いよいよだ。じゃあな」

と早口で告げ、受話器を置く音がして伝言メモの再生は終わった。架川は顔を上げ、向かいを見た。

小松崎は泣いていた。矢上とは対照的に声や音を立てず、静かに涙を流し、膝《ひざ》に乗せた拳《こぶし》をきつく握っていた。後ろに社員たちが集まって来ているらしく、光輔が振り返って見ている。赤い目をして鼻声で、矢上は告げた。

「以上です。これは五年前の六月六日の午後三時過ぎに吹き込まれたもので、このあと楠本さんは玉田とともに高岩というホストの自宅に乗り込んで逮捕されています。本庁の組対に確認してわかったんですが、連行された署で楠本さんは組対の刑事に『足を洗いたくてやった』と話したそうです。それを聞いた組対の刑事は、『玉田と仁英組の内情を話すなら、傷害は微罪で済ませる』と密かに約束し、二日後に楠本さんを釈放しました。しかしそれで益永は疑いを抱き、迎えに来たふりで楠本さんを車に乗せて林の中に連れて行った。そして舎弟たちとリンチして真相を吐かせ、裏切り者として処刑して遺体を埋めたのです。益永はこの犯行とは別に、玉田があなたに土方殺害を命じたことも認めています」

「いやでも、今の伝言は初めて聴きました。本当に僕のスマホに入ってたんですか？　午後の三時なら仕事中で出られなかったのかもしれないけど、楠本さんから伝言が入っていれば必ず再生したはずです」

「楠本さんがいたマッサージ店はビルの地下にあって、携帯の電波が入らなかったんです。だから楠本さんは店の前の公衆電話から、小松崎さんに電話をかけた。結果、発信元として小松崎さんのスマホに表示されるのは、公衆電話です。先日お邪魔した時、あなたはいたずらや嫌がらせの電話がかかって来るから、知らない番号は無視すると話されていましたよね。だから楠本さんの伝言も、無視してしまったんじゃないでしょうか」

そう応えたのは光輔だ。てきぱきと話しているが、言葉の端々に小松崎への気遣いが感じられた。すると小松崎は拳をさらにきつく握り、顔を歪《ゆが》めた。

「こんなに大切な伝言を五年も？　すぐに再生していれば、楠本さんを止められたかもしれないのに。それが無理でも、迎えに行けたのに。僕が一緒なら、絶対あの人を死なせやしなかった。益永だかなんだか知らないけど、謝って闘って、それでもダメなら、僕が筋を通して――」

「社長！」

その声に、はっとして小松崎が顔を上げた。架川たちも振り向くと、クリーニングサービス晴天舎の社員たちが応接セットを取り囲んだ。

「なに言ってるんですか。それこそダメです」

社員の一人が言う。年配の男だ。

「そうですよ。社長に死なれたら、会社はどうなるんですか。俺たちを見捨てないで下さい」

すがりつくような目で訴えたのは、若い男。初めてここを訪ねた時、架川の風体を見て「マジで？」と驚いていた男だ。すると別の中年の男が、

「バカ。今のは五年前の話だ。社長は、会社や俺たちを見捨てたりはしない」

とたしなめた。

「あれ。そうだっけ？」と驚く若い男に他の二人が突っ込みを入れ、張り詰めていた空気が緩んだ。小松崎は目を潤ませ、複雑そうな顔で社員たちを見ている。と、今度は矢上が言った。

「ショックだし、悔しいですよね。私も同じです」

赤い目で鼻声のままだが、眼差《まなざ》しはまっすぐ小松崎を捉えている。怪訝《けげん》そうに見返した小松崎に、矢上はさらに言った。

「ここを訪ねる前、楠本さんは私に『足を洗いたい』と声をかけたんです。私は名刺を渡しただけでしたが、楠本さんはその名刺を亡くなるまで持っていてくれた」

「そうだったんですか」

「ええ。でも、いや、だからこそ、立ち止まっちゃダメです。私たちには、楠本さんの遺志を引き継ぐ義務がある。それに、あなたにはこんなに頼りにしてくれている部下もいるじゃないですか」

　矢上も拳を握り、訴える。心からの言葉だと架川は感じた。光輔も口を開いた。

「そうですよ。更生を望む暴力団構成員の希望で居続けて下さい。これからさらに、小松崎さんを必要とする構成員が増えますよ」

　言葉を切り、光輔は架川を見た。わかってるよ、うるせえな。そう心の中で言い返して光輔を睨《にら》み、架川は小松崎に向き直った。

「カタギになると言って組織を抜けた元暴力団構成員が、二年も経たずに事件を起こしたり、組織に逆戻りしたりするのを山ほど見てきました。やくざ者に綺麗事《きれいごと》は通用せず、言う必要もない。だが『やめたい』と言う者には、とことん付き合って下さい。無論、俺たちもそうします」

　釈迦《しゃか》に説法《せっぽう》だという気もしたが、小松崎は小さく頷《うなず》きながら、架川の話を聞いた。

　そして最後に、「わかりました。楠本さんのためにも、ここで踏ん張り続けます」と言って深々と一礼した。「いいぞ！」「それでこそ社長だ！」と社員たちが拍手し、矢上もほっとしたように拍手に加わった。架川も安堵《あんど》し、身を引こうとしてあるものに目が留まった。

オフィスの出入口のドアだ。何の変哲もないアルミのドアだが、最初にここに来た時、小松崎が「『また連絡する』と言って帰って行きました」と楠本から最後に聞いた言葉を告げ、このドアに目をやったのを思い出した。と、なぜか黒いスーツに薄紫色のワイシャツを合わせて金のネックレスを覗《のぞ》かせた楠本が、「また連絡する」と言ってにやりと笑い、ドアを出て行く姿が頭に浮かんだ。戸惑いながらも、「お前はちゃんと『また連絡』してたんだな。五年かかったが、伝わったぞ」と楠本の後ろ姿の残像に告げた。


クリーニングサービス晴天舎を出た時には、陽が傾き始めていた。ビルの前に停めた署のセダンに向かいながら、矢上は言った。

「今回も、蓮見くんの推理が冴《さ》えまくってたね。お陰で僕も、気持ちの整理が付いたよ。ありがとう」

「とんでもない。益永に辿《たど》り着いたのは八何の原則、伝言メモの存在に気づいたのは、現場を観察する順序。どちらも課長の発案がきっかけです。今回の事件は、正しくは課長が解決したというのが」

「またまたあ。言い過ぎだって。でも、僕がデカとして学んだことや身につけたことを引き継いでくれる人がいるなら嬉《うれ》しいよ。これで安心して定年を迎えられる」

「そんな。まだ五年もあるじゃないですか。これからもたくさん学ばせていただきたいし、熟練の捜査テクニックを拝見したいです。よろしくお願いします」

光輔はそう返し、セダンの前で立ち止まって深々と一礼した。矢上は「やめてよ～。その気になっちゃうじゃない」とにやけきった顔で返し、頭を掻《か》いた。

　おべっかこきやがって。横目で光輔を睨み、架川はセダンの後部座席のドアに歩み寄った。と、矢上は今度は架川を見て言った。

「架川くんも、マル暴の知識と経験をフル稼働させてくれたね。やはり、スペシャリストはすごいよ。僕は経験こそ長いけど、広く浅くの何でも屋だから」

「いいじゃないですか。スペシャリストと何でも屋がいるのが、最強の組織です。とは言っても、出世するのはこういう、誰にでもいい顔をするやつなんですけどね」

「こういう」と言う時には光輔を指し、架川は顎《あご》を上げて笑った。「確かに」と返して矢上も笑い、光輔は「ひどいなあ」と抗議する。が、架川が、

「てな訳で、俺も出世には縁なしです」

　と続けたとたん、矢上の笑顔が固まった。どうしたのかと振り向くと矢上は、

「『俺も』って」

　と切なそうな顔で呟《つぶや》き、セダンの助手席に歩み寄った。

16

「……はい。一、二、一、二」

「あ〜、ダメ。課長、右手と右足が同時に出てますよ」

女の声が耳に届き、光輔と架川は振り返った。ロビーの隅に、制服姿の桜町三姉妹と、スーツを着た矢上がいた。歩み寄り、光輔は笑顔で声をかけた。

「お疲れ様です。何やってるんですか？」

「あら、蓮見くん」

「お疲れ様です」

「架川さんも」

振り向き、須藤さつき、倉間彩子、米光麻紀の順に挨拶《あいさつ》を返してきた。そして最後に矢上が、俯《うつむ》いて気まずそうに片手を上げて見せた。なぜか矢上は米光と腕を組んで立ち、その脇に須藤と倉間が立っている。右腕を矢上の左腕に絡ませたまま、米光が言う。

「チャペル入場のリハーサルです。矢上さんの娘さんの結婚式、もうすぐなんですって」

「おめでとうございます。そんなに難しいんですか？」

光輔が訊《たず》ねると、矢上は首を横に振った。

「いや、ただ歩くだけなんだけど、緊張しちゃって……ああ、もうダメだ」

そう言うが早いか、矢上は米光の腕から逃れ、片手で胸を押さえた。その姿に桜町三姉妹が笑い、光輔も噴き出してしまう。昼休みの桜町中央署一階のロビーは、市民と署員たちで今日も賑《にぎ》やかだ。

「じゃあ、架川さんに花嫁役をやってもらったら？」

須藤が言い、みんなの目が光輔の後ろに向いた。架川はライトグレーに赤いストライプのダブルスーツ姿で、両手をスラックスのポケットに入れている。架川にじろりと見返され、矢上は眉根《まゆね》を寄せてふるふると首を横に振った。

「無理無理。別の意味で緊張する」

それを聞いて須藤と倉間、光輔がまた笑い、米光は問うた。

「架川さんは、どんな結婚式を挙げたんですか？」

「やっぱあれ？　紅白幕に囲まれた和室に紋付き袴《はかま》姿の男性がずら〜っと並んで、突き当たりには果物とか鏡餅《かがみもち》とかを供えた祭壇、みたいな」

「そうそう。で、壁には『寿』の下に、いろんな人の名前が書かれた半紙がぎっしり貼られてて、外には運転手付きのベンツ」

目を輝かせて身を乗り出し、須藤と倉間も問いかける。呆《あき》れたように眉をひそめ、架川はポケットから手を出して答えた。

「やくざ者の盃事《さかずきごと》じゃねえんだぞ。そもそも、バツイチに結婚式の話なんか訊《き》くなよ。験《げん》が悪いぞ」

しかし桜町三姉妹は架川を取り囲み、チャンスとばかりに「元奥さんってどんな方？」「娘さんがいるって本当？」等々、質問を始めた。光輔は矢上に言った。

「楠本の遺骨は、小松崎さんが引き取ったそうですね」

「うん。『責任を持って供養します』と言ってくれたよ。ホシの益永も、架川くん曰《いわ》く『黒扇会の息の根を止める決定打にもなるし、きっちり罪を償わせるはずです』だって。うちに架川くんがいてくれてよかったよ」

「それを聞いたら、架川さんは喜びますよ。もう伝えたんですか？」

光輔が問うたが、矢上は「いいや」と顔をしかめて首を横に振った。

「伝えようと思ってたんだけど、やめた。唯一無二の刑事ではあるけど、やっぱり苦手だよ。手帳にもそう書いちゃった」

クリーニングサービス晴天舎で楠本の伝言メモを聴いてから、一週間が過ぎた。

訳がわからず「はあ」とだけ返し、光輔は話題を変えた。

「ところで、趣味探しの方はどうですか？　いいものは見つかりましたか？」

「ああ、それね。見つかったというか、思い出したよ」

「というと？」

「残業中に、僕が楠本に渡した名刺の話をしたのを覚えてる？　あの後、古い手帳を見ていて思い出したんだよ。当時何かのアンケートで、『あなたの趣味は？』と訊かれたことがあったんだ。僕は『家族』と答えて、手帳にもそう書いた」

「趣味は家族ということですか？」

光輔の問いに、矢上は「うん」と頷《うなず》いた。

「昔は、胸を張ってそう答えてたんだよ。妻には呆れられて、娘には嫌がられたけど、『家族を愛し、見守り、寄り添う。それのどこが悪い？』ってね。いろいろやってみたけど、結局僕には家族なのかなと……まあ、『それが濡《ぬ》れ落ち葉なのよ』って言われたらお終《しま》いだけど」

勝手にオチをつけ、矢上は、ははは、と笑った。「濡れ落ち葉」の意味はわからなかったが、光輔の父・優人もよく「趣味は家族だ」と言っていた。それを思い出し、光輔は「よかったですね」と返した。

「おい。行くぞ」

そう言われ、振り向くと架川が顎で玄関を指していた。光輔は矢上と桜町三姉妹に挨拶し、その場を離れた。

二人でロビーを進み、玄関から外に出た。署屋の脇を抜け、裏に廻《まわ》る。平屋の建物が何棟かあり、署屋との間に狭い通路がある。その中程まで進み、架川は立ち止まった。続く光輔も足を止め、周囲に人気《ひとけ》がないのを確認した。いつも薄暗くじめじめとしている場所だが、十一月に入り、朝晩は冷え込むようになった。

「『話がある』って、悪い話でしょう？　架川さんとここで会うと、ろくなことにならない」

先制攻撃のつもりで口を開き、光輔は笑った。今年の六月、架川になりすましの秘密を見破られ、「点数稼ぎに協力しろ」と言われたのもここだ。架川は無言。じっと光輔を見返している。

「僕も話したいことがあるので、先にいいですか？　昨夜羽村さんから連絡があって、小浜三代子の居場所がわかったそうです」

「生きてるのか？」

思わずといった様子で、架川が訊ねた。頷き、光輔は答えた。

「生きてます。それどころか、東京にいます」

「なに⁉」

「三代子は、葛飾《かつしか》区新小岩《しんこいわ》でスナックを経営しています。羽村さんが『手っ取り早く生計を立てるのなら、水商売だろう』と推測して、深夜酒類提供飲食店営業の届出を調べてくれたんです。長野から始めて、山梨《やまなし》、静岡、神奈川《かながわ》。でも見つからなくて、ダメ元で東京を調べたらビンゴ。びっくりですよね」

　興奮して捲《まく》し立てると、架川も驚いたように目を見開いた。

　深夜酒類提供飲食店営業の届出は、正式名称を「深夜における酒類提供飲食店営業営業開始届出」といい、深夜、つまり午前零時から六時まで客に酒類を提供する店を開業する場合は、所轄の警察署に提出する義務がある。届出書には店主の氏名や住所の他に、店の総床面積や照明、音響などの項目があり、定められた基準をクリアしないと営業許可は下りない。準キャリアの羽村は、転勤で培《つちか》った人脈が全国の警察にある。

「大収穫ですね。スナックの住所を聞いたので、様子を見た上で行ってみましょう」

　光輔がそう続けると、架川は「よくやった」と頷いた。しかし、眼差《まなざ》しは厳しいままだ。観念し、光輔が真顔に戻ると架川は言った。

「昨夜、組対の深山と飲んだ。酔わせてネタを得ようとしたんだが、定村のグチばかり聞かされた。馬鹿馬鹿しくなって引き揚げようとした矢先に、『定村に折原大悟の行き付けだったバーの顧客名簿の入手を提案された』と言われた。命じたのはお前だな？」

　架川にバレるのは想定内だが、深山からというのは意外だった。そう思いながら、光輔は返した。

「命じるなんて、そんな。丁寧にお願いしたんですよ。折原と信濃一家の捜査は行き詰まってるようなので、打破の糸口を提供すれば、定村の立場もよくなるでしょう」

「身の丈に合わねえ手柄を続けて上げりゃ、誰かの入れ知恵だと疑われる。定村にヤバい橋を渡らせるなと言っただろうが。お前、何を焦ってるんだ。近づきすぎると、敵が見えなくなるぞ。足場を固めて闘うんだ」

光輔の目を見下ろし、架川は言った。その子どもに言い聞かせるような口調にカチンと来て、光輔は返した。

「そんな温《ぬる》いことをしてる余裕はありません。時間はどんどん経って、十年前の事件の記憶や証拠も消えていく。事実折原は死んだし、三代子だってコフレを去ったじゃないですか」

「消えたって、なかったことにはならねえ。三代子が見つかったのが、その証拠だ」

言い返されてさらにカチンと来て、光輔は声を大きくして架川を睨《にら》んだ。

「架川さんは甘いんですよ！」

架川が黙った。口を引き結び、強い眼差しでじっと光輔を見下ろしている。その迫力と沈黙に耐えきれなくなり、光輔は身を翻して歩きだした。背中に向けられた架川の眼差しを振り切るように小走りになり、通路を抜けて署屋の脇から出た。

17

その夜。船津成男は、赤坂の料亭にいた。広い和室の中央に重厚な座卓が置かれ、酒と肴《さかな》が並んでいる。それを囲むのは、船津と椛島寿夫、有働弘樹、そして船津たちの手下《てした》だ。こういう場所は初めてなのか、下座についた手下は落ち着かない様子で体を動かしている。床の間には意匠《いしょう》を凝らした生け花が飾られ、雪見《ゆきみ》障子《しょうじ》のガラス戸の向こうに見える庭は、ライトアップされている。

「蓮見がコフレの顧客名簿を？」

椛島が訊《たず》ね、手下が緊張の面持ちで「はい」と頷く。船津が補足する。

「深山を通して、先ほど私のところに申請してきました。十年前のものからというのが引っかかりますね」

「ああ」と頷き、椛島は言った。

「調べたところ、蓮見は折原の件だけではなく、コフレのホステスが殺された事件についても嗅《か》ぎ回っている。引っかかるな」

「コフレのホステスというと、歌川チカ殺害事件ですか。あれも十年前ですね。しかし当時蓮見は高校生で、兵庫県にいたはずです。それがなぜ」

言葉を切り、椛島は様子を窺《うかが》うように肉付きのいい顔を部屋の奥に向けた。船津も縁なしメガネのレンズ越しの視線を、同じ方向に動かす。遠慮がちに、手下も倣った。三人の視線が上座に集まったが、そこに座る有働は平然と箸《はし》を動かし、刺身を頬張っている。さらに有働は盃《さかずき》の酒も干し、漆器《しっき》の銚子《ちょうし》で船津に酌《しゃく》をさせてからようやく口を開いた。

「歌川チカ殺害事件はともかく、蓮見が元兵庫県警というのが気に入らんな。偶然だとは思うが、蓮見は架川と行動と共にしている。架川の経験と知識は侮れない。我々の計画を円滑に進めるためにも、蓮見、架川の排除は必須《ひっす》だな」

張りのあるよく通る声でそう語り、また盃の酒を干した。「わかった」と椛島が頷《うなず》き、船津もぺこぺこと頭を下げながら再び酌をする。口を閉じ、有働は彫りの深い顔を庭に向けた。表情は穏やかで眼差しも落ち着いているが、その分思考が読めず、船津と椛島は不安を覚える。それを打ち消すように、椛島は船津に告げた。

「望み通り、蓮見にコフレの顧客名簿を渡してやれ。名簿の誰がやつの狙いなのか、突き止めて報《しら》せろ」

「わかりました」

神妙な顔で頷いた船津は振り向き、「いいな？　目を離さず、突き止めろよ」と命じた。手下が背筋を伸ばし、「はい」と答える。と、椛島が言った。

「今のところ、よくやっている。その調子だ」

「はい！　ありがとうございます」

ぱっと手下の顔が輝き、声に張りも出た。船津も「よかったな」と手下に微笑みかけた後、椛島を見た。椛島も船津に目を向け、いつものように口の端を上げて見せた。

満足して、船津は座卓の盃に手を伸ばした。

第三話　ダウンタウンブルース

1

目を閉じ、蓮見光輔は深呼吸を繰り返した。薄闇の中、昨日の出来事が蘇《よみがえ》る。

「お前、何を焦ってるんだ」という、架川の言葉。それに対する自分の「架川さんは甘いんですよ！」という発言。そして立ち去る光輔の背中に投げかけられた、架川の鋭くも何か言いたげな眼差《まなざ》し。

混乱して胸がざわめき、光輔は目を開けて頭を横に振った。

こんなことじゃダメだ。自分で自分に言い聞かせ、改めて目を閉じ、深呼吸をした。するとようやく頭は空《から》になり、体の隅々まで力が行き渡った。

「よし」

声に出して言うと、スイッチが入った。足下に置いたバッグを摑《つか》み、光輔はドアに向かった。

2

警視庁の独身寮を出て、徒歩五分の桜町中央署に出署した。やや古びた鉄筋六階建ての署内を進み、顔見知りの署員たちとにこやかに挨拶《あいさつ》を交わしながら階段で三階に上がった。

廊下を進み、刑事課の部屋に入った。楠本貴喜殺害事件に続いて満作町連続放火事件も解決したので、室内には穏やかな空気が流れている。

「おはようございます」

自分の机にバッグを置き、光輔は挨拶した。隣は架川の机だが姿はない。

「おはよう。コンビ復活だな」

向かいの席から、クセの強い天然パーマの髪の男が挨拶を返してきた。刑事課主任の梅林昌治巡査部長だ。光輔が「えっ？」と訊《き》き返すと、窓際の席から刑事課長の矢上慶太が立ち上がった。

「急で悪いんだけど、しばらく梅林くんと組んでくれるかな」

通路を歩み寄って来ながら、矢上が告げた。戸惑いつつも「はい」と返し、光輔は隣席に目を向けた。と、矢上はこう続けた。

「あ、架川くんね。実は昨日、『休暇を取らせて欲しい』と言われたんだ。ちょうど事件も解決したところだし、ＯＫしたよ。問題ないよね？」

「もちろんです。梅林さん、よろしくお願いします」

驚きつつも、光輔は笑顔で矢上に返し梅林に会釈をした。矢上も笑顔で頷《うなず》き返したが、光輔の前に来るなり真顔に戻って囁《ささや》きかけてきた。

「本当に問題ない？　いきなり休暇って、イヤな予感しかしないんだけど」

「大丈夫ですよ。異動以来働きづめだったし、疲れたんでしょう。さらにパワーアップして戻って来ますよ」

笑顔をキープしつつ、光輔は答えた。すると矢上は、「あれ以上パワーアップされても困るんだけど」とぼやきつつも自分の席に戻って行った。光輔も自分の席に着いたが、気持ちは落ち着かないままだ。頭に昨日の出来事が蘇り、さらに落ち着かない気持ちになった。スーツのジャケットのポケットからスマホを取り出し、架川のＬＩＮＥのアカウントを表示させようとして、今朝のルーティンで集中できなかった自分を思い出した。

「こんなことじゃダメだ」

口の中で呟《つぶや》いてスマホをしまい、やるべきことを考えだした。

3

タクシーを降りると、刺すような寒風が吹き付けてきた。

架川は片手でバッグの持ち手を掴み、もう片方の手でダブルのコートの襟を立てた。通りを横断し、開いた門から敷地に入る。コンクリートの塀には「上越《じょうえつ》刑務所」と記された、古い銅の看板が取り付けられている。その脇には「出迎えは車一台、三名までとする」と書かれた看板もあった。

広い駐車場の中の通路を進んだ。正面に二階建ての事務棟があり、その後ろに鉄筋五階建ての、左右に翼を広げたような形の収監者の居室棟が見える。居室棟の全ての窓には鉄格子が取り付けられ、屋上には円形の監視塔がある。

事務棟の玄関の脇にはダークスーツ姿のいかつい男が数名おり、携帯用の灰皿を手に煙草を吸っていた。男たちに鋭い視線を投げかけられるのを感じながら、架川は事務棟に入った。傍らに受付があり、濃紺の制帽と制服姿の刑務官が座っていた。

「面会に来ました」

そう告げると申込用紙を渡されたので、住所氏名、面会を希望する収監者の氏名、面会の目的などを記入して返す。引き換えに27番と黒いペンで書かれたバッジを手渡され、「バッジを付けて、この番号が呼ばれたら来て下さい。荷物は隣のロッカーに。携帯電話やカメラ、レコーダーなどの電子機器の持ち込みは禁止です」と告げられた。架川は「はい」と答え、ロッカーに所持品をしまった。

暖房の効いた室内にはビニール製のソファが並び、隅に置かれた液晶テレビはローカルニュースを流していた。時刻は午前十時前だ。ソファには初老の夫婦や子連れの若い女などが座っていたが、揃って無言で目を伏せている。壁には、面会時の注意事項が記された紙が貼られていた。

架川は手前のソファに腰掛け、胸の前で腕を組んだ。向かい側には売店があり、差し入れ用の菓子やジュース、新聞などが並んでいる。昨日矢上に休暇届を出し、今朝早く東京を発《た》って、新潟《にいがた》県上越市郊外のこの刑務所に来た。

二十分ほどで、「27番の方、受付までお越し下さい」とアナウンスがあった。受付に戻り、さっきの刑務官にバッジを見せると、隣のゲート型の金属探知機を通るように指示された。ゲートをクリアし、奥の渡り廊下に進んだ。左右の壁が鉄格子付きのガラス張りの通路を抜け、別の棟に入った。別の棟の入口にも制服姿の男がおり、面会の理由と目的を細かく訊かれた。そこもクリアすると、「廊下の先の一番のドアに入って下さい」と指示された。

蛍光灯の明かりで煌々《こうこう》と照らされた廊下を進み、一番のドアを開けた。白い壁に囲まれた窓のない部屋で、中央のカウンターにはポリカーボネート製の遮蔽板《しゃへいばん》が立てられている。遮蔽板には通声穴《つうせいあな》が開けられ、カウンターには折りたたみ式のパイプ椅子がセットされていた。

　架川が椅子に座ると間もなく、遮蔽板の向こうのドアが開いた。入って来たのは、白髪頭を短く刈り込み、メタルフレームのメガネをかけた中年男。梶間優人だ。後ろには、濃紺の制服を着た若い男の刑務官もいる。

目が合うと小さく会釈し、優人はパイプ椅子に座った。刑務官はドアの脇の机に着く。刑務作業中に呼び出されたらしく、優人は若草色の作業服の上下を着て、手に同じ色のキャップを持っていた。遮蔽板越しに、優人に向かって架川は一礼した。

「はじめまして、架川英児と申します。休暇中ですが、警視庁桜町中央署の刑事です」

「桜町中央署……」

　ピンとこない様子で、優人は架川を見返した。今年の夏に歌川チカ殺害事件の資料に目を通した際、添付されていた優人の写真も見た。その写真より老けて痩《や》せているが、健康そうだ。光輔の中背だが小顔《こがお》で手脚が長いところは、優人譲りなのだろう。

「とは言っても、今年の春までは本庁の組対にいました。バリバリのマル暴です」

　そう続けて笑い、架川は身につけたダークグレーのダブルスーツを指した。優人は無言だが、眼差《まなざ》しには戸惑いと警戒の色が滲《にじ》んでいる。真顔に戻り、架川は本題を切り出した。

「僕の同僚に、梶間さんの事件を調べているやつがいます。とても熱心で、話を聞いているうちに、あなたに会いたくなりました」

優人は無言のまま。しかし架川が「同僚というのは、この男なんですが」とポケットからプリントした写真を出して遮蔽板に押しつけると、目を向けた。

写真は、少し前に刑事課の飲み会で撮影されたものだ。居酒屋の座敷で、酔いで顔を赤くした矢上や梅林などが写り、その端に光輔がいた。架川の斜め後ろで、いつもの笑みを浮かべつつも、俯《うつむ》き加減で目立たないようにしている。それでも優人は真っ先に光輔を見つけ、目を見開いて何か言おうとした。刑務官も写真を見る気配があり、架川は言った。

「蓮見光輔巡査長です。兵庫県警勤務を経て、二年前に再採用で警視庁に入庁しました。色々あったようですが、本庁警務部の羽村琢己警部の力を借りて、職務に励んでいます」

極力事務的に、だが光輔と羽村の名前、再採用などのキーワードは強調し、目配せも織り交ぜて説明した。唖然《あぜん》とそれを聞いていた優人だったが、架川が話を終えると目を伏せ、黙り込んだ。それから顔を上げ、改めて架川を見て問うた。

「この人は、蓮見光輔さんと言うんですね？」

「ええ。桜町中央署の刑事課所属です」

架川の答えを聞き、優人は「そうですか」と呟いた。まだ要領を得ない様子だが、写真の光輔に目を戻すと、ぶわっと涙が溢《あふ》れた。優人は「すみません」と頭を下げ、メガネを外して涙を拭《ぬぐ》った。「いえ」と返し、架川は写真をしまって話を続けた。

「蓮見は梶間さんの潔白を信じ、手を尽くしています。彼にこれだけは伝えておきたい、わかって欲しいということはありませんか？」

言葉を選び、眼差しに真意を込めて問いかけた。それをじっと聞いていた優人はまた目を伏せ、黙り込んだ。沈黙が続き、架川が口を開こうとした矢先、優人は顔を上げた。

「お気持ちはありがたいです。しかし事件からは手を引くよう、蓮見さんに伝えて下さい。私は全てを受け入れ、今を生きています。蓮見さんも本来の自分を取り戻し、進むべき道を進んでくれるよう願っています」

目は潤んだままだったが、その声は冷静でどこか頑《かたく》なだった。架川は「しかし」と返したが、優人は「戻ります」と刑務官に告げて立ち上がった。

「待って下さい」

架川の声に、優人はドアに向かいかけた足を止めた。振り向き、低い声で問う。

「訊《き》いてもいいですか？」

「はい」

「蓮見さんは、どんな刑事ですか？」

投げかけられた問いに、架川は胸を突かれた。優人の目を覗《のぞ》き、架川は答えた。

「困っている人も、間違ったことをしているやつも放っておけない……つまり、あなた譲りの最高のデカで、僕の相棒です。この二年間、あいつはあなたのことだけを考えてきました。十年前に認められなかったことでも、今なら――」

深い礼で架川の言葉を遮り、優人は顔を前に戻して歩きだした。

4

上越刑務所から駅に戻った架川は北陸新幹線と在来線を乗り継ぎ、二時間ほどかけて長野県春蘭市に向かった。駅前のビジネスホテルに荷物を預け、街に出た。長野県の中信《ちゅうしん》地方を代表する都市だけあり、駅舎は立派で駅前も開けていた。バスやタクシーが行き交う大きなロータリーがあり、デパートやオフィスビルが並んでいる。通りの先には、紅葉シーズンを終えた山々が見えた。タクシーに乗り、郊外の寺に向かった。敷地内の共同墓地に、歌川チカが葬られている。墓石に仏花と線香を供えて手を合わせ、寺務所を訪ねて話を聞いた。寺の住職によると、チカは長野県の南信《なんしん》地方の出身だが事件後遺骨の引き取り手は現れず、当時のコフレのママ・小浜三代子の計らいで、ここに葬られたという。

礼を言って寺務所を出た架川は待たせていたタクシーに乗り、別の町に移動した。少し手前でタクシーを停め、架川は歩いて目的地に向かった。

古い住宅街で、まっすぐに走る通り沿いに戸建て住宅やアパートが並んでいる。東京に比べると敷地は広く、家も大きい。畑や雑木林もあり、遠くには連なる山々が望めた。

目指す家は町の中ほどにあった。色褪《いろあ》せた青い瓦《かわら》屋根の二階屋。かつて優人と直人、そして亡くなった小百合《さゆり》が暮らしていた家だ。日の暮れかけた通りを歩きながら、架川は二階屋に目をやった。玄関には住人の名が記された表札が取り付けられ、駐車場には濃紺のＳＵＶと白い軽自動車、子どもの自転車が停められている。明かりの点《とも》る窓の奥には飾り付けられたクリスマスツリーが見え、小型犬の鳴き声も聞こえた。

そういやあいつも、「むかし飼ってたから、犬には詳しいんです」と言っていたな。あれもなりすましのために覚えた、蓮見光輔の過去か。そんなことを考えながら、架川は二階屋の向かいの家に歩み寄った。門柱のチャイムを押すと、アルミの門扉の奥にある引き戸が開いて年配の女が顔を出した。

「すみません。むかし向かいに住んでいた梶間さんの、知り合いの者なんですが」

「何の御用ですか?」

警戒に満ちた目で、年配の女が架川の全身に視線を走らせる。

「梶間さんには、直人くんという息子さんがいたでしょう? 職場の仲間なんです。春蘭市に行くと言ったら、『様子を見て来てくれ』と頼まれました」

「えっ、直人くん!? 元気にしてるの?」

驚き、年配の女が玄関から出て来た。白髪頭にパーマをかけ、花柄の割烹着《かっぽうぎ》を着ている。

「仕事で日本中を転々としてますが、元気ですよ。『向かいの橋詰《はしづめ》さんには、親切にしてもらった』と言ってました」

表札をチラ見して苗字《みょうじ》を呼んだのだが、年配の女は感極まったように目を潤ませた。

「覚えていてくれたのね。直人くんこそ、優しいいい子だったのよ。明るくて礼儀正しくて、勉強もできてね。あんな事件さえなければ——あなた、直人くんのお父さんの事件は」

「聞いています。大変な思いをしたと。こちらも大騒ぎになったそうですね」

そう架川が促すと、年配の女は「そうなのよ。記者がたくさん来てね」と話しだした。十年前のグチと文句が延々と続き、最後に「でも梶間さんはいい人で、なんであんなことをしたのか今でも信じられないの」と言った。引き揚げ時だなと架川が判断した時、年配の女の後ろから、ちりちりという鈴の音と小さな足音が聞こえた。

「あら。来ちゃったの？」

振り向き、年配の女が小型犬を抱き上げる。それから少し話し、架川は礼を言って橋詰家を辞した。

その後も、民家や商店で話を聞いた。

今の光輔と、捜査を続けるのは危険だ。このところずっと考えていたことが、昨日の口論で確信に変わった。一度光輔から離れて冷静になるべきだと思い、迷わず休暇を取った。

日が暮れる頃、タクシーに戻ってビジネスホテルに向かった。チェックインを済ませ、改めて街に出た。既に日は落ち、街灯やビルの窓には明かりが点っている。雪はそれほど降らないと聞いているが、気温は五度あるかないかで、通行人たちは厚手のコートを着てマフラーや手袋を装着している。

駅前にある春蘭警察署を訪ね、自分の身元を説明して歌川チカ殺害事件の捜査関係者と話せないか訊《たず》ねた。しかし当時の捜査員は既におらず、正式な情報提供依頼ではないため協力できないと言われた。予想通りの反応だったので署を出て周囲を歩き、目に付いた居酒屋に入った。カウンター席に座り、夕食を摂《と》りながら従業員に話を聞くと、案の定ここは春蘭署の署員の行き付けだった。ここでも優人と事件について訊ね、この街の飲み屋街についても話を聞いた。駅前には飲み屋街がいくつかあり、最も大きく古いのが西側の一画で、コフレもそこにあるとわかった。居酒屋の従業員によるとコフレは、「一見さんもＯＫだけど、老舗《しにせ》の高級店」らしい。

午後八時前に居酒屋を出た。春蘭市内には複数の川が流れており、西側の一画の飲み屋街は、大きな川の近くにある。架川は飲み屋街に通じる橋の上で立ち止まり、欄干に歩み寄った。街の明かりを受け、川面《かわも》が寒々しく光っている。その先には月に照らされた山影が見えた。

光輔の観察力や洞察力は、父親譲りのものだろう。昼間は「事件からは手を引くよう」にと言った優人だが、俺の表情や言葉から感じ取ったものがあるはずだ。しかし、「全てを受け入れ、今を生きている」という優人の言葉にウソはなかった。

食事と酒で温まった体が、また冷えてきた。架川は白い息を吐きながら、コートのポケットからスマホを出した。ＬＩＮＥや留守番電話をチェックしたが、光輔からの連絡はない。予想通りだがしゃくに障り、架川はスマホをしまい歩きだした。

橋を渡り、飲み屋街に入った。通り沿いに大小のビルが並び、バーやクラブ、居酒屋などの看板が明かりを点している。クリスマスの飾りを施している店も多く、通りは観光客とサラリーマン、呼び込みの従業員で賑《にぎ》わっていた。

すれ違う人の中には、ダークスーツにいかつい顔の暴力団関係者らしき男もいた。架川に鋭い一瞥《いちべつ》を投げかけてくる者もいたが、所属する組織の縄張りの見張り、いわゆる「地回り」をしているだけで、トラブルの気配は感じられなかった。

通りを一往復してから、目当てのビルに入った。エレベーターで六階に上がると、奥に大理石が張られた壁があり、中央に「ＣＬＵＢ　ｃｏｆｆｒｅｔ」と書かれたガラスの看板がはめ込まれていた。その脇の奥まった場所に、大きな木のドアがあった。架川は腕を伸ばしてバーハンドルを摑《つか》み、ドアを開けた。

「いらっしゃいませ」

店に入ると、傍らのクロークカウンターから黒服の男が出て来た。髪をオールバックに撫《な》でつけ、コロンの香りを漂わせている。

「お一人様でいらっしゃいますか？」

「ああ」

架川が返すと黒服の男は満面の笑みで、「承知致しました。お召し物をお預かりします」と手を差し出してきた。が、架川がコートを脱ぎダブルスーツと黒いワイシャツ、深紅のネクタイが露《あら》わになったとたん、黒服の男の笑顔が固まった。それでも、

「こちらへどうぞ」

と店の奥を指して歩きだした。

白い大理石張りのクロークを抜け、広々とした客席フロアに出た。シャンデリアの明かりの下、濃い茶色の革張りのソファと大理石のテーブルが間隔を空けて並んでいる。時間が早いので、客もホステスもわずかだ。

架川が通されたのは、奥まった場所にある席だった。バーカウンターの隣でバックヤードに通じるドアも近く、訳ありの客用と言ったところか。「少々お待ちください」と黒服の男が立ち去り、架川はソファの真ん中に座った。

さて、どうなるか。心の中で呟《つぶや》き、架川はスラックスの脚を組んだ。五分もせずに、別の男がやって来た。大柄でダークスーツ、左耳にダイヤモンドのピアスをはめている。店の用心棒だろう。

「お客さん、すみません。うちは組関係の方はお断りしてます」

太く低い声で、用心棒の男が言った。表情を変えず、架川は返した。

「どういう意味だ？」

「暴力団関係者は入店禁止です。お帰り下さい」

さらに用心棒の男が言う。言葉は丁寧だが、真横に立って架川を見下ろしている。

「だから何だ？　俺には関係ない」

前を向いたまま返すと、用心棒の男の鼻息が荒くなった。

「とぼけるんじゃねえ。いい加減にしろよ」

「やめろ」

静かだが強い声に用心棒の男が振り向き、架川も視線を動かした。ソファの手前に、年配の男が立っていた。白髪頭で小柄小太りの体を黒いベストと黒いスラックスに包み、白いワイシャツの襟に黒い蝶《ちょう》ネクタイを締めている。

「この客が」

架川を指し言いかけた用心棒の男だったが、蝶ネクタイの男に鋭い眼差《まなざ》しを向けられ、口を閉じた。

「やくざ者とカタギの見分けもつかないのか。しかもこちらは、警察の方だぞ」

蝶ネクタイの男が告げると、用心棒の男は「えっ!?」と声を上げた。架川も驚くと、蝶ネクタイの男は背筋を伸ばし、

「大変失礼致しました。ようこそコフレへ」

と穏やかな声で言い、頭を下げた。

用心棒の男が去り、蝶ネクタイの男はこの店のバーテンダーの立石庄司《たていししょうじ》だと名乗った。さらに詫《わ》びをさせて欲しいと言い、架川をバーカウンターに誘った。

「しかし、よくわかったな。やっぱり靴か？」

　そう問いかけ、架川はエナメルの黒革靴を履いた足を持ち上げて見せた。黒革のスツールに座り、カウンターの向こうには立石が立っている。立石は小さく笑い、ミックスナッツを盛った小皿を架川の前に置いた。カウンターは寄木《よせぎ》細工《ざいく》というのか、細長い木材を横並びに五本並べたものを編み込むように縦横に並べるという珍しい造りだ。

「よく言うだろ？　マル暴のデカにはやくざ者みてぇなナリのやつもいるが、靴を見れば一発で見分けが付く。デカは歩き回るから、どんなにいい靴を履いていても底がすり減ってるんだ」

　ははは、と返事の代わりに笑い、立石は布巾《ふきん》で飴色《あめいろ》に光るカウンターを拭《ふ》いた。架川も笑って足を下ろし、グラスのウィスキーを飲んだ。「薄めの水割りを」と告げたらこれが出て来たが、香りや後味のよさからして最高級のシングルモルトだろう。立石の後ろの棚には、酒瓶と磨き上げられたグラスがずらりと並んでいる。

「この店は長いのか？」

　グラスを置いて問うと、立石は頷《うなず》いて答えた。

「ええ。開店と同時なので、間もなく十五年です」

「そうか」

　本当は一目見て、歌川チカ殺害事件の捜査資料に載っていた男だと気づいた。立石は六十四歳、独身。腕のいいバーテンダーで、この男のつくる酒を目当てに来店する客もいるらしい。

「じゃあ、先代のママの小浜三代子さんとも馴染《なじ》みだな」

ミックスナッツを口に放り込みながら言うと、立石がはっとした。

「先代のママとお知り合いなんですか？」

「いや。俺はただの休暇中のデカだ」

わざと素っ気なく返し、架川はミックスナッツを咀嚼《そしゃく》した。「そうですか」と言い、立石は向かいに目をやった。午後九時近くなり、客席フロアは賑やかになってきた。客は地元企業の経営者や、接待のサラリーマンといったところだ。客席数は約六十、在籍するホステスは三十人弱か。今のところ、ママの田並史江の姿はない。

立石が何か言いたげながらも躊躇《ちゅうちょ》している様子なので、架川は本題を切り出した。

「俺が警察官だと気づいたのは、長野県警の署員を見慣れているからか。亡くなった折原大悟さんも、常連だったんだろ？」

「よくご存じですね。昔はよくご来店下さったんですが、最近はほとんどお見かけしませんでした」

バーテンダーの顔に戻り、立石は答えた。すかさず、架川は訊《たず》ねた。

「昔と言えば、折原さんは歌川チカさんの事件の証人だったな。当時は大変だったろう？」

「……せっかくの休暇中に仕事の話ですか？」

「休暇中でも、デカはデカだ。チカさんの事件について知りたくて、東京から来たんだ。三代子さんについても調べた」

この男に駆け引きは通用せず、小浜三代子と何かあったのは確かだ。そう判断し、架川は真意をぶつけた。立石は無言だが、頬がぴくりと動く。架川が話を続けようとした矢先、後ろで歓声と拍手の音が聞こえた。

振り向くと、若い女が客席フロアに入って来た。歳は二十代半ばで、茶色く長い髪を胸元が大きく開いた白いドレスの肩に下ろし、大きな花束を抱えている。痩《や》せすぎだが、濃い化粧にも埋もれない彫りの深い目鼻立ちの美人だ。傍らには仕立てのいいスーツを着た中年男と、さっきの黒服の男がいる。さらに後ろには別の若い女が三人いて、若い女のものと思《おぼ》しきコートとマフラー、バッグを抱えている。

黒服の男の案内でスーツを着た中年男が通路を進み、若い女と別の若い女たちが付いて行く。と、傍らの客席から男が声をかけた。

「愛鈴《まりん》ちゃん。お帰り」

「ありがとうございます！」

若い女は相好を崩し、別の若い女の一人に花束を渡して客席の男に歩み寄った。花束を渡された女はバランスを崩しそうになったが、他の二人に支えられて持ちこたえた。

「ナンバーワンホステスが同伴でご出勤か。ずいぶんと賑《にぎ》やかだな」

そうコメントし、架川はカウンターに向き直った。立石は眉根《まゆね》を寄せて「申し訳ありません」と頭を下げた。

「愛鈴は脚を骨折して、休んでいました。今夜は復帰一日目のお祝いということらしいんですが」

「ヘルプを三人も引き連れて、今どき豪勢《ごうせい》じゃねえか」

「愛鈴は下の子を育てるのが上手《うま》いんです。あの三人は最近別の店から移籍して来たんですが、あっという間に売れっ子になりました。とくに愛鈴に花束を渡された美衣《みい》という子は、今やナンバーツーです」

「ふうん」

関心はなかったが首を回し、架川は再度女たちを見た。愛鈴はさっきとは別の客に挨拶《あいさつ》をしていて、ヘルプの三人は奥の席に着き、愛鈴が同伴出勤した中年男の相手をしている。青いドレスを着た美衣は髪型も化粧も愛鈴そっくりだが、歳は二十代前半で、ややぽっちゃりしている。

「コフレは安泰だな。三代子さんも喜ぶんじゃねえか」

顔を前に戻しつつ話も戻すと、立石は「ええまあ」と曖昧《あいまい》に応《こた》えた。立石の目を見て、架川は言った。

「三代子さんなら、達者で働いてる」

そして立石の返事を待たずにグラスの酒を飲み干し、

「明日《あした》までこの街にいる。話す気になったら、連絡をくれ」

と告げてスマホの番号を書いたメモをカウンターに置いた。スツールを降り、「ごちそうさん」と告げて出入口に向かった。

小浜三代子については、捜査資料でしか知らない。しかし新小岩でスナックを開店する申請をしたのなら、達者なのだろう。ウソではなくはったり。いつもの架川のやり方だ。

5

同じ頃、光輔は新橋にある秋場圭市の居酒屋にいた。テーブル席の隅で、周囲を気にしつつ手にしたファイルのページをめくる。ファイルはコフレの顧客リストのプリントアウトで、今朝定村に連絡し、ここで受け取った。その定村は、テーブルの向かいでバナナサワーを飲んでいる。

コフレではパソコンの顧客管理ソフトを使っており、リストには客の氏名と生年月日、勤務先、指名したホステス、来店日時、支払った代金等々が入力されている。

「有働弘樹」。ファイルは五十音順なので、見始めて間もなくその名が現れた。警察庁キャリアの有働は、十年前は長野県警の警務部長。コフレに来店したのは三回で、春蘭市に出張した際に接待で連れて来られたのだろう。

続けてリストに目を通すと、同じページに「折原大悟」を見つけた。なんと十年前は三十回近く来店しており、年明けから初夏にかけては週二回のペースで通っている。地方とは言えコフレは高級クラブで、料金は二時間で二万円ほどかかるはずだ。だが折原の支払総額は十万円弱。残りは誰かが支払ったということだ。顔を上げ、光輔は問うた。

「組対はコフレから、顧客の支払いデータももらっていませんか？」

「ええ。支払いデータは、顧客管理ソフトに組み込まれてますから」

バナナサワーのグラスを置いて鶏《とり》の唐揚げを頬張り、定村は答えた。

「データも見せてもらえませんか？　折原大悟のものだけで構いません」

「いや。さすがにそれは無理です。データは係長が管理してますし」

困惑して、定村は首を横に振った。定村が所属するのは組対四課広域暴力団対策係で、その責任者が係長だ。

「そうですか」

予想はしていたが落胆を覚え、光輔はリストに視線を戻してグラスのビールを飲んだ。すると、定村が言った。

「このあと秋吉さんが合流したいそうなんですけど、いいですか？　蓮見さんに警察の再採用の話を聞いて、興味を持ったみたいで」

「折原のデータを見せてもらえるなら、いいですよ」

満面の笑みで光輔が答えると、定村は「え～っ！　そんなあ」と情けない顔になった。

「参ったなあ。折原のデータなら見たし、内容もなんとなく覚えてるけど」

「じゃあ、ちゃちゃっと教えて秋吉さんを呼びましょうよ」

笑みをキープして促しつつ、内心で秋吉玲未に感謝する。定村は困り顔で「何を知りたいんですか？」と問いかけながら、玲未を呼ぶためにスマホを手にした。リストを指し、光輔は訊ねた。

「折原は来店回数と比べて、支払金額が極端に少ない。代わりに誰が支払っていたかわかりますか？」

「そりゃもちろん、当麻秀和ですよ。名義は舎弟とか、信濃一家のフロント企業になってましたけどね。折原に、一年で二百万円以上飲み食いさせてたんじゃないかな。

あとは中屋《なかや》敷《しき》って社長にも」

「中屋敷って、中屋敷篤宏《あつひろ》ですか？　暁リゾートっていう、春蘭市のリゾート開発会社の社長ですよね？」

「よく知ってますね」と定村が目を見張り、光輔は「ええ。ちょっと」と声を小さくして周りを確認した。店の混雑は一段落し、カウンター席の客と談笑する圭市の声が耳に届く。

　光輔はファイルを自分の前に戻し、ページをめくった。中屋敷篤宏はすぐに見つかり、当時六十四歳。暁リゾートは春蘭市のオフィス街にあった。

「折原は一人でもコフレに来店していましたが、中屋敷、信濃一家関係者と来ることが多かったようです」

　向かいから定村の声がして、光輔は「そうですか」と応えた。今は得られるだけ情報を得て、分析は後だ。そう決めて、再びファイルを手に取ってめくった。と、リストの一カ所に引きつけられ手を止めた。

　さっきも見た有働弘樹の欄だ。十年前にコフレに来店したのは、三回だけ。しかしそのうち二回が、折原と中屋敷、信濃一家の関係者が来店したのと同じ日で時間帯も重なっている。

　はっとして向かいを見ると、「なんですか？」と定村も光輔を見た。が、思い直し、光輔は「いえ」と笑って視線をファイルに戻した。組対の船津と椛島は、有働と繋《つな》がっている。警戒を強め、光輔はリストの続きを読んだ。

「架川さんが休暇で残念です。でも、休暇中の架川さんって想像がつきませんよね。秋吉さんは、『蓮見さんにだけは、居場所を伝えてるんじゃない？』と言ってました」

顔を上げた光輔の目を、好奇心に満ちた定村の小さな目が見返す。笑顔をつくり、光輔は返した。

「まさか。相棒に居所を把握されてちゃ、気が休まらないでしょう」

架川は目的があって休暇を取ったのだろう。気にはなるが、下手に連絡をすると藪《やぶ》蛇《へび》になりそうだ。架川さんがいなくても、別に困らないし。心の中でそう付け加え、光輔はさらにファイルをめくった。

「えっ⁉」

知らず声が出て、同時にリストのある名前に目が留まった。

「なんですか？」

また定村が訊《き》いてきたので、光輔はファイルを閉じて顔を上げ、「いえ。何でもありません」と返した。笑顔はつくれたが、頬が引きつるのを感じた。

「梶間優人」。十年前の顧客リストには、光輔の父親の名前が載っていた。

6

「珈琲名家《コーヒーめいか》　新宿東口店です」

店員の女の声が応《こた》えるのと同時に、公衆電話機の中で硬貨が落ちる音がした。

「大田《おおた》原《わら》という客を呼び出して下さい」

「少々お待ちください」

店員の女が返し、受話器から保留音のメロディーが流れだす。大田原というのは、羽村との間で使っている呼び出し用の偽名《ぎめい》だ。電話機に追加の硬貨を入れ、光輔は周囲を確認した。電話ボックスを探したが見つからず、文房具店の前に置かれたスタンド式の公衆電話からかけている。と、メロディーが途切れて羽村が電話に出た。

「もしもし」

「無理言ってごめん。手短に説明する」

光輔は言い、早口でさっき定村と会って見聞きしたことを伝えた。

「優人さんは歌川チカと一緒に、チカの息子の涼牙《りょうが》を更生させようとしていたんだ。コフレの顧客リストに名前があっても不思議はない。それとも、リストの内容に不審点があったのか？」

潜めた声で羽村が問う。後ろからは、BGMのクラシック音楽が聞こえる。

「いや。来店は二回だけで、飲み代《しろ》は親父が現金で支払ってた。でもそのうちの一回が、折原と暁リゾートの中屋敷篤宏、信濃一家関係者、有働が来店した日時と一致するんだ。つまり十年前の同じ日の同じ時間に、親父と折原たちがコフレにいたことになる」

「何月何日だ？」

「六月七日。歌川チカ殺害事件が起きる、約一カ月前だよ。で、長野県警が管理してた土地の払下げの競争入札が行われたのは、その五カ月後」

光輔の答えを聞き、羽村は「う〜ん」と唸《うな》って息をついた。

「チカ殺害と土地の払下げには、何の繋がりも見つからなかったじゃないか。競争入札も問題はなかったし。それに優人さんと折原たちは、同席してた訳じゃないんだろ？」

「うん。折原たちはVIPルームで、親父は普通の席。ただこの日、歌川チカは折原たちと同席してた。折原たちと親父はそれぞれ午後九時頃コフレに入り、折原たちは午前零時の閉店までいたけど、親父は一時間ほどで店を出てる」

「さっさと店を出たのは、歌川チカと話ができなかったから。あるいは、県警のお偉いさんが来ていて居づらかったから……ちなみにこの時、小浜三代子は？」

「指名リストには載ってないから、席を順番に廻《まわ》って客に挨拶《あいさつ》をしていたんじゃないかな」

光輔の答えに羽村は、当然と言うように頷《うなず》く気配があった。

「そりゃそうだよな。店のママなんだし」

「でも、折原の証言同様、コフレのホステスたちの『チカは梶間と愛人関係で揉《も》めてた』って証言も親父の逮捕のきっかけになったんだよ。親父は『相談に乗っていただけだ』って主張したし、何があってもお母さんを裏切るような人じゃないのに」

潜めた声で説明しながら、当時の記憶が蘇《よみがえ》った。事件の直後、母親の小百合はチカとの関係についても「お父さんを信じてる」と言っていた。しかし裁判が終わる頃には精神的に不安定になり、拘置所の優人と度々口論になっていた。光輔はそれを突っ立ったまま、大切なものが崩れ去っていく不安と哀しさに押しつぶされそうになりながら見ていた。

「まあな。三代子が事件に無関係な訳はないしな。で、新小岩に行くことにしたのか」

合点がいったように羽村が言い、光輔は「うん」と返して再度周囲を見回した。

ここはJR新小岩駅近くにあるアーケード商店街で、長さは四百メートル以上ある。店舗数は百四十を超えるが、午後十一時近くなってほとんどの店はシャッターを下ろし、通行人もまばらだ。

「軽率だったかな。顧客リストを入手してあれこれわかったら、じっとしていられなくなって……なんかごめん」

申し訳なさと恥ずかしさを覚え、光輔は頭を下げた。適当な理由を付けて定村と別れ、羽村に連絡して新小岩に来た。「いや」と返し、羽村は続けた。

「どのみち、小浜三代子の店には行く必要があったからな。だが、てっきり直人は架川さんと行くと思ってたよ」

「架川さんなら、休暇中」

「このタイミングで休暇？　まあ、いいか。俺、あの人苦手だし」

ため息交じりに羽村が言ったので光輔は笑い、電話を切った。

アーケード商店街を終わり近くまで進み、光輔は脇道に入った。急に道幅が、大人二人がすれ違うのがやっとなほど狭くなる。脇道の左右には住居を兼ねた小さな店舗がぎっしりと並び、スナックや居酒屋、バーなどの看板が見える。店内からは、カラオケの音声や笑い声が漏れ聞こえてくる。街灯はなく、足下を照らすのは看板と店の窓の明かりだけだ。

スマホの地図を頼りに入り組んだ脇道を進み、光輔は立ち止まった。他に人影はなかったが前後を確認し、スマホをコートのポケットにしまって目指す店に歩み寄った。

色褪《いろあ》せた赤い洋瓦《ようがわら》の二階屋で、一階の庇《ひさし》にも赤い洋瓦が載っている。ドアの脇には「スナック　ナイトライト」と書かれた看板が取り付けられていた。二階にはベランダがあり、物干し竿《ざお》や植木鉢などが見えた。

今夜は様子見だ。気を引き締め、光輔は店のドアを開けた。薄暗い照明の中、正面に人工大理石の白いカウンターが見える。

「いらっしゃいませ」

静かな声がして、カウンターから女が出て来た。歳は五十代半ば。毛先を巻いた茶色の長い髪に、胸元が開いた黒いドレス。小浜三代子だ。

「こんばんは。一人ですけど、いいですか？」

内心の緊張を隠し、光輔は問いかけた。

「もちろんです。お好きな席にどうぞ」

にっこりと笑い、三代子は手のひらで店内を示した。カウンターの前にはビニールレザーの赤い椅子が五、六脚並び、脇には同じく赤いビニールレザーのソファが一つ。カウンターの奥には酒瓶とグラスが並ぶ棚があり、棚の上にはカラオケ用の液晶ディスプレイが取り付けられている。

光輔はカウンターに腰掛け、三代子が湯気の立つおしぼりを差し出した。おしぼりで手を拭《ふ》きながらカウンターの上のメニューを見ると、テーブルチャージとチャームと呼ばれるつまみ、水・氷などが込みのセット料金が二千五百円。スナックに詳しい訳ではないが、標準的な価格だろう。

「セットで、ハイボールを」

「はい」

三代子は頷き、手を動かし始めた。コースターと一緒に出て来た小鉢の柿の種を齧《かじ》り、光輔は改めて店内を眺めた。

椅子とソファは新品で、壁紙も貼り替えてある。棚に並ぶグラスも安物ではなく、カウンターの花瓶には新鮮な生花が活《い》けられている。建物は古いが、それなりに金をかけているように見えた。三代子も老けはしたが、健康そうだ。

命からがら東京に逃げて来たという感じじゃないな。視線と頭を巡らせていると、コースターの上にハイボールのグラスが置かれた。光輔は「ママもどうぞ」と勧め、三代子も自分の酒をつくって二人で乾杯した。

「芹夏《せりか》です。うちは初めてですよね。近くにお勤めなんですか？」

源氏名の名刺を差し出し、三代子が訊《き》いてきた。受け取った名刺を眺め、光輔は答えた。

「いや。仕事で来て、面白そうな街なので探検していました」

「迷路みたいでしょう？　そこが気に入ってここを選んだんです」

「最近オープンしたんですか？」

「ええ。じきに三ヵ月です」

頷き、三代子が笑う。その笑顔は光輔の頭の中で、以前見た写真と重なった。歌川チカ殺害事件の前にコフレの店内で撮られたもので、着物姿の三代子はホステスたちの真ん中で艶然《えんぜん》と微笑んでいる。一方チカは端の方でどこか居心地が悪そうに笑い、そこに優人の面影が重なった。何かに追い立てられるような気持ちになり、光輔はカウンターの中に視線を巡らせた。と、棚の目立たない位置に茶碗《ちゃわん》や丼、そば猪口《ちょこ》などが並べられているのに気づいた。

「ここはランチもやってるんですか？」

光輔の問いかけに、三代子は首を縦に振った。

「ええ。午前十一時から午後三時まで。ぜひいらして下さい。おそばが売りで、信州から取り寄せているんですよ」

「信州？　ひょっとして、ママは長野出身？　ちなみにどこですか？」

チャンスを逃さず、光輔は畳みかけた。勢いに圧《お》されたように、三代子が答える。

「春蘭市ってところなんだけど」

「知ってます。僕の知り合いがむかし旅行した時にバカをやって警察のお世話になったんだけど、すごく親切にしてくれたそうです。今でも感謝してて、度々話すんですよ」

羽村のことだ。突っ込まれたら、彼が命を絶とうとして優人に救われたエピソードを披露するつもりだったが、三代子は「あら。そうですか」とだけ応《こた》えた。

「今度はそいつも連れて来ます。春蘭市の話ができるとわかったら大喜びして、常連になるんじゃないかな」

これはウソだが、三代子は「私も嬉《うれ》しいです。ぜひ」とまたにっこり笑った。

7

翌日。朝食を済ませた架川はビジネスホテルを出て、歌川チカ殺害事件の現場に向かった。コフレから徒歩五分ほどの、飲み屋街の外れのアパートだったが事件後に建て替えられ、今はマンションになっている。

現場付近で聞き込みをしたり、図書館で事件当時の報道資料を閲覧したりしているうちに午後一時になった。収穫はなく、これからどうするか架川が考え始めた矢先、スマホが鳴った。立石からで、「相談したいことがある」と言われ、コフレにほど近いコーヒーショップを指定された。

二十分ほどで、架川はコーヒーショップに着いた。雑居ビルの一階で、通りに面した壁はガラス張りだ。ドアを開けて店内に入ると、奥のテーブルからダウンジャンパーにスラックス姿の立石が立ち上がって会釈した。隣には女が一人。歳は三十代後半で、茶色く長い髪をアップに結い、ヘアクリップで留めている。コフレの二代目ママ・田並史江だ。

「史江です。昨晩はご来店いただき、ありがとうございました。取りあえず注文を。何を飲まれます？」

　笑顔で畳みかけられ、架川は面食らいながらも「ブラックコーヒーを」と答えた。

「かしこまりました」と史江がルイ・ヴィトンの財布を手にレジカウンターに向かい、架川は立石の向かいに座った。

「当麻秀和の好みは、わかりやすいな。派手な顔立ちの美人。先代のママと同じだ」

　笑いながらコメントすると、立石は眉《まゆ》をひそめて「しっ」と立てた指を口に当てた。店内は、商談をする夜の店の関係者で混雑している。

「架川さんのお力を借りたいことができました。史江ママには架川さんは、探偵だと説明してあります。昨夜用心棒の男に警察の方だと言ったのは勘違いだったとも伝えました」

　深刻な顔と低い声で、立石は告げた。テーブルの下の窮屈な空間でスラックスの脚を組み、架川は応えた。

「昨夜あの後、何かあったのか？」

「はい。美衣が行方不明になりました」

「美衣？　ナンバーツーのホステスか。行方不明とはどういう意味だ？」

「美衣は今日の午前十一時に、店のホステスとネイルサロンに行く約束をしていたそうです。しかし待ち合わせ場所に現れず、スマホも通じない。心配したホステスが史江ママに連絡し、ママは心当たりに問い合わせ、美衣の自宅にも行きましたが見つかりません」

「えらく過保護だな。男とどこかにしけ込んでるんじゃねえのか」

呆《あき》れて、架川は返した。と、後ろからコーヒーの芳香が漂ってきて、史江が言った。

「いつもはここまでしません。今日は特別なんです」

「特別って？」

架川が訊《たず》ね、史江はテーブルの架川の前に湯気の立つコーヒーカップが載ったプラスチック製のトレイを置き、自分の席に戻った。大きな胸を強調するような、細身の黒いニットのワンピースを着ている。

「今夜コフレでは大事な接待があり、接待のお相手の社長さんが美衣をお気に入りなんです。美衣は来店前の会食から社長さんとご一緒する予定で、見つからないと大変なことになります」

立石が説明し、史江は身を乗り出す。コーヒーをすすり、架川は返した。

「警察に通報しろ」

「それができないから」と勢い込んで話しだそうとした史江を、立石が立てた手のひらで止める。架川を見て、立石は言った。

「社長さんを接待するのは、コフレのオーナーです。世間体もありますし、内々で解決したいんです」

そういうことか。合点がいき、架川は小さく鼻を鳴らした。コフレのオーナーとは、当麻のことだ。痺《しび》れを切らしたように、再び史江が口を開いた。

「探偵さんなんでしょう？　何とか夕方の五時までに、美衣を見つけてもらえませんか？　もちろん、タダでとは言いません。お礼はちゃんと――」

「あんたが捜索に付き合い、必要な情報を話すこと。それが手を貸す条件だ」

今度は架川が史江を遮り、立石に告げた。

「わかりました」

そう即答し、立石は強い目で架川を見返した。立石は元マル暴なら、暴力団が絡んでいても事情を察して力を貸してくれると踏んで架川を頼ったのだろう。ならば当然、交換条件としてこちらが求めるものもわかっているはずだ。

8

手始めに、主立ったホステスたちをコフレに集めてもらった。史江を先頭に客席フロアに入って行くと、いくつかのソファに分かれてホステスたちが座っていた。

「あら。愛鈴は？」

ホステスたちを見回し、史江が問うた。

「二日酔いで寝込んでます」

手前のソファに座った女が、あくびをしながら答えた。別のソファに座った女が、

「あれだけ飲めば当たり前だよ。てか、私も寝たい」

と薄い眉をひそめつつ煙草をふかし、さらに別の女も「私も」「頭痛い」とぼやいた。寝起きに呼び出されたのか化粧をしていなかったり、酒で顔がむくんでいたりする女も目立つ。ぱんぱんと手を叩《たた》き、史江が告げた。

「言ったでしょ？　美衣が見つからないのよ。協力して……架川さん、どうぞ。なんでも訊《き》いて下さい」

そう言って史江が振り向くと、ホステスたちも訝《いぶか》しげにダブルスーツにコートを羽織った架川に目を向けた。と、立石が架川の隣に来て言った。

「昨夜は閉店後、近くのレストランで愛鈴の復帰祝いをやりました。お客さんやホステスたちが集まり、二次会のバー、三次会のカラオケボックスと移動して今朝の八時近くまで盛り上がったそうです。美衣もそのパーティに参加しました」

「三次会の後、美衣はどうした？」

ホステスたちを見回し、架川は問うた。煙草をふかしている女が答える。

「泥酔した愛鈴ちゃんをタクシーに乗せて、一緒に帰ったけど。あの二人は家も近いから」

「パーティでの美衣の様子は？」

「愛鈴ちゃんにくっついて、甲斐甲斐《かいがい》しく世話してました。ヘルプっていうより、付き人って感じ」

奥のソファに、ロングブーツの脚を組んで座った女が言う。棘《とげ》の感じられる口調に他のホステスたちが笑い、史江は「ちょっと」と顔をしかめる。その様子を見て、架川は話を変えた。

「美衣はどんなホステスだ？」

「真面目で、がんばり屋ですよ。二カ月前に、『ブーケ』という駅前にあるクラブから移籍して来て」

話しだした史江を「そういう上っ面じゃなく、本音を聞かせろ」と遮り、架川は強い目でホステスたちを見た。と、ロングブーツの女が答えた。

「ひと言で言うと、愛鈴ちゃんのセカンドライン？」「セカンドライン？」と架川が問い

半疑問形の口調に、またホステスたちが笑う。

返すと、あくびをしていた女がこう説明した。

「プラダのＭｉｕＭｉｕ、ドルチェ＆ガッバーナのＤ＆Ｇみたいに、高級ブランドがやってる若い子をターゲットにしたカジュアルで値段も安いブランドを、セカンドラインっていうんです。美衣ちゃんはヘアメイクも接客もまんま愛鈴ちゃんだけど、ちょっと太めで若い。だから愛鈴ちゃんを指名したり同伴やアフターで高いお店に連れて行ったりするお金のないお客さんに、人気があるんです」

「そういうことか。あんた、説明が上手《うま》いな」

架川が感心すると、あくびをしていた女は「どうも。私は知性が売りなので」と返し、ホステスたちがどっと笑った。そこに史江の「そんな言い方しないの。お客様に失礼だし、美衣は努力家よ」という叱責《しっせき》が入った。

「私も美衣ちゃんは努力家だし、すごいと思う。まんま愛鈴ちゃんっていうけど、ただの物真似だったら、あんなに指名は入らないよ」

新たな女が口を開いた。度の強いメガネをかけているが、仕事中はコンタクトレンズを使っているのだろう。その近くに座っていた数人も、

「だよね。真面目で、『コフレのキャストの一員だってことにプライドを持ってる』って話してたし」

「たったの二カ月でだよ？　すごいじゃん」

と賛同する。

目立つ存在で、それをよく思う者もいれば悪く思う者もいる。事件に巻き込まれやすい立場ではあるな。そう判断し、架川は改めてホステスたちを眺めた。

「美衣の仲間は？　一緒に移籍して来たとかいうのが、二人いただろう」

訊ねながら、愛鈴に花束を渡されてバランスを崩しかけた美衣を支えてやっていた二人の女の顔を思い出した。

「真珠《まじゅ》とセナのこと？　だったらそっちも二日酔い」

あくびをしていた女が返す。すると別の女が、「でもあの二人、愛鈴さんのパーティには来ていませんでしたよね？」と疑問を呈した。

「来てない？　あいつらも愛鈴のヘルプだろ？」

架川も問い、史江が答えた。

「大事なお客様とのアフターがあったんでしょう。パーティの最中に二人から愛鈴に電話があって、『行けなくてごめんなさい』と謝ってたようですから」

釈然としない架川だったが、腕時計を覗《のぞ》くと間もなく午後二時だ。「わかった」と返し、立石に「出かけるぞ」と目で合図した。

9

立石が乗ってきた深緑色のコンパクトカーに乗り、コフレを出発した。十五分ほどで、駅の反対側にある美衣の自宅マンションに到着した。通りの端にコンパクトカーを停め、二人で降りた。晴天だが寒風が吹き付けてくる。エントランスを入ったところに管理人室があったので、事情を説明し管理人と一緒にエレベーターで四階に上がった。美衣の部屋は廊下の手前で、まず管理人がドアチャイムを押して声をかけ、応答がないのを確認してから合鍵《あいかぎ》で解錠した。

「栃内《とちない》さん。入りますよ」

美衣の本名らしき名を呼んで管理人が部屋に入り、架川と立石も続いた。マンションの外観は立派でオートロックだが、中は狭い１ＤＫで日当たりもよくない。ダイニングキッチンには合板の白いテーブル、ベッドルームにはシングルベッドとテレビが置かれ、作り付けのクローゼットもある。玄関からダイニングキッチンに通じる短い廊下に並ぶドアは、トイレとバスルームだろう。

荒らされたり争ったりした形跡はなく、男の気配も感じられない。仕事柄か洋服と化粧品の数は多いが、普通の若い女の部屋だな。ざっと室内を見て、架川は思った。管理人にも話を聞いたが美衣はとくにトラブルはないそうで、つまりは手がかりなしということだ。

念のために写真を撮ろうと再度室内を回り、洗面所に行って架川は言った。

「これは何だ？」

片側に洗面台、反対側にバスルームがあり、突き当たりは洗濯機置き場だ。さっきは気づかなかったが、ドラム式の洗濯乾燥機の前の床に白いプラスチック製の洗面器が置かれている。

「どうしました？」

立石と管理人が廊下を近づいて来た。足下を見て、架川は返した。

「水を張った洗面器がある。何に使ったんだろうな」

「洗濯じゃないですか。汚れたものを浸《つ》けておいたとか」

立石は言ったが、洗面器の八分目まで入った水は透明で衣類などは入っていない。身をかがめて匂いを嗅《か》いでみたが、洗剤も入っていないようだ。訝しく思いながら洗面器の写真も撮り、管理人に礼を言って架川と立石はマンションを出た。

続いて向かった愛鈴の自宅には、五分もかからずに到着した。史江に何か言われたらしく、愛鈴は具合と機嫌が悪そうながらも架川たちを部屋に招き入れた。こちらもマンションだが外観同様室内も豪華で広々としており、間取りは２ＬＤＫだ。

「心配ないと思いますよ」

ぶっきら棒に言い、愛鈴はリビングルームのソファに座った。胸にシャネルのブランドロゴが入った白いジャージ姿で化粧をしておらず、髪はぼさぼさ。大きなサングラスで腫《は》れた目を隠しているのは、ナンバーワンホステスのプライドか。

「急用でもできたんでしょ。美衣ちゃんは真面目だし、ちゃんと同伴に間に合うように戻って来ますよ」

そう続け、愛鈴はピンクのカバーがかかったクッションを抱えた。大きなソファは白い革張りで他の家具も高級品だが、その所々に子どもっぽいキャラクターものの雑貨が置かれている。架川とともにソファの脇に立ち、立石は言った。

「私もそう思いますが、事故に遭ったり具合が悪くなったりした可能性もありますから。それに、今夜は特別です」

「わかってるけど」

「昨夜、美衣はどうだった？　変わった様子はなかったか？」

架川も口を開くと、愛鈴が顔を向けた。初めて存在に気づいたかのように、サングラスのレンズ越しに架川を眺める。そして次の瞬間にっこり笑い、声も柔らかくして答えた。

「いいえ、いつも通りです。私が急に復帰を決めたから、美衣ちゃんは昨夜は別の予定が入っていたらしいんですよ。でも、『愛鈴さんのためですから』って予定をキャンセルしてパーティに来てくれました」

「別の予定って何だ？」

「さあ」と、愛鈴は笑顔のまま首を傾げた。

「さっきも『昨夜はごめんね。キャンセルした予定は大丈夫？』って訊《き》いたんですけど、『大丈夫です。気にしないで下さい』って言ってました」

「さっき？　あんた、今日美衣に会ったのか？」

　架川は身を乗り出し、立石も驚いた顔になる。すると愛鈴は「ごめんなさい。お話しするのを忘れてました。頭がぼ～っとして」と眉根《まゆね》を寄せて細い肩をすぼめた。呆《あき》れながらも、架川は質問を続けた。

「何時頃だ？　何をしに来た？」

「寝ぼけてたからよく覚えてないけど、お昼前くらい？　二日酔いの薬と栄養ドリンクを届けてくれました。近所だから、よくいろいろ届けてくれるんです」

「どんな様子だった？　その後どこに行くか言っていなかったか？」

「どこに行くかは聞いてないけど、いつも通り元気でしたよ。すごくおしゃれして、花束まで抱えて」

「花束？　同伴に持って行くためか？」

「さあ。でもその花束、大きくて立派なんだけど黄色いバラ一種類だけで、少しおれちゃってたんですよ」

違和感を覚え、架川は黙り込んだ。入れ替わりで立石が訊《たず》ねた。

「三田《みた》様は、黄色いバラがお好きなんですか？」

「知らない。もしそうだとしても、しおれてるのはまずいわよね。注意しなきゃと思ったんだけど、とにかく具合が悪くて」

雑な口調に戻って答え、愛鈴は顔をしかめて胃のあたりを押さえた。三田というのが、今夜当麻が接待する社長のようだ。

「飲み過ぎですよ。薬は飲んだんですか？」

立石は呆れ、架川も言った。

「二日酔いなら、薬よりコーヒーだ。カフェインで頭がしゃきっとするぞ」

すると愛鈴は、

「ありがとうございます。なんか、お父さんが二人いるみたい」

と嬉《うれ》しそうに返し、架川たちを見た。

礼を言い、愛鈴のマンションを出た。コンパクトカーの運転席に乗り込みながら、立石が言った。

「肝心なことを早く言わない上に、お客様をお父さん呼ばわりして申し訳ありません」

「謝ることはねえ。あれぐらいの娘がいても、おかしくねえ歳だ。それに、収穫はあった」

笑って応《こた》え、架川は助手席に座った。

「黄色いバラの花束ですか？」

「それもあるが、愛鈴はウソをついてねえ。大事なのはそっちの方だ」

「へえ」と立石が怪訝《けげん》そうに相づちを打ったので、架川はさらに言った。

「俺が関わる事件では、クラブのママやホステスの証言がカギになることも多かった。だが相手はプロで、誰かをかばったり脅されたりしてる可能性も高い。だからうっかり気を抜くと、会話のテクニックと色気に騙《だま》されて証言を取り損ねちまうんだ。その点、愛鈴の話にはウソがなく、見たままを話していた」

きっぱり断言すると、立石は今度は感心したように「へえ」と言った。その顔を見て、架川は話を変えた。

「歌川チカさんの事件の時は、あんたもさんざん聴取されただろ？」

「ええまあ」

表情を硬くして、立石は答えた。視線を前に戻して片肘《かたひじ》を窓枠に乗せ、架川は告げた。

「飲み屋街へ戻ろう。昨夜の美衣の足取りを追う」

10

飲み屋街に戻り、愛鈴のパーティが開かれたレストランとバー、カラオケボックスの従業員に話を聞いた。さらに、コフレのホステスたちが出勤前に髪をセットしてもらっている美容院でも話を聞いた。

「停めてくれ。休憩して、次の手を考える」

架川が告げ、立石はコンパクトカーを通りの端に寄せて停めた。シートベルトを外す架川に、立石が取りなすように言う。

「史江ママが、昨夜美衣が接客した方々に話を聞いています。黄色いバラについても、情報を集めるそうです」

レストランとバー、カラオケボックス、さらに美容院の従業員からも、美衣の行方に繋《つな》がりそうな情報は得られなかった。

息をつき、架川はダッシュボードに取り付けられた時計に目をやった。時刻は午後三時過ぎだ。まだ飲み屋街の中で、コンパクトカーの脇を若い男がビールケースを積んだ台車を押して走り抜けて行く。それを眺めながら、架川は呟《つぶや》いた。

「コーヒーが飲みてぇ」

「買って来ましょうか？」

「いや。次の手が浮かぶまで歌川チカさんの話を聞かせてくれ。事件前、チカさんと犯人の梶間優人は愛人関係にあり、揉《も》めていたそうだな。あんたも知っていたか？」

振り向いて問いかけると、立石は前を向いたまま硬い表情で答えた。

「知りません。ホステスたちの間では、噂になっていたようですが」

「梶間は店にも来ていたんだろ？　どんな男だった？」

「私は接客したことがないので、わかりません。十年前に警察で訊かれた時もそう答えましたよ」

「じゃあ、チカさんは？　どんな女性だった？」

間髪を容《い》れず、食い下がる。立石は硬い表情のまま返した。

「内気で口数も少なかったですね。ホステス向きではありませんでしたが、そういう女性を好むお客様もいますので」

「その一人が、長野県警の折原大悟か。折原は梶間とも知り合いで、事件前春蘭市に出張した際、梶間とチカさんが言い争うのを目撃してる。偶然にしちゃ出来過ぎな気もするが、どう思う？」

「さあ。ただ折原さんがチカさんたちが言い争うのを目撃したのは、昔そこにあった駐車場ですよ。だからここで車を停めろと言ったんだと思いますが」

棘《とげ》のある声で立石が答える。「そこ」と言う時には、コンパクトカーの脇のビルを指した。

「その通りだが、怒るなよ」

笑って返し、架川は軽く立石の肩を叩《たた》いた。証言によると折原は、事件が起きる三日前の七月二日の午後六時ごろ駐車場の脇を通りかかり、梶間優人とチカを目撃している。

「事件当夜について聞かせてくれ。十年前の七月五日、店はどんなだった？」

「前日が定休日だったので、客入りは多かったです。先代のママのお知り合いが来店されて、店がはねた後、その方がママとホステスを二、三人連れてアフターに行きました。あそこの寿司《すし》屋で、今も営業していますよ」

そう説明し、立石はフロントガラスの向こうを指した。架川も倣い、通りの先に建つタイル貼りのビルと、その外壁の「寿司粋《すい》」と書かれた袖看板《そでかんばん》を確認する。今の話は捜査資料に記載されており、裏も取れている。

「チカさんはそのアフターに行ったのか？」

「いいえ。あの晩は風邪気味だとかで、閉店前に帰りました。顔色が悪く本当に元気がなかったので、『お大事に』と声をかけたのを覚えています」

「そうか」

捜査資料通りだな。心の中で呟き、架川は袖看板に向けていた視線を横にずらした。寿司店のビルの向かいに建っているのが、かつてチカの自宅アパートだったマンションだ。

「念のために訊《き》くが、あの晩あんたはどうしてた？」

「閉店まで仕事をして、店を出たのは午前一時前です。そのあと近くのラーメン屋で飯《めし》を食い、家に帰って寝ました。私のアパートは、飲み屋街を出て橋を渡ったところにあります」

これまた捜査資料通りで、ラーメン店の従業員が来店した立石を覚えていた。チカの死亡推定時刻は午前一時頃で、その時間帯には複数のコフレ関係者が現場周辺にいたが、全員アリバイが立証されている。

「三代子ママは、チカさんを可愛がっていました」

立石が言い、架川は振り返った。三代子の呼び方が「先代のママ」から名前に変わっている。

「ホステスたちみんなを可愛がっていましたが、とくにチカさんには目を掛けていました。『痩《や》せて目ばっかり大きくて、捨て猫みたいじゃない。放っておけないのよ』だそうです。場末のクラブにいたチカさんをコフレで雇ったのは三代子ママで、実は私も同じようにして雇われた、というか拾われました。これでも昔は痩せていて、腹も出ていなかったんですよ」

後半は表情を緩め、立石は照れ臭そうに笑った。架川は頷《うなず》き、立石はさらに語った。

「観光客向けのホテルのバーで働いていた時に、声をかけられたんです。コフレでバーテンダーとして一から勉強をし直しましたが、三代子ママは『あなたならできる』と励ましてくれました。店が続く限りお仕えして、恩返ししようと思っていたんですが」

そこで言葉を切り、立石は俯《うつむ》いた。丸い目には、悔しさと悲しみの色が浮かんでいる。

「アフターに行かない夜は店がはねた後、一人でバーカウンターに座って強めの酒を一杯だけ飲むのが三代子ママの日課でした。何を話す訳でもありませんでしたが、私にとっては大切な、かけがえのない時間でした。あのカウンターも初めは普通の無垢《むく》の木だったんですが、『少しでもお客様と立石さんが楽しめるように』と、三代子ママが知り合いの寄木細工職人に特注して作り替えました」

立石はさらに語り、丸い目には思慕の色も浮かんだ。架川が言葉を返そうとした矢先、立石は振り返った。

「どこで何をしていても、三代子ママが無事ならそれでいい。架川さん。あの女《ひと》を護《まも》って下さい。お願いします」

抑えていたものをぶつけるように告げ、立石は頭を下げた。架川がとっさに言葉を返せずにいると、車内に電話の着信音が流れだした。「すみません」と身を引き、立石はダウンジャンパーのポケットからスマホを出した。しばらく話してから電話を切り、言った。

「史江ママからでした。美衣のお客様も黄色いバラも、手がかりなしだそうです」

「わかった」

そう返し、架川は胸の前で腕を組んだ。

手詰まりか。気が重くなり、焦りも湧いた。と、頭に光輔の顔が浮かび、こんな時あいつならどうするのかともよぎる。しかしすぐに、「俺だってデカだ」と自分を叱《しっ》咤《た》し、気持ちを切り替えた。

美衣が姿を消した原因は、仕事絡みで間違いない。水商売に詳しい知り合いはいくらでもいるが、信用できて頭の切れるやつじゃなきゃダメだ。加えて、ホステスは女の世界。女同士の微妙な人間関係もあったはずだ。となると——。

「そうだ。あいつがいた」

閃《ひらめ》くものがあり、架川は組んでいた腕を解いた。驚いて、立石がスマホを手にしたまま振り返った。

11

光輔が脇道を近づいて行くと、スナック　ナイトライトの前にかがみ込む三代子の背中が見えた。白いロングカーディガンに黒いパンツという格好で、地面に置いた折りたたみ式のスタンド看板を片付けている。光輔に気づき、「あら」と体を起こした。

「こんにちは。もうランチはお終《しま》いですよね」

腕時計を覗《のぞ》き、光輔は笑いかけた。時刻は午後三時を過ぎたところだ。スタンド看板には、ランチのメニューが書かれている。髪色と同じダークブラウンのアイブロウで描いた眉《まゆ》を寄せ、三代子は返した。

「せっかく来ていただいたのに、ごめんなさい。あり合わせでよければ、用意しますけど」

「お願いします。昼飯を食い損《そこ》ねて、腹ぺこなんです」

大袈裟《おおげさ》に訴え、スーツのジャケット越しに腹を押さえて見せる。三代子は笑い、

「どうぞ。すぐに用意します」と告げてスタンド看板を抱え上げた。コフレは高級ク

ラブだったので、もっと気取った接客をするのかと思っていたが、三代子は至って気さくだ。

三代子に続き、店に入った。カウンター席に着き、出されたおしぼりで手を拭《ふ》く。昨夜より照明が明るいので、店内の様子がよくわかった。棚に並んだ十本ほどのボトルにはキープ用のタグがかけられ、カウンターの中のシンクにはランチの客が使ったと思《おぼ》しき食器が置かれている。それなりに繁盛しているのだろう。

「昨夜訊き忘れちゃったけど、どんなお仕事をされているんですか？」

カウンターの中で手を動かしながら、三代子が問うた。おしぼりをビニール袋の上に置き、光輔は答えた。

「公務員です。開店して三カ月と言ってましたけど、前はどこにいたんですか？」

さりげなく話を変え、訊《たず》ねる。すると三代子も、

「東京じゃないんだけど」

とタメ口になって答えをぼやかし、「はい、お待ちどおさま」と光輔の前にトレイを置いた。トレイの上には丸いざるに盛られたそばと、つゆの入った徳利《とっくり》と猪口《ちょこ》、ねぎや大根おろしなど薬味の小皿、缶入りの七味《しちみ》唐辛子《とうがらし》、割り箸《ばし》とお茶の入った湯飲み茶碗《ぢゃわん》が載っていた。そばは色が濃く、ざるの上に五束ほどの馬《ば》蹄形《ていけい》に分けて盛り付けられている。それを見て光輔は、「おお」と声を漏らした。

「戸隠《とがくし》そばと言って、長野市の名物なの。色が濃いのは、そばの実の甘皮《あまかわ》を剝《む》かずに挽《ひ》いたそば粉を使っているから。この盛り付け方は『ぼっち盛り』と言って、戸隠そば独特のものよ」

そう説明する三代子に「はい」と頷きつつ、光輔は心の中で「知ってるよ」と返した。優人が長野市出身なので、光輔も戸隠そばには馴染《なじ》みがある。東京に来てからも食べたことはあるが、この盛り付けで出す店は初めてで、懐かしさで胸が弾んだ。

「薬味も独特で、その大根おろしは『辛《から》み大根』と呼ばれて——ごめんなさい。お腹が空《す》いてるのよね。とにかく食べて」

そばに見入る光輔を、三代子が笑って促す。光輔は「はい。いただきます」と返し、トレイから七味唐辛子の缶を取り、ざるの上のそばに振りかけた。

「えっ⁉」

三代子の声に、光輔ははっとして手を止めた。七味唐辛子の缶をトレイに戻して顔を上げると、驚いたような表情の三代子と目が合った。

「東京に来て初めて、おそばに直接七味唐辛子をかける人を見たわ。長野には、そうやって食べる人もいるんだけど……お客さん。出身は？」

「兵庫県の加古《かこ》川《がわ》市です。前に誰かがやってるのを真似たらおいしかったので、ずっとこうやってました。長野の食べ方だったんですね」

感心したように返したが、動悸《どうき》がして焦りも湧いた。そばに直接七味唐辛子をかけるのは優人の食べ方で、光輔や母親の小百合も当たり前のようにそうしてきた。なりすましを始めてからはやめていたのだが、手が勝手に動いてしまった。

「また邪魔しちゃったわね。どうぞ、食べて」

笑顔に戻った三代子に促され、光輔はほっとして箸を取ってそばを食べた。

「おいしいです。コシがあって、喉《のど》ごしもいい。めんつゆも旨《うま》いです」

半分ほど平らげてからコメントすると、三代子は言った。

「よかったわ。いい食べっぷりねえ。若いしイケメンだし、公務員。モテるでしょ？」

「いいえ、全然。忙しすぎて、女性と出会うチャンスがありません。サービス残業も多いし、公務員って意外とブラックなんですよ」

「うちに来る区役所や消防署に勤めてるお客さんも、同じことを言ってたわ。でもみんな、『人の役に立ちたい』とか『命を助けたい』とか使命感は強いのよ。お客さんもそう？」

テンポよく問われ、光輔は同じペースで返した。

「はい。僕の場合は間違ったことをしているやつも、困っている人も放っておけないって感じかな」

すると三代子は深紅のマニキュアで飾られた手で口を押さえ、ふふふと笑った。怪《け》訝《げん》に思い箸を止めた光輔を、三代子が見返す。

「お客さん。ひょっとして、警察の人？」

「ええ」

胸がどきんと鳴り、緊張と期待を同時に感じた。三代子は満足げに首を縦に振った。

「やっぱりね。前にいた店は、よく警察の人が来てたの。その中にいた刑事さんも、同じようなことを言っていたわ。ちなみにその刑事さんも、おそばに直接七味唐辛子をかけていたわね」

親父のことだ。そう悟り、光輔の緊張と期待はさらに膨らむ。箸をトレイに置いて口を開こうとしたが、先に三代子が言った。

「十年ぐらい前の話だけど、気さくで親切で、すごくいい人だったわ。でも」

そこで言葉を切り、顔を上げて遠くを見る。その眼差《まなざ》しは厳しいがどこか心細げで、光輔はまた口を開こうとした。が、三代子は我に返ったように視線を光輔に戻し、訊ねた。

「お客さん。お名前は？」

「蓮見光輔です」

そう答えはしたが、一瞬梶間直人の名を口にしかけた。こんなことは初めてで、光輔は驚きと混乱を必死に抑えた。

「蓮見さん……あらそう」

三代子は呟《つぶや》き、首を傾げた。

12

架川が「次の手を思いついたから、少し一人にしてくれ」と告げると、立石は「コーヒーを買って来ます」と言ってコンパクトカーを降りた。架川は助手席に座り直し、ジャケットのポケットからスマホを出してある番号を呼び出した。発信ボタンを押し、スマホを耳に当てて間もなく聞き覚えのある声が応《こた》えた。

「はい。若井です」

「よう。いま本庁だろ？　ちょっといいか？」

「お疲れ様です。はい。本庁警務部で職務についています。いいかどうかは、『ちょっと』の内容と所要時間次第です」

架川の態度を咎《とが》めるように事務的かつ丁寧に、若井美波は答えた。構わず、架川は続けた。

「お前を女と見込んで、聞きたいことがある。いいな？」

「褒め言葉のつもりかもしれませんが、『女と見込んで』という表現は女性差別的です。加えて、『いいな？』には強制の意図が感じられ」

「くどくどうるせえ。圭市の店で奢《おご》ってやるから、言うとおりにしろ。お前、あそこが気に入ってるんだろ？　常連になるのも許してやる」

精一杯気を遣ったつもりだったが、若井は「はい？」と挑戦的に訊《き》き返し、何か言おうとした。それを「時間がねえんだよ。一人になれる場所に行け」と遮ると、若井はむっとした様子ながらも自分の席を離れ、廊下の隅に移動した。架川は春蘭市にいることやコフレの名前などは伏せ、状況を説明した。聞き終えるなり、若井は言った。

「そういうことなら、私より蓮見さんに意見を求めるべきでは？」

「俺は休暇中なんだよ」

「答えになっていませんが……ひょっとして、ケンカ中？」

途中から妙に熱っぽい口調になり、若井が問う。舌打ちし、架川は返した。

「いいから、美衣ってホステスの行方について思うことを聞かせろ」

「唯一の手がかりでもありますし、花束が気になります。ちなみに少ししおれていたのは、花の鮮度が落ちたからだと思いますよ。買ったのは昨日で、昨夜一晩、水を張った洗面器に浸《つ》けておいたのでしょう」

「あの洗面器はそのためか。花束なんてやったことももらったこともねえから、気づかなかった。他には？」

「花束が黄色いバラ一種類だけだったという点ですね。明確な目的があったのでしょう」

「俺もそう思う。しかし、美衣が今夜同伴する相手が黄色いバラが好きだとか、仕事に関係しているとかじゃねえんだ」

「誕生花はどうですか？　生まれた日にちなんだ花のことで、一年三百六十五日、どの日にもあります。ちなみに黄色いバラは——少々お待ちください」

　そう告げて、通話は途切れた。スマホで検索しているのだろう。誕生石は知っていたが、誕生花なんてものもあるのかと架川がまた感心していると、若井が電話口に戻った。

「お待たせしました。黄色いバラが誕生花なのは、五月十七日、六月七日、九月二十三日等々ですが、その中に十一月十五日、つまり昨日があります」

「じゃあ、美衣は誕生日祝いで黄色いバラの花束を買ったが相手には渡さず、洗面器の水に浸けたってことか。そういやナンバーワンホステスの愛鈴が、昨夜美衣は別の予定が入っていたんだがキャンセルし、自分の復帰パーティに来たと言っていた」

　記憶を辿《たど》りながら告げると、若井が頷《うなず》くような気配があった。

「で、一日遅れで渡すつもりで、今日花束を持って出かけたんでしょう。美衣さんの関係者に、昨日が誕生日だった人はいませんか？」

架川が「確認する」と返そうとした時、タイミングよく両手にコーヒーショップの名前入りの紙コップを持った立石が戻って来た。架川はスマホを下ろし、運転席に乗り込む立石に問いかけた。

「美衣の関係者に、昨日が誕生日だった者はいるか？」

「さあ。お客様やホステスなら、必ずお祝いをしたはずですが」

架川に紙コップの一つを手渡し、立石は答えた。

「なら、それ以外だ。さっき愛鈴は、昼間訪ねて来た美衣は『すごくおしゃれして』いたと言ってただろ？　相手は男だ」

「史江ママに確認します」

早口で応え、立石はもう一つの紙コップをドリンクホルダーに入れ、スマホを出した。架川も紙コップをドリンクホルダーに入れ、スマホを構え直した。

「もしもし」

「会話が聞こえたので言いますが、女性のおしゃれの目的が男性とは限りません。むしろ相手が同性、つまり女性の方が目が厳しいし、対抗心もあるので気合いが入ります。関係者に女性は？」

若井も早口になって問う。「そりゃ、大勢いるが」と返した架川の頭に愛鈴と史江、コフレで会ったホステスたちの顔が浮かぶ。

美衣を快く思っていないホステスは、何人かいた。だが、店の経営者の接待を妨害すればどんな目に遭うか、みんなわかっているはずだ。そう思い至った時、あるホステスの名前が浮かんだ。

「真珠とセナ。さっき店に来なかった二人だ」

架川は言い、史江と電話中の立石に語りかけた。史江に「ちょっと待って下さい」と断って振り向いた立石に、さらに言う。

「二人とも、昨夜の愛鈴のパーティに出なかったんだろ？ 美衣がキャンセルした予定と関係があるんじゃねえか？……おい、どうだ。何か浮かばねえか？」

最後は若井に問いかけたが、困惑した答えが返って来た。

「そう言われても、そちらの人間関係を把握していませんし。真珠さんとセナさんが誰なのかも」

「決まってんだろ、ホステスだよ。美衣、真珠、セナの三人は、二カ月前になんとかいう別のクラブから」

苛立《いらだ》ちながらもそこまで説明して、架川は大きな閃《ひらめ》きを感じた。若井の「女性のおしゃれの目的が男性とは限りません」という言葉、さっきホステスの一人から聞いた「コフレのキャストの一員だってことにプライドを持ってる」という美衣の発言も再生される。

ひょっとして。予感を得たとたん、頭が回りだした。架川はスマホを下ろしてマイク部分を手で覆《おお》い、立石に向き直った。

「美衣たちがコフレに来る前にいたのは、どんな店だ？」

「ブーケですか？　二十卓もない小箱で、最近は経営が厳しかったようです。しかし老舗《しにせ》ですし音楽大学出身の千《ち》景《かげ》ママのピアノ演奏を楽しみにしているお客様も多く、そのあたりを評価して、うちの社長が傘下に収めたと聞いています」

戸惑いながらも淀《よど》みなく、立石は説明した。それを聞き、架川の予感は確信に変わった。「やっぱりな」と顎《あご》を上げて言い、立石に告げた。

「史江ママに真珠かセナに連絡させて、昨夜愛鈴のパーティに出ずにどこに行っていたかと、千景ママの自宅の場所を聞き出せ」

「千景ママ？　なぜまた」

「いいから、早くしろ。じきに時間切れだぞ」

顎でダッシュボードの時計を指し、架川は促した。視線を動かした立石は時刻が既に四時を回っているのを確認し、史江と話しだした。架川もスマホを構え、若井に告げた。

「助かったぜ。ありがとよ。改めて連絡するが、圭市の店で死ぬほど飲み食いしていいぞ」

「それは何よりですが、私としては飲み食いより、架川さんが早く蓮見さんと仲直りして、元サヤに」

「元サヤ？　なんだそりゃ」

顔をしかめて訊き返すと、若井はうろたえて何か喋《しゃべ》りだした。それを無視し、架川は通話を打ち切ってスマホをしまい、シートベルトを締めた。

13

架川が立石と待っていると、間もなく史江から連絡があった。架川の推測通り昨夜は千景の誕生日で、ブーケではパーティが開かれたそうだ。真珠とセナは「お世話になったから」と出席したが、美衣は当日になってキャンセルし、愛鈴の復帰祝いに出た。話を聞き終えると直ちに、立石はコンパクトカーを出した。

二十分ほどで、千景の自宅に着いた。春蘭市郊外の高台に建つ二階屋で、大きくはないが、コンクリート打ちっぱなしの外壁やその所々にあしらわれたガラスブロックなど、しゃれた造りだ。千景はバツイチで、この家で独り暮らしをしているという。

駐車場に停められた小型のベンツの脇を抜け、家の玄関に向かった。既に薄暗く、玄関灯には明かりが点《とも》っていた。立石がインターフォンのチャイムを鳴らして名乗ると、すぐに千景が出て来た。歳は六十代半ば。耳の出る長さの白髪のショートカットで、地味だが品のある顔立ちをしている。顔見知りのようで二人は挨拶《あいさつ》を交わし、立石は手短に美衣の件を伝えて架川を紹介した。

「さっき史江さんからも電話があって、驚いたわ。でも美衣ちゃんは、うちには来てないのよ」

申し訳なさそうに言い、千景は片手を頰に当てた。高そうな深紫色の着物姿だが化粧気がないのは、出勤の身支度の途中だからだろう。

「念のために見せてもらってもいいですか？」

玄関の奥を指し、架川は訊《たず》ねた。千景は笑顔で架川を見上げ、即答した。

「ご自由に」

タイル貼りの三和土《たたき》で靴を脱ぎ、架川と立石、千景は家に上がった。一階が十五畳ほどのリビングダイニングキッチンとバス・トイレ、四畳半ほどのクローゼット。二階には八畳の千景の寝室があり、こちらにも広いクローゼットがあった。家具や調度品は高そうなアンティークで、掃除と整理整頓《せいとん》も行き届いている。立石と手分けをして家中を調べたが、美衣の姿はなかった。

「昨夜の誕生日パーティに、美衣さんは来なかったんですよね？」

一階のリビングダイニングキッチンに戻り、架川は問うた。棚やテーブルの上には花瓶が置かれ、昨夜客やホステスたちからもらったと思《おぼ》しき花が活《い》けられている。しかしユリや深紅のバラはあるが、黄色いバラは見当たらなかった。

「ええ。急用ができたとかで。でも、電話はくれましたよ。あんな高級店の売れっ子になったのに、古巣への義理を忘れない。今どき珍しい、ちゃんとした子ですよ」

歯切れよく貫禄《かんろく》もたっぷりに答え、千景は着物の帯留めに手をやった。

「今日連絡はありませんでしたか？」

「史江さんにも訊《き》かれたけど、ありません。どこに行っちゃったのかしら。うちにいた頃は、同伴をすっぽかすなんて一度もなかったのに……ごめんなさい。そろそろ出かける準備をしないと」

申し訳なげに頭を下げる千景に、立石が恐縮して応《こた》える。これ以上粘るのは無理そうなので、架川も礼を言って玄関に向かった。

「史江ママから着信がたくさんあります。五時までもう三十分もないですよ。どうしましょう」

家から外に出るなり、立石は言った。スマホを手に切羽詰まった顔をしている。足を止めて振り向き、架川は返した。

「焦るな。事件に千景が関わってるのは確かだ」

「しかし、家中捜しても美衣はいなかったじゃないですか」

「それはそうだが」

架川が言いかけた時、家の中からかすかな音が聞こえた。千景がテレビかラジオを点《つ》けたんだな。リビングダイニングキッチンには、立派なオーディオ機器があったし。

そう納得した直後、架川は強い違和感を覚えた。

「この家には、ピアノがねえ。おかしくねえか？ ブーケの売りは、千景のピアノ演奏なんだろ？ 当然練習をしているはずだ」

「確かに。しかしそもそも、ピアノを置くスペースがなかったような」

困惑して返し、立石は後ろを振り返った。架川も倣う。

灰色の箱のような家に、大小の窓。あそこも、その隣も調べた。心の中で確認しながら窓を眺め、それ以外の場所も思い浮かべた。

「あれは何だ？」

巡らせた視線が、駐車場の奥で止まった。駐車場と家の外壁の間にある地面に、不透明なガラスブロックが十個ほど並んで埋め込まれている。

「飾りでしょう。他の場所にも使っているし」

立石の声を聞きながら、架川はベンツの後ろに廻《まわ》り、外壁沿いに埋め込まれたガラスブロックを覗《のぞ》いた。

「飾りにしちゃデカい。厚みもありそうだし」

閃《ひらめ》くのと同時に過去の記憶が蘇《よみがえ》り、架川は身を翻して玄関に向かった。慌てて、立石も付いて来る。

　再度チャイムを鳴らすと、ドアが開いて千景が顔を出した。

「邪魔するぞ」

　架川は告げ、木製のドアの縁を摑《つか》んで大きく開け、千景の脇から玄関に入った。千景の抗議の声とそれに応える立石の声を背中で聞きながら靴を脱ぎ、部屋に上がった。足早に廊下を抜け、リビングダイニングキッチンに入る。傍らのクローゼットのドアを開け、明かりを点けて中に入った。

　左右の壁沿いにステンレス製の太いパイプが取り付けられ、ハンガーにかかった衣類がぎっしりかけられている。突き当たりの壁には大きな鏡があり、仁王立ちになったダブルスーツにコート姿の架川が映っている。さっきは気づかなかったが、よく見ると鏡の縁には小さな取っ手があり、床にはレールが取り付けられていた。

　架川は大股《おおまた》で鏡に歩み寄り、取っ手を摑んで迷わず横に押した。重たい手応えとかすれたような音がして鏡はスライドし、架川の前に薄暗い空間と、足下に延びる階段が現れた。

「やめて！」

後ろで千景の声がして、クローゼットに入って来るのがわかった。構わず、架川はコンクリートの階段を駆け下りた。すると小さなスペースがあり、向かいに鉄製の白いドアがあった。ドアの左端にはレバーと縦長のガラス窓があり、その向こうに深紅のワンピースを着た女が立っていた。ドアの奥の部屋は暗いが、天井のガラスブロックからわずかに差し込む外の明かりで、女が美衣だとわかった。

「助けて！」

くぐもった声で叫び、美衣がドアをどんどんと叩《たた》いた。足音がして、千景と立石も階段を下りて来た。立石が声を上げる。

「地下室ですか⁉」

「ああ。防音設備があり、ピアノの練習だけじゃなく、人を閉じ込めるにももってこいだ」

架川は返し、千景を睨《にら》んだ。立石はドアの向こうの美衣に気づき、また声を上げた。美衣の後ろにはグランドピアノと椅子が見える。唇を噛《か》んで横を向いている千景を見据え、架川は告げた。

「ドアのカギを開けるか、監禁罪で逮捕されるか。好きな方を選べ」

弾《はじ》かれたように、千景は着物の袖《そで》の中を探り、カギを取り出した。

14

コンパクトカーを料亭の前に横付けするなり、店の白い暖簾《のれん》をめくって史江が出て来た。

「ママ！」

泣きそうな顔で叫び、美衣はコンパクトカーの後部座席から降りた。玉砂利洗い出しの広いアプローチを抜け、着物姿の史江が駆け寄って来る。

「美衣ちゃん！　よかった。無事で」

「全然無事じゃないよ！　見て」

不服そうに訴え、美衣は自分の唇を指した。口紅がはげた唇の端には、小さな切り傷がある。美衣の肩に手を置いて切り傷を覗き、史江は告げた。

「メイクでなんとかしましょう。髪も直さないと。じきに三田様がおみえになるわよ」

美衣が言い返す間を与えず、史江はその肩を抱いてアプローチを戻りだした。振り返って車中の立石と架川に目をやり、

「ありがとう。助かったわ。架川さんも。お礼は改めて」

と切羽詰まった早口で告げた。立石が開けた窓から「どういたしまして」と返すと、史江と美衣は暖簾をくぐって店の中に入って行った。

「五時ジャストか」

ダッシュボードの時計を見て架川は満足し、立石は心底ほっとしたように息をついた。ここは飲み屋街の外れで、コンパクトカーの脇には古い日本家屋の料亭がある。

千景に地下室のカギを開けさせ、美衣を救出してから事情を聞いた。

若井の推測通り、今日美衣は愛鈴のマンションに立ち寄った後、一日遅れの誕生祝いを伝え、黄色いバラの花束も贈るつもりで千景の自宅を訪ねたそうだ。出迎えた千景だったが、受け取った花束はしおれていた上に美衣の態度は尊大で、身なりも品がなく整っていない。小言を言ったところ、「ナンバーツーは忙しいんですよ」と見下すような態度を取られた。千景はかっとなって口論となり、つい「恩知らず！」と美衣の頬を叩いてしまう。すると唇が切れ、美衣は「これから大事な同伴なのに」「傷害罪で訴えてやる！」と騒ぎだす。焦った千景は、手当をすると言って美衣を地下室に連れて行き、閉じ込めた。だがさっき架川には、「ただのお仕置きで、同伴に間に合うぎりぎりの時間に解放するつもりだった」と涙ながらに説明した。一方美衣はこの料亭に向かう車中で、千景に対する怒りと恨みの言葉をハイテンションで捲《まく》し立て、

「コフレのナンバーツーによくも」と連呼していた。

「千景はどうなるんだ？　俺に言わせりゃ、どっちもどっちだぞ」

架川も息をつき、固まった体をほぐしながら問うた。頷《うなず》き、立石は言う。

「私もそう思います。両ママが話し合って、上手《うま》く収めるんじゃないでしょうか。ところで、よくあの家に地下室があるとわかりましたね」

「以前ガサ入れしたやくざ者の家に、似たようなところがあったんだよ。そこは台所の食品庫の床に地下室の出入口があり、麻薬《ヤク》やら拳銃《チャカ》やらをどっさり隠していやがった」

「そうだったんですか。では、千景ママが怪しいと思ったのは？」

「ああ。あれか」と言い、架川は笑った。

「広域暴力団が地方に進出すると、地元の暴力団は友好の証《あかし》として自分の組の構成員を何人か差し出す習慣があるんだ。人質みてぇなもんなんだが、いきなりデカい組織の看板を背負う身になり、勘違いして調子に乗る輩《やから》も出て来る。で、古巣の組の連中を見下すような態度を取り、揉《ゴ》め事《タ》になるってえのがお約束だ。今回の美衣の移籍も、同じようなもんだろ？　だからピンときた。属する組織や肩書きが立派になると、自分も立派になったと勘違いしちまうんだ。そこいらの会社やら学校やらだって、似たようなやつは大勢いるだろう」

架川は助手席で脚を組んで片肘《かたひじ》を窓枠に乗せ、頬杖《ほおづえ》をつきながら説明した。立石は感心し、「ははあ」と相づちを打った。

「捜査で得た経験を、別の捜査で活用するということですか。さすが、というのも失礼ですが、プロの仕事ですね。この度は本当にありがとうございました」

後半はかしこまった口調になり、立石は架川に向き直って深々と頭を下げた。「いやいや」と笑い、架川は返した。

「俺には、生まれ持ったひらめきとか推理力みてぇのはねえから。代わりに経験したことを引っ張り出して照らし合わせるんだ……俺一人だって、ちゃんとヤマを解決できるじゃねえか」

自信が湧くのと同時に光輔の顔が浮かび、後半は張り合うような口調になる。「なるほど」と立石が相づちを打った時、後ろから車が近づいて来た。黒塗りの高級セダンが二台。立石はコンパクトカーを前方に移動させ、黒塗りのセダンは料亭の前に横付けした。

後ろのセダンの運転席からスーツ姿の若い男が降り、恭しく後部座席のドアを開けた。そこから降り立ったのは、中背だががっしりした体つきの初老の男と、背が高く痩《や》せた四十代後半の猫背の男。初老の男は信濃一家組長当麻秀和、猫背の男は三田だろう。二人とも仕立てのいいスーツ姿で、前のセダンからも、スーツの男たちが降り立つ。アプローチの奥で声がして、料亭の従業員らしき男と史江、美衣が出て来た。

美衣はさっきと同じ赤いワンピース姿だが、化粧と髪を整えている。

迷わず、架川はコンパクトカーを降りた。助手席のドアの脇に立ち、まっすぐ前方の男たちを見る。慌てて立石も運転席から降りた。

架川に気づき、スーツ姿の若い男たちが、警戒するようなそぶりを見せた。その場の空気が緊張し、当麻と三田も史江たちと話すのをやめて振り向く。

目が合った当麻は、捜査資料の写真と比べると五、六キロ太り、生え際も後退していた。しかし、眼差《まなざ》しの強さと迫力はさすがだ。と、史江が当麻に何か囁《ささや》きかけた。架川を見たままそれを聞いていた当麻は、表情を動かさず架川に会釈をした。架川も会釈を返すと、当麻は三田を促してアプローチを進み料亭に入って行った。続く史江は架川に深々と頭を下げ、美衣は知らん顔だ。

スーツの男たち全員が料亭に入り、黒塗りのセダンが走り去っても、架川はその場に立って料亭を見据えていた。と、立石の声が耳に届いた。

「架川さんは、本気で歌川チカさんの事件を調べているんですね。犯人は捕まったのに、なぜですか？」

「犯人が捕まったからといって、事件が解決したとは限らねえ。事実、十年も経つのにあの事件を引きずって翻弄《ほんろう》されてる人間が大勢いる。三代子ママがそうだし、あんたも同じだろう」

光輔、優人、小百合、チカ、そして三代子。次々と面影が頭をよぎった。数名は既にこの世の人ではないが、それでも区切りは必要だと思う。立石はしばらく黙っていたが、架川を静かに見ているのがわかった。「確かに」。ぽつりと、立石が言った。

「架川さん。事件の後、三代子ママが犯人だと疑われたのはご存じですよね」

振り向き、架川は「ああ」と答えた。立石は車体を挟んだ運転席のドアの脇に立っている。

「事件の夜、三代子ママは寿司《すし》屋で食事中に一度外出しているんです。お客様の煙草を買いに近くのコンビニに行ったんですが、それがチカさんが殺された時間と重なっていたからです。しかしコンビニの従業員がママの顔を覚えていたので、すぐに疑いは晴れました」

「そうだったな。本当は違うのか？」

架川の問いに、立石は「いいえ」と首を横に振った。一緒に吐いた白い息も揺れる。日はとっぷりと暮れ、足下から冷気が立ち上ってくる。

「三代子ママの話にウソや偽りはありません。しかし、警察に話していないことが一つあります」

「どういうことだ？」

架川も白い息を吐き、問うた。気温はさらに下がり、手袋をはめていない指先が凍える。架川が体の脇で拳《こぶし》を握ると、立石は答えた。

「昼間架川さんに、事件の夜、私がどうしていたかと訊《き》かれた時、店を出てラーメン屋で飯を食い、帰って寝たと答えました。それもウソじゃない。しかしラーメン屋を出て歩いている時に、三代子ママを見たんです。ハンドバッグと煙草を手に、コンビニを出て来るところでした。声をかけようとした矢先、三代子ママは通りを反対側に渡って行ってしまいました」

「通りを反対側に？　寿司屋はコンビニの並びだろう」

「ええ。だからおかしいなと思って見ていたんです。そうしたら三代子ママは小走りで、通りの反対側の脇道に入って行きました。あの脇道の奥には、チカさんの自宅アパートがありました。だから、『チカさんの具合を見に行ったのかな』と思って通り過ぎようとしたんです。すると」

　そこで言葉を切り、立石は俯《うつむ》いた。薄暗いのでよく見えないが、躊躇《ちゅうちょ》しているような気配を感じる。架川は緊張しながら身じろぎせず、立石が話を再開するのを待った。

「あっという間に、三代子ママは脇道から出て来ました。しかし顔が真っ青で、ひどく取り乱していたんです。転がるように通りを渡り、寿司屋のビルに戻って行きました」

「三代子ママは一人だったのか？　何か言うとか、持ち物や身体に変化は？」

「一人でした。無言でハンドバッグと煙草だけを持って、手や服に汚れや乱れもなしです」

「あんたは今の話を、誰かにしたか？」

　架川の問いに、立石は首を横に振った。

「いいえ。十年間誰にも話していません」

「なぜだ？」

「三代子ママを護《まも》るためです」

　架川をまっすぐに見て何の迷いもなく、立石は答えた。そしてすかさず、

「お望み通り、チカさんの事件について知っていることは全てお話ししました。架川さん。昼間私が三代子ママを護って下さいとお願いした時、承諾して下さいましたよね」

　と続け、架川の目を覗《のぞ》いた。正確には史江から電話がかかってきたので、承諾の返事はしていない。それでも立石の眼差しの強さと必死さに、架川は「ああ」と頷いてしまう。すると立石はほっとしたように身を引き、声のトーンを落としてさらに言った。

「ご存じだと思いますが、コフレの運営会社は信濃一家のフロント企業で、オーナーは当麻さんです。当麻さんは愛人だった三代子ママに店を持たせたが、ホステスたち

にも手を出していた。その一人が史江ママで、チカさんの事件が起きた時には既に当麻と関係を持っていたはずです。そして去年。史江さんにママの座を明け渡すことになり、三代子ママはわずかな金を渡されて店を辞め、春蘭市も出ました」

なるほど。その金で新小岩にスナックを開いたのか。納得し、架川は「わかった」と返した。そして改めて立石に向き直り、告げた。

「チカさんの事件の真相究明が、三代子さんを護ることになるはずだ。話してくれて感謝する。いま聞いたことも、立石さんの気持ちも、ムダにはしねえ」

こみ上げて来た気持ちと言葉をぐっと飲み込むように、立石は口を引き結び、黙って一礼した。と、架川のジャケットのポケットでスマホが鳴った。取り出して見ると、知らない番号が表示されている。

「はい」

「架川英児さんですか？　私、長野市の北信《ほくしん》法律事務所の鳥川《とりかわ》と申しまして、梶間優人さんの弁護士です」

若い男が事務的な声でてきぱきと告げる。驚き戸惑いながら、架川も事務的に「はい」とだけ答えた。すると一瞬間があってから、鳥川はこう告げた。

「梶間さんより伝言です。架川さんに、お話ししたいことがあるそうです」

15

光輔が話を伝えるなり、羽村は「おいおい。勝手に何やってんだよ」と電話の向こうで騒いだ。「大丈夫だって」となだめながら、光輔は文房具店の前を行き来する人に目をやった。午後六時近くなり、新小岩のアーケード商店街はサラリーマンや学生、主婦などで混み合っている。

「三代子は、僕の正体に気づいていない。親父の話が出た時は驚いたけど、情報を得るチャンスだよ」

光輔は続けたが、羽村は緊張した声で問うた。

「本当に偶然か？　直人は小百合さん譲りの見てくれの良さが目立つけど、中身は優人さんそっくりなんだよ。しかも相手は、百戦錬磨《ひゃくせんれんま》のクラブのママだぞ？」

「心配しすぎだよ。蓮見光輔って名乗ったら、納得してたし」

「だからって、二日連続で行かなくても」

「昼間ランチに行った時に、『ぜひ今夜もいらして。春蘭市の話をしたいわ』って誘われたんだ」

「罠《わな》だったらどうするんだよ」

「罠ってなんの？　大丈夫だって。僕らの計画は完璧《かんぺき》だよ」

光輔が笑うと、羽村は「そりゃそうだけど」と呟《つぶや》いた。今日も後ろから、珈琲名家に流れるクラシック音楽が聞こえてくる。

「勝手にそんなことして、架川さんに知られたら殺されるぞ。あの人、殺気がすごいし、階級が一つ上の俺に、当たり前みたいに『よう』とか『あんた』とか言うし」

「それより、話ってなに？　今日は琢己にいちゃんの方から『話がある』って言って来たんだよ」

光輔が問うと、羽村は潜めていた声をさらに潜め、話しだした。

「実は最近、奥多摩《おくたま》署にいる友だちと会ったんだよ。奥多摩湖の先に閉鎖された警備部の機動隊訓練所があるだろ？　あそこを民間に払下げるらしい」

「三千坪以上あるけど山の中だし、買う人いるのかな」

「俺もそう思って探りを入れてみたんだけど、この事案には本庁の総務部会計課、装備課に加えて、警務部も絡んでる」

「警務部？　なんで？」

「払下げた土地の一部に、警視庁職員の研修所をつくるとか。責任者は警務部長の有働弘樹だ」

有働の名前を聞き、光輔ははっとする。十年前に長野県警が土地の払下げを行った時、警務部長だったのも有働だ。光輔の心中を察したのか、羽村は言った。

「ただの偶然かもしれないが、調べてみる」

「わかった。とにかく、他の客で混む前に三代子の店に行くよ。こっちが警察官だってバレたし、踏み込んだことを訊くのもありだと思う」

「それはそうだけど……気をつけろよ」

羽村が釘《くぎ》を刺し、電話を切った。光輔はアーケード商店街を進み、脇道に入った。時間が早いので、入り組んだ細い道に並ぶ店はまだ看板を出していないところもあるが、人通りは多い。

と、前方にスナック　ナイトライトが見えて来たところで、店のドアが開いた。出て来たのは、スーツ姿の男の二人組と、三代子だ。三代子は険しい顔で振り返って何か言う男の二人組に強い口調で言い返し、最後に「二度と来ないで！」と告げて身を翻した。店のドアがばたんと閉まり、男の二人組は捨て台詞《ぜりふ》的な言葉を口にして、脇道の奥に歩きだした。迷わず、光輔は二人組の後を追った。

飲み屋の看板やエアコンの室外機に身を隠しながら尾行を続けると、間もなく脇道から表通りに出た。二人組は、表通りの端に停めた灰色のセダンに向かう。光輔は注意深く灰色のセダンの後方に回り込み、電柱の影に隠れた。目をこらし、セダンのナンバープレートを確認する。二人組はセダンに乗り込んで走り去り、光輔は元来た道

を戻ってスナック　ナイトライトに入った。

「いらっしゃいませ」

店内に入ると、三代子が微笑みかけてきた。

「男と言い争ってましたよね？　大丈夫ですか？」

「あら、見られちゃった？　観葉植物を置けだの、おしぼりの業者を替えろだの。チンピラのセールスよ。どこで商売してても来るの」

　あっさりと返し、三代子は光輔に座るように促した。「そうですか」と従った光輔だったが、違和感を覚えた。

　男の二人組が乗っていたセダンのナンバープレートは「足立《あだち》」で、下二桁《ふたけた》が３７だった。今年の夏ある事件を捜査した際、架川に教わったのだが、これは男の二人組が七緒《ななお》会という鷲見組系暴力団の構成員であることを意味する。観葉植物やおしぼりは暴力団の資金獲得方法、つまりシノギの一つで、リース契約のセールスはあり得る話だ。しかし七緒会の本部は浅草《あさくさ》にあり、このあたりはシマではない。

　パワーバランスの維持やいざこざの手打ちとして、小さなシマの譲渡はよく行われると聞いたことがあるし、ここも七緒会のシマになったのか。ふと浮かび店内を見回すと、荒らされたような様子はない。それでも気になるので、光輔は渡されたおしぼりで手を拭《ふ》いて言った。

「芹夏さん。困ったことがあれば、何でも言って下さい」

すると三代子は肩をすぼめ、いたずらっぽく笑った。

「間違ったことをしているやつも、困っている人も放っておけない？」

「ええまあ」

光輔が照れると三代子は、「ありがとう」と笑ってメニューを差し出した。光輔がオーダーを済ませると、三代子は言った。

「昼間蓮見さんとお話しして、いろいろ思い出しちゃった。私ね、この店の前は春蘭市でクラブのママをやってたの。立派な店で、繁盛してたのよ」

カウンターの中で酒をつくりながら、三代子が言った。何かが吹っ切れたような明るい口調に一瞬戸惑ったが、光輔は応《こた》えた。

「すごいですね。そこに、僕と同じそばの食べ方をする刑事が来ていたんですね」

「そうなの。その刑事さんは『息子が一人いる』とも言ってたわ。元気にしてたら、蓮見さんと同い年くらいかしら」

声を弾ませて三代子は顔を上げたが、光輔はとっさに応えられない。優人が自分の話をしているとは思わなかった。と、誤解したらしく三代子は言った。

「ごめんなさい。失礼よね。蓮見さんには、立派なご両親がいるんでしょうし」

「いえ。両親は早くに亡くなって、一人なんです」

笑顔に戻り応えると、三代子は驚いてまた「ごめんなさい」と謝った。

「大変だったのねえ。でも、ご両親はきっと今のあなたを誇りに思ってるはずよ」

「ありがとうございます。だから僕に似ていて、しかも刑事なんて親しみが湧きます。もっとその人の話を聞かせて下さい」

「とにかくすごくいい人だったのよ。うちの店には息子のことで問題を抱えてる女の子がいたんだけど、親身に相談に乗ってくれてね」

「問題っていうのは、ケンカとか万引きとかですか？」

「その程度ならまだマシなんだけど、あの子はねえ」

言葉を濁《にご》し、三代子は息をついた。

歌川チカの息子なら、涼牙だ。光輔より一つ年下だが、ケンカに窃盗、集団暴走行為と手の付けられない不良だったと聞いている。それが「その程度」になるようなことをやらかしたのか。

「その後、僕に似た刑事さんとママの店の女性、その息子さんはどうなったんですか？」

無邪気さを装い、光輔は斬り込んだ。三代子は口をつぐみ、沈黙が流れる。間を持たせようと光輔がビールを飲んでいると、三代子は言った。

「さあね。昔の話だし、私は自分の仕事をしただけ。でも春蘭市を離れたから逆に、あの街やそこであったことを思い出しちゃうのよ。しかも、日増しに鮮明になっていく感じで」

醒《さ》めた口調の困り顔だが、何かを匂わせられている気がして、警戒と期待が同時に胸に湧いた。光輔は間を置き、頭を整理してから応えた。

「思い出しちゃうのは、今からでもできることがあるからかもしれませんよ。誰かに話すとか」

「誰かって、蓮見さん？」

思わせぶりな眼差《まなざ》しと口調で、三代子が問う。光輔が「そうですね」と頷《うなず》いた時、ドアが開いてサラリーマンのグループが入って来た。常連なのか、三代子と親しげに挨拶《あいさつ》を交わしている。潮時だと判断し、光輔は席を立った。支払いを済ませ、見送りの三代子と店を出る。

「近いうちにいらして。その時、話の続きをしましょう」

三代子は言った。いつもの笑顔だが、眼差しには覚悟のようなものが感じられた。

「わかりました。必ず来ます」

三代子の目を見て返し、光輔はスナック　ナイトライトを後にした。

16

立石と別れ、架川は駅に向かった。午後九時過ぎには上越刑務所の最寄り駅に着いたが面会時間はとっくに終わっており、その晩は駅前の旅館に泊まった。

翌朝。小雪が舞う中、架川は面会時間が始まる午前八時半前にタクシーで上越刑務所に到着した。一昨日と同じように荷物をロッカーにしまって手続きを済ませ、がらんとしてまだ暖房も効いていない事務棟内のソファに座った。優人の希望で、弁護士の鳥川は面会には同席しないという。

間もなく番号を呼ばれ、金属探知機のゲートを抜けて通路を進み、面会室に入った。続けて入室した優人は作業服ではなく、グレーのスウェットの上下を着ていた。

「わざわざすみません。もう、東京に戻られていたんじゃないですか？」

遮蔽板《しゃへいばん》を挟んで向き直って座ると、優人は言った。後ろのドアの前には、刑務官がいる。架川が「いや」と返すと、優人はさらに言った。

「ならよかった。鳥川さんには、裁判が結審した後も親切にしていただいています。息子がどうしているのかも、心配して下さって」

「そうでしたか。僕は春蘭市にいて、あちこち歩き回っていました。梶間さんが暮らしておられた家や春蘭署、クラブコフレ。もちろん、事件現場と歌川チカさんのお墓にお参りも」

「そうですか。ありがとうございました」

優人が頭を下げる。刑務官を意識しつつコフレでの話をしようとした矢先、優人は言った。

「一昨日架川さんが帰った後、考えてみました。蓮見さんという人は、誰に何と言われようと納得するまで事件を調べ続けるでしょう。私が彼の立場でも、同じようにします」

「そうでしょうね」

架川は頷いた。頭に光輔の「能面」の笑顔と、自分に文句や不満を言う時の子どもっぽい顔、そして「架川さんは甘いんですよ！」と自分を見上げた時の怒りと焦り、もどかしさに満ちた眼差しが浮かんだ。

「新聞で読んだんですが、警視庁の奥多摩の土地が民間に払下げられるそうですね」

ふいに優人が話を変えた。初耳だったので、架川は戸惑いながら「そうですか」と応えた。

「十年前。長野県警でも、春蘭市で管理していた土地を一般競争入札で民間に払下げることになりました。責任者は会計課の折原さんで、現地に通い払下げの算段を整えた。私も知っていますが、折原さんは仕事はできるが気難しい人です。現地の関係者は気を遣ったでしょう。アテンド役の候補はたくさんいたそうですが、結局お眼鏡にかなったのは、地元の飲食店のある女性だったとか。女性の職場も総動員で、彼女のアテンドを手伝ったと聞いています」

優人はそれだけのことを淡々と、しかし架川を強い目で見て語った。

「アテンド？　ちょっと」

ちょっと待ってくれと言いかけて、架川はやめた。選ばれた女性とは、歌川チカだろ？　アテンドやら、「女性の職場も総動員で手伝った」やらってのは……。

「梶間さん。ひょっとして、あんたは――」

「長野県警の土地は十年前の秋に入札が行われ、暁リゾートという会社が落札して、今はキャンプ場になっているそうです。奥多摩の土地は、どうなるんでしょうね」

暁リゾートの社名も、土地を落札したことも知っている。しかし、それをなぜいま言う？　しかも、新たな払下げの話と一緒に。意味があるのは確かだが、面食らい混乱するばかりで何も返せない。ここに光輔がいれば。心からそう願った。昨夜、自分一人でもヤマを解決できると思ったことが信じられない。そんな架川の顔を遮蔽板越しにじっと見て、優人は言った。

「話は以上です。蓮見さんに伝えて下さい。困っている人を助け、間違ったことをしているやつは正す。それは気が済むまでやるべきです。だが、一人でやり遂げようとするな。それが俺の最大の失敗だ。間違いを正すためなら、お前が困っている人になってもいい。差しのべられた手は、迷わず摑《つか》め」

途中からは口調も表情も、明らかに父親のそれになっていた。そして優人は最後に、

「架川さん。あいつのことを頼みます」

と控えめながらも力のこもった声で告げ、深く頭《こうべ》を垂れた。

17

スマホが鳴った時、光輔は警視庁の独身寮の自室にいた。ノートパソコンの液晶ディスプレイに向けていた視線を動かすと、定村修斗からＬＩＮＥにメッセージが届いていた。時刻は午後二時前だ。光輔は手を伸ばし、メッセージを読んだ。「お疲れ様です。お休みだと聞きましたが、大丈夫ですか？」。スマホの画面の白い吹き出しの中に、いくつかのスタンプを交えたメッセージが並んでいる。光輔は素早く返事を打って送った。

「ご心配をおかけしてすみません。勤務が続いていたし、大きな事件も抱えていないので休みました。至って健康で、ゴロゴロしています」。本当は、三代子から得た情

報を整理するために休みを取った。夕方には羽村と会った後、スナック　ナイトライトを再訪するつもりだ。他にも非番や当番明けの寮暮らしの仲間がいるはずだが、警視庁の独身寮はしんとしている。

と、定村から返信が届いた。

「ならよかった。秋吉さんが、『寝込んでたらどうするの？』って騒ぐもので」。秋吉玲未は、いかにも世話女房って感じだからな。文面を読み、記憶が蘇《よみがえ》った。圭市の店で一緒に飲んだ時には、定村が酒や肴《さかな》をこぼすと、小言を言いつつ片付けていた。

返事を打っていると、さらに定村がメッセージを送って来た。

「コフレの顧客リストと来店データは、役に立ちましたか？　蓮見さんが急に帰っちゃったので気になってました。実は今、車で春蘭市に向かっています。深山さんたちの他に、なんと！　船津課長も一緒です。行動派をアピールするつもりですかね？」。メッセージは問いかけで終わっていたが、光輔の目には入らなかった。折原の件で組対が現地に出向くのはわかるが、船津が同行するとは。当然目的があり、何かの顔合わせ、念押し、あるいは口封じか。素早く頭を巡らせながら、不穏な空気を感じた。

と、「運転を交替しろと言われたので、また連絡します」とメッセージが届き、通信は終わった。光輔がスマホを下ろしたとたん、今度は外が騒がしくなった。廊下を複数の足音と何か言い合う声が近づいて来る。

「待って下さい！」

「関係者以外は立入禁止です」

「だから言ったろ。俺はデカ。立派な関係者だ」

「誰か！　寮長を呼んで」

　やり取りを聞き、光輔は状況を理解した。立ち上がり、ドアに歩み寄って開いた。

と、ちょうど光輔の部屋の前に着いた架川が、「おう」と言った。

「光輔。この人知ってる？　『蓮見の相棒だ』って言い張るんだよ」

「身分証を見せろって言っても、見せないし」

　遅れて部屋の前に来た寮暮らしの仲間が、架川に不審の目を向けて訴える。振り返り、架川はわめいた。

「休暇中なんだよ！　人を不審者扱いしやがって」

「不審者そのものだと思いますけど……ごめん。この人は、本当に俺の相棒なんだ。ちなみに警部補」

　うんざりして前半は架川に、後半は仲間に告げる。たちまち、仲間は一歩下がって背筋を伸ばし、「失礼しました！」と架川に敬礼した。架川はそれに「わかりゃいいんだ」と応《こた》え、光輔には「何だと？」とすごんで見せた。呆《あき》れて、光輔は問うた。

「何の用ですか？」

「話がある」

断ればさらに騒ぎになるのは必至なので、光輔は「どうぞ」とドアを開けた。フローリングの床を進み、架川は物珍しそうに室内を見た。

「独身寮も変わったな。俺らの頃はぼろい和室の相部屋で、便所は和式だった。カやらゴキブリやらがうようよしてて」

調子よく語る架川を、光輔も机の前に立って眺めた。ダブルスーツに薄い色の入ったサングラスはいつも通りだが、厚手のコートを着て両手に旅行用のバッグと、みやげ物の紙袋を提げている。

休暇中に旅に出て、東京に戻ってそのままここに来たな。そう推測した光輔の目が、架川の紙袋に向く。前面に薄紫色の花の絵が描かれている。春蘭市のシンボル・柳蘭《やなぎらん》だ。

「春蘭市に行ったんですか⁉」

驚き声を上げたが、架川は平然と「ああ」と頷《うなず》いた。

「空気はいいしそばは旨《うま》いし、いいところじゃねえか。このみやげは田並史江に、『せめてものお礼に』と無理やり渡された。地酒かなんかだろ」

「田並史江⁉　せめてものお礼⁉　何をやったんですか？」

「行きがかりで、妙なことに巻き込まれちまって……それはいいとして、歌川チカ殺害事件の手がかりを得たぞ。梶間優人さんにも会った」

「父に会った⁉」

信じられず、また声を上げてしまう。「そうだ」と答え、架川はサングラスを外してポケットに入れた。

「優人さんからメッセージを預かった。まずそれを――」

「やめて下さい！　何を考えてるんですか。なりすましがバレたら」

「俺がそんなヘマをすると思うか？」

強気に問いかけ、架川はコートを脱いでバッグと紙袋を床に下ろし、ベッドに座った。しかし光輔はますます信じられない気持ちで、訴えた。

「架川さん。何を考えてるんですか」

「事件を捜査するなら、現地を見てホシに会うもんだろ」

「なぜ今？　僕の許可も得ずに」

我慢だ。廊下に誰かいるかもしれない。光輔は、こみ上げる怒りをかろうじて抑えた。

「反対するし、怒るだろ」

あっさりと、架川は答えた。スラックスの脚を前に投げ出し、ポケットに手を入れる。その態度に、光輔の怒りが爆発した。架川の向かいに立ち、捲《まく》し立てる。

「当たり前でしょう！　僕だって何度も春蘭市に行きたいと思ったし、父とも話したかった。でも、危険過ぎる。だからそういう気持ちを全部封印して、慎重に計画を進めて来たんです。それをあなたは」

「そうか？　俺には最近のお前は、闇雲《やみくも》に突っ走ってるようにしか見えねえぞ」

言い返されてかっとなり、光輔は腕を伸ばして架川のジャケットの襟を摑《つか》んだ。

「何も知らないくせに！　この二年間、僕がどれだけ気を張り、神経を尖《とが》らせてきたか」

「おい。落ち着け」

架川も光輔の手を摑み、語りかけてきた。その言い含めるような口調にますます腹が立ち、光輔は「うるさい！」と返し、ジャケットの襟を摑む手に力を込めて架川を立たせようとした。しかし架川の体はずっしりと重く、持ち上がらない。もどかしさと苛立《いらだ》ちにかられ、光輔は唸《うな》り声を上げて架川に体当たりをした。

「やめろ！」

叫びながら、架川は仰向《あおむ》けでベッドに倒れた。その拍子に光輔の手を押さえていた手も離れたので、光輔はベッドに飛び乗った。のしかかって架川を押さえ込みにかかる。

「やめろって！」

　言うが早いか、架川は全身のバネと腕力を使って光輔の体をはね除《の》けた。ベッドから転がり落ち、光輔は床に背中と腰を打ち付けた。その衝撃と痛みで動けずにいると架川はベッドを降り、「いい加減にしろ」と言って光輔の脇にかがみ込んだ。それでも気持ちが治まらず、光輔は無理やり起き上がって架川に摑みかかろうとした。その肩を、架川の大きな手ががっちりと摑む。

「俺はお前に触れたかったんだよ！」

　はっとして、光輔は目を上げた。数センチ先に架川の顔がある。その眼差《まなざ》しはいつも通り力強かったが威圧感はなく、ただまっすぐ光輔を見ていた。と、ドアの開く音がして、寮暮らしの仲間たちが部屋に駆け込んで来た。

「光輔！」

「どうした!?」

「どうもしねえ。逮捕術の稽古《けいこ》をしてただけだ」

　振り返って答えたのは、架川だ。光輔の肩から手を離し、立ち上がって仲間たちに向き直る。

「逮捕術？　でも」

　仲間の一人が戸惑ったように言い、別の一人は床に座っている光輔を見る。

「本当だよ。架川さんが体がなまったって言うから、相手をしてた。騒がせてごめん」

素早く立ち上がり、光輔は仲間に笑いかけた。警視庁の独身寮の規則では、共同生活の秩序を乱し、他の入居者に迷惑をかける行為は厳禁とされ、罰則もある。

架川が「お前らもやるか？」と促すと、仲間たちは「いえ」「失礼しました」と慌てて部屋を出て行った。

光輔は椅子に座り、架川もバッグと紙袋を拾ってベッドに腰かけた。部屋に静けさが戻り、光輔の胸も少し治まった。改めて向き合うと、不機嫌そうに架川が言った。

「触れるってのは、お前の中のヤマに、って意味だからな。誤解するなよ」

「僕の中のヤマ？　誤解以前に、意味がわかりませんけど」

「歌川チカ殺害事件の捜査資料は読んだし、お前の話も聞いた。だが、それだけじゃダメだ。お前の心と体には、あのヤマが刻み込まれてる。だから俺も現場を歩いて関わった人たちに話を聞き、ヤマの空気や感触を摑もうとしたんだ」

「空気に感触。いかにもですね」

冷ややかに返すと、架川は話を変えた。

「橋詰さんを覚えているか？　お前が住んでた家の向かいの住人だ」

唐突に問われ、光輔は面食らいながらも「ええ」と答えた。

「奥さんと話した。事件の後、マスコミは家の中にいるお前や小百合さんを隠し撮りしようとしたらしいな。奥さんは、『カメラマンがうちの塀を脚立代わりにした』と怒ってた」

架川は話を続け、光輔の頭には十年前の記憶が蘇《よみがえ》った。鳴り続ける玄関のチャイムと電話。「いるんでしょ？」「話を聞かせて下さいよ」という記者の声。それに怯《おび》えて泣き崩れる小百合。しかしその全てを振り切り、光輔は横を向いて訊《たず》ねた。

「それがどうかしたんですか？」

「ムギも覚えてるか？　お前の飼い犬だ」

はっとして、光輔は顔を前に戻した。目が合うと、架川はこう続けた。

「引っ越す前に、橋詰さんに託したそうだな。初めのうち、ムギはエサも食わずうずくまっていたが次第に慣れ、元気になったそうだ。しかも驚くべきことに、まだ生きてる」

そう言って、架川はポケットからスマホを出して見せた。迷わず立ち上がり、光輔はスマホを受け取った。

画面には写真が表示されていた。割烹着《かっぽうぎ》姿の白髪の女は、橋詰さんの奥さん。そしてその胸には、小型犬が抱かれている。薄茶色だった体毛はくすんで艶《つや》がなくなり、目も薄く白濁している。それでも左側だけが垂れた耳は、間違いなくムギのものだ。

「十五歳。人間なら、八十過ぎのじいさんらしい。あちこち悪くて、目もよく見えねえ。それでも散歩に行くと橋詰さんの家に入る前に、必ず元梶間家の前で立ち止まるそうだ。奥さん曰《いわ》く、『直人くんの帰りを待ってるのよ』」

光輔は目頭が熱くなるのを感じながら、必死に胸の震えを抑え込んだ。春蘭市の家を離れ、転々としながらもムギを想うと涙が出て、今でも似た犬を見ると振り向くのをやめられない。しかし後に続いた架川の、

「近所の他の家でも話を聞いたし、優人さんの行き付けだった飲み屋にも行った。みんな初めは事件の話をする。しかしそれが一段落すると、優人さんのことを『真面目で一途《いちず》』『陽気で温かな人』と話す。そして最後に必ず、『あんな事件を起こすような人じゃない』と断言してたよ」

という言葉に冷静さを取り戻した。スマホを返して顔を上げ、光輔は問うた。

「で、僕の中のヤマには触れられたんですか？」

「いいや」

架川は即答し、両手をポケットから出してスラックスの脚を組んだ。光輔が絶句すると、架川は続けた。

「ヤマもお前も、そんなに単純じゃねえだろ。だが、なぜお前が他人になりすましてまで、あのヤマを追うのかはわかった。あのヤマには、裏が山ほどある。腹の中とまるで違う話をしてるやつもいるだろう。デカなら、それを全部明るみに出してぇと思

うのは当然だ。だからデカとしてのお前の気持ちは想像がつくし、近づけたとも思う」

そう話を締めくくり、架川は大きく頷《うなず》いた。こじつけもいいところの、無茶苦茶な理屈だ。しかし架川の自信に満ちた態度に圧倒され、光輔は反論できない。すると、架川はまた話を変えた。

「で、その裏だ。いきがかりで巻き込まれた一件の捜査中に、重要な証言を得た。お前もこの三日間、小浜三代子の店を調べたんだろ？　首尾はどうだ？」

「……話したくありません」

「じゃあ、こっちも話さねえぞ。情報の共有は捜査の基本だ」

当然のように切り返され、光輔はむっとして黙った。すると架川は声のトーンを落とし、静かに、しかし重々しく告げた。

「俺の読みではこのヤマ、裏があるだけじゃねえ。別の、もっとデカくてヤバい何かに繋《つな》がってるぞ」

「はい」

思わず即答し、頷いていた。すると架川は「よし。じゃあ俺からだ」と言って再びスラックスの脚を組み、話を始めた。

18

午後四時過ぎ。架川は光輔、羽村と荒川《あらかわ》区の南千住《みなみせんじゅ》にいた。

「お前ら、いつもこんなところで会ってるのか」

架川は言い、顔を上げた。配管が剥《む》き出しになったコンクリートの天井があり、そこに届かんばかりの高さでスチール製の棚がそびえている。棚に並んでいるのは工具や建材、木材などで、色とデザイン違いのヘルメットがずらりと展示されているコーナーもある。

「連絡には、公衆電話や店の呼び出し電話を使います。どうしてもという時にだけ、リスクの低い場所で会っています」

囁《ささや》き声でそう説明したのは、羽村だ。架川が立つ位置から一列手前にある棚の前で、業務用の接着剤のボトルを眺めるふりをしている。

「いいところに目を付けた。空《す》いてるし、女子どもはいねえし。スーツは多少浮くが、誰も気にしちゃいねえしな」

感心して、架川は視線を通路を挟んだ隣の棚に向けた。そこは建築金物のコーナーらしく、ベージュの作業着の上下を着た若い男が、指先でつまんだネジを凝視している。別の棚からは、どのサイズの養生《ようじょう》シートを買うか電話で相談している男の大声も聞こえてきた。

「それより、迷子にならないで下さいよ」

羽村の隣で光輔が言い、通路の奥に目をやった。棚と棚の間には通路が縦横に走っていて、エレベーターホールや階段に通じる縦の通路は、長さが五十メートル以上ある。

ここはJR南千住駅にほど近いホームセンターで、売り場の総面積は七千平方メートル近くある。三階がプロ向けの商品の売り場で、二階と一階には日曜大工や園芸、ペット、インテリアなど一般客向けの商品の売り場があるようだ。

光輔の部屋でこの三日間で得た捜査情報を報告し合い、羽村にも伝えた。架川と光輔で情報を整理していると午後三時になったので、光輔が仲間から借りたというコンパクトカーに乗って警察の独身寮を出てここに来た。

「驚くべきは、立石庄司というバーテンダーの新証言ですね。十年前の七月五日、小浜三代子は客の煙草を買ったあとまっすぐ寿司《すし》店に戻らず、歌川チカのアパートに行っていた。しかも、戻って来た時はひどくうろたえていて、逃げるように立ち去った……架川さん、よく聞き出せましたね」

接着剤のボトルを棚に戻し、興奮した様子で羽村が言った。

「まあな」と返し、架川は棚に並んだ電気ドリルを眺めた。光輔も言う。

「でも三代子はあっという間に戻って来て、手や着物は汚れていなかった。チカは包丁で三十カ所以上刺され、現場は血の海でしたから、三代子はホシじゃありませんね。ただし戻って来た時の様子からして、何かを目撃した可能性が高い。それと、父の話では事件前、チカは折原のアテンド役だった。つまり、体の関係を含めたご機嫌取りとしてあてがわれていたんでしょう。それと『女性の職場も総動員でアテンドを手伝った』。父が何を指して言ったのか、わかりますか？」

　問いかけられ架川は口を開こうとしたが、それより先に羽村が答えた。

「コフレのホステスの証言だろ。チカは優人さんの愛人で、二人は揉《も》めていたとみんなで口裏を合わせたんだ」

「うん。そんなことじゃないかと思ってた。三代子も、『私は自分の仕事をしただけ』って言ってたし」

「じゃあ優人さんは、折原とチカの関係のカモフラージュに使われたのか？」

　架川は驚き、棚の隙間から首を突き出して問うた。たちまち光輔と羽村に声を揃えて「し〜っ！」と咎《とが》められ、黙る。すると光輔は頷いて答えた。

「恐らく。事件前に父とチカが口論していたという折原の証言も、でっち上げでしょう。しかし折原が死んだ今、それをどう証明するか……三代子を使うしかないですね」

「策はあるのか？」

羽村が問い、光輔は答えた。

「昨夜『話の続き』と匂わせていたし、十年前のいきさつを語る気はあるんでしょう。加えて、三代子は僕と梶間優人を重ねている。親子だと疑っているかもしれない。だとしたら、敢《あ》えて親子だと匂わせて話を聞き出してもいい」

「ちょっと待て」

架川の声に、光輔と羽村が振り返る。

「敢えてだの、親子だと匂わせてだの、何言ってんだ。お前と優人さんは、実の親子じゃねえか」

「そうですけど、三代子に知られる訳にはいかない。だから一時的に親子だと匂わせ、情報を聞き出したら思い込みだと否定するんです」

「三代子がお前に優人さんの面影を見ているのは、チカの事件に罪悪感があるからだ。その気持ちを利用してネタを聞き出し、思い込みだとごまかすのか？」

「ごまかすもなにも、これは捜査ですから。聴取の手段として」

割って入ろうとした羽村だったが、架川に「関係ねえ」と鋭く返され、口をつぐんだ。

「どのみち三代子を騙《だま》して、利用するんだ……三日前と同じことを訊《き》く。何を焦ってるんだ?」

棚の隙間から、光輔に語りかける。光輔も尖《とが》った目で架川を見て返した。

「三代子は人が殺された現場で何かを見て、無実の人間が逮捕されたのに、十年も口をつぐんでいたんですよ。その上ホステスたちに、チカと父が愛人関係だったとウソの証言をさせた。そんな罪悪感、父や僕が味わった苦しみとは比較にもならない。それに、僕は焦ってない。敵の先を行きたいだけです。僕も三日前と同じことを言いますが、架川さんは甘いんですよ」

取っ組み合いのあと一旦《いったん》緩んだ二人の空気が、再び張り詰めた。架川は怒りを覚えたが、光輔の痛みや苦しみを想うと、返す言葉に迷う。

羽村が、「それどころじゃないだろ」と光輔の腕を引き、架川にも「話を進めましょう」と告げて、提げていたバッグからタブレット端末を取り出した。

「僕は断然、土地の払下げの件が気になります。奥多摩の土地の件を昨夜僕が直人に話したと思ったら、今朝は優人さんが架川さんに、でしょう? 絶対何かありますよ」

タブレット端末の画面に目を落とし、一方的にしゃべり出す。

「優人さんが土地の払下げの話をしたのは、何かのヒントかメッセージですね。だから改めて暁リゾートと中屋敷篤宏について調べてみました。そうしたらなんと、暁リゾートは長野県警の土地を落札した一年ほど後、中屋敷の隠居を理由に廃業していました」

「えっ、マジ⁉　じゃあ、あの土地は？」

振り向き、光輔は声を上げた。羽村は話し続ける。

「これから流れを辿《たど》る。それから当麻秀和が接待してたっていう、社長。架川さんに聞いた三田って名前と、『背が高くて痩《や》せ型。四十代後半で猫背』って特徴を元に探ってみたんだ……ひょっとして、この男ですか？」

羽村は言い、タブレット端末を操作して棚の隙間から見せて来た。それを架川が首を突き出し目をこらし、確認する。

「おお。間違いねえ、こいつだよ。お前、すげぇな。さすがは準キャリアの警部様だ」

感心し、架川は声を上げた。タブレット端末の液晶ディスプレイに表示されていたのは、まさに昨夜料亭の前で見た男だった。

「そう思うなら、その態度をなんとか……いえ。なんでもないです」

ぶつくさと言いながらタブレット端末を引っ込め、羽村は顔を上げて話を続けた。

「この男は、三田雅暢《まさのぶ》。『日星《にっせい》エステート』という千代田《ちよだ》区大手町《おおてまち》にある不動産会社の社長です。しかし日星エステートが登記されたのは半年ほど前で、業務内容などは不明。さらに社長の三田も、関西出身という以外の経歴は謎です」

「滅《め》茶《ちゃ》苦《く》茶《ちゃ》うさん臭《くせ》えじゃねえか。当麻との関係は？」

架川は迫ったが、羽村は「そこまではちょっと」と身を引いた。と、今度は光輔が言った。

「何かあるのは間違いないでしょう。いま船津を含む本庁組対四課の捜査員が、春蘭市に行ってるし。さっき、定村が教えてくれました」

「なに!?　俺らと連中の動きがリンクしてるじゃねえか。どうなってるんだ」

　そう問いかけた架川だったが、答えはわかっていた。敵はこちらの動きを把握し、何らかの目的を持って手を下し始めている。ぴりぴりするほどの緊張を、背筋に覚えた。通路を出て光輔たちの隣に移動し、訊《たず》ねた。

「昨日、三代子が店から追い出した男の二人組が乗ってた車のナンバーは足立で、下二桁《ふたけた》が37だったんだろ？　だとしたらそいつらは、鷲見組の三次団体の七緒会の構成員だ」

「わかってます。新小岩は七緒会のシマじゃありませんが、セールスが来るのなら事情が変わったんでしょうか」

「いいや。そんな話は聞いてねえ」

「じゃあ、あいつらは」

ふいに口をつぐみ、光輔はポケットからスマホを出した。素早く操作し、耳に当てる。三代子にかけているらしいが、出ない。すると羽村もタブレット端末を弄《いじ》りだした。

「直人！」

切羽詰まった声を上げ、羽村は光輔の眼前にタブレット端末を突き出した。架川も脇から液晶ディスプレイを覗《のぞ》いた。

「東京・新小岩の繁華街で火事」。ニュースの文字が、目に飛び込んで来た。

「ヤバいぞ！」

そう叫び、架川は駆けだした。羽村に何か告げ、光輔も続いた。

19

その場で羽村と別れ、光輔は架川とホームセンターを出た。コンパクトカーに乗り込み、橋を渡って荒川沿いに南下した。火事のせいか渋滞していて、前方の空に黒煙が見えた。

四十分近くかけて辿り着いたＪＲ新小岩駅前には、パトカーと消防車、マスコミ車両が停まっていた。その間にコンパクトカーを停め、二人でアーケード商店街に向かった。既に立入禁止のテープが張られていたが、光輔が警備の警察官に事情を説明して奥に進んだ。

アーケード商店街は商店の従業員も通行人も避難済みで、防火服をまとった消防士とレスキュー隊員、警察官が走り回っていた。黒煙が漂って焦げ臭く、薬品のような匂いもした。アーケード商店街を進みながら消防士の一人を呼び止め、光輔は問うた。

「警察官です。どんな状況ですか？」

「火元はこの先の飲み屋街なんですが、道が狭くて消防車が入れません」

「この先」と消防士が指したのは、スナック　ナイトライトがある方向だ。架川も問うた。

「被害者は？」

「軽傷者は何人か搬送されましたが、詳細は不明です」

「この人を見ませんでしたか？」

光輔は、捜査資料の三代子の写真をスマホに表示させ、見せた。写真を一瞥《いちべつ》し、消防士は首を横に振った。

「わかりません。もう行かないと」

早口で答え、消防士は走り去った。光輔たちも前進を続ける。

スナック　ナイトライトに通じる脇道に近づくと、煙はますます濃くなった。息苦しくなって咳《せ》き込み、目も痛む。

　脇道の出入口付近には複数の消防車が停まり、そこから何本もの消火ホースが脇道の奥に伸びている。地面はびしょ濡《ぬ》れで、消火活動は続いているようだが脇道からは黒煙がもくもくと流れてくる。脇道に入ろうとした光輔の肩を、架川が「おい！」と叫んで摑《つか》んだ。

「三代子さんを捜さないと」

「足手まといになるだけだ。病院に搬送されてるかもしれねえから、羽村に捜させろ」

　二人で言い合っている間に、救急救命士に押されて一台のストレッチャーが脇道から出て来た。

「三代子さん！」

　光輔は駆け寄り、ストレッチャーを覗いたが、寝かされていたのは年配の女だった。激しく咳き込んでいるが軽傷のようだ。架川も来て、問うた。

「スナック　ナイトライトの芹夏さんに会いませんでしたか？」

「芹夏ちゃん⁉」

　涙を流して咳き込みながら年配の女は言い、口にはめられていた酸素マスクを外した。「ちょっと待って」と救急救命士に告げてストレッチャーを停めさせ、光輔たちを見た。

「うちは芹夏ちゃんのところの、はす向かいなのよ。あの子、どうなったの？」

「わかりません。あなたが救助された時、見かけませんでしたか？」

「見てない。でも私たち、一時間ぐらい前に立ち話してたのよ。『じゃあね』って別れて、しばらくしたら焦げ臭くなったの。外に出たら芹夏ちゃんのところから火が出てて、名前を呼んでドアも叩《たた》いたんだけど、返事がなくて」

　両手で喉《のど》を押さえて無理やり咳《せき》を止め、年配の女はようやくそれだけ言った。「行きますよ！」と救急救命士が告げ、年配の女が乗ったストレッチャーはアーケード商店街の奥に停められた救急車に向かった。

　三代子の店が火元なのか？　混乱しながらも光輔が必死に頭を働かせていると、

「蓮見！」

　と呼ばれた。振り向くと、脇道から新たなストレッチャーが出て来るところだった。光輔はそちらに駆け寄り、寝かされている人を覗いた。

　長い髪は所々焦げ、額や頰に火傷《やけど》を負い、口には酸素マスクを装着しているが、小浜三代子だ。

「三代子さん！」

　架川が声を上げ、光輔も身を乗り出して言った。

「蓮見です。聞こえますか？」

ストレッチャーを押すのは若い女の救急救命士で、光輔と架川もそれに付いて行く。

ゆっくり、薄く、三代子は目を開いた。

「……来てくれたの。でも私、本名を教えたかしら？」

細くかすれた声で応《こた》えたが、意識が朦朧《もうろう》としているようだ。呼吸が浅く瞳孔《どうこう》も開いているので、一酸化炭素中毒。しかもかなり重症だ。

「喋《しゃべ》らないで下さい！」

ストレッチャーを押しながら、若い女の救急救命士が切羽詰まった声で告げた。それでも三代子に語りかけようとした光輔だが、焦って言葉が出て来ない。すると、

「警視庁の架川です。僕と蓮見は、十年前の歌川チカさんの事件を調べています」

架川がストレッチャーと一緒に駆けながら告げる。それを力のない目で見て、三代子は言った。

「だから、あいつらが来たのね。でも関係ない。全部話して、楽になるの」

意識の混濁もあるようで、誰に向かって話しているのかわからない。

あいつら？　それは昨夜の……。頭を巡らせようとすると、ストレッチャーの側面の枠を摑んだ光輔の手を、三代子が握ってきた。はっとして視線を戻すと、三代子は酸素マスクの下で微笑んでいた。

「あなた。梶間さんの息子さんね？」

光輔は「はい」と答えるつもりだった。しかし三代子の微笑みに胸を衝《つ》かれ、言葉が出ない。すると、三代子はこう続けた。

「ごめんなさい。お父さんは、チカにも私にもあんなによくしてくれたのに。私、当麻が怖かったの。あいつは恐ろしい男よ。まさか、こんな所にまで」

三代子の声が震え、光輔の手を握る手に力が加わった。とっさに、光輔は三代子の手を握り返した。口も開こうとしたが、先に三代子が言った。

「でも、私だって何もしなかった訳じゃないのよ。あいつらのやったことは、全部残してある」

「残してある？　どういう意味ですか？」

身を乗り出して架川も問うた時、前方の角に救急車が見えた。他の救急救命士が二人、こちらに駆け寄って来る。その時、三代子の手からすうっと力が抜けた。

「三代子さん！」

「涼牙くんを捜して」

細く消え入りそうな声で、三代子が言った。

「涼牙くん⁉　チカさんの息子さんですか？　彼が何を」

光輔は必死に問いかけたが、三代子は目を閉じ、ぐったりと動かなくなった。

「離れて！」

駆け寄って来た他の救急救命士に押しのけられ、光輔たちはストレッチャーから離れた。ストレッチャーが救急車に運び込まれ、光輔は付き添おうとしたが断られた。バックドアが閉まり、三代子と救急救命士たちを乗せた救急車はサイレンを鳴らし、アーケード商店街を走りだした。

20

気配を感じ、光輔が振り向くとダークグレーのスラックスとエナメルの黒革靴が見えた。

「大丈夫ですか？　架川さんは火事の煙で気管支炎になったと、桜町三姉妹が噂してましたよ」

光輔は告げ、膝《ひざ》を折って地面に座ったまま顔を前に戻した。そこには焼けたスナック　ナイトライトがある。外壁は屋根に近い部分が黒ずみ、一部が焦げたりヒビが入ったりするだけで原形を保っている。しかしドアは熱で変形し、割れた窓からは焦げ、消火活動で水浸しになった店内が見える。周囲にも看板や庇《ひさし》が焼けた店舗があり、片付けをしている人の姿が見える。火事から五日が経過し、既に現場の封鎖は解かれていた。時刻は正午過ぎだ。

「バカ言え。俺はそんなヤワじゃねえよ」

鼻を鳴らして返し、架川は光輔の隣に膝を折って座った。手にした仏花を、光輔が供えた線香の隣に置く。

架川はスナック　ナイトライトに向かって合掌して目を閉じ、光輔も改めて目を閉じ合掌した。線香から立ち上る煙が二人の顔に当たる。

あのあと病院に搬送された三代子だったが、間もなく亡くなった。他に死者はおらず、負傷者が数名出た。消防署の火災調査官は、火元はスナック　ナイトライトの厨《ちゅう》房《ぼう》と断定した。しかしカウンター内に調理の形跡がなかったこと、スナック　ナイトライトの裏口のカギをこじ開けたような形跡があったことから放火の可能性もあり、所轄署と本庁捜査第一課が捜査に着手した。

「七緒会の二人組はどうなった？」

架川が問い、立ち上がる気配があった。光輔も目を開け、立ち上がった。

「僕が顔と車のナンバープレートの番号を覚えていたのですぐに特定できて、聴取したそうです。三代子の店に行ったのは認めたものの、『セールスに行っただけ』で、七緒会のシマじゃないのは『知らなかった』そうです。自分の組のシマを知らないやくざなんて、あり得ないと思いますけど。この店に火を付けたのは、間違いなくあいつらですよ」

六日前、男の二人組を尾行した方向を見据え、光輔は言った。頷《うなず》き、架川も言う。

「ああ。だが、証拠は出ねえだろう。誰かがお前が三代子に接近したのに気づき、信濃一家の当麻に報《しら》せたんだろう。で、同じ鷲見組傘下の七緒会を使い三代子を『余計なことを言うな』と脅したが、三代子は突っぱね、お前に全てを話そうとしたんだ」

「しかし当麻に気づかれ、口封じされた。でもなぜ、僕が三代子に接近したと気づかれたんだろう。十分警戒していたし、話したのも羽村さんと架川さんだけですよ。架川さん。春蘭市で誰かに口を滑らせたりしませんでした？」

「するかよ。バーテンダーの立石と三代子の話はしたが、『達者で働いてる』と伝えただけだ。俺は、本庁の組対が絡んでると踏んでる。船津が春蘭市に行ったタイミングといい、間違いねえ。無論、警務部の有働も絡んでるだろう。奥多摩の土地の払下げなんて、きな臭い話も出て来たしな。おまけに日星エステートの三田とかいう、謎の社長まで登場だ」

厳しい表情で告げた架川だが、目は爛々《らんらん》と輝いている。敵が大きければ大きいほど、燃えるタイプなのだろう。反対に光輔は、冷静に淡々と返した。

「奥多摩の土地と三田については、羽村さんに調べてもらっています。それと、三代子が言い残した『あいつらのやったことは、全部残してある』と、『涼牙くんを捜して』。どちらも貴重な手がかりです。羽村さんは、『俺が春蘭市に行ってもいい』と言っています」

「いや。ダメだ」

きっぱり否定され、光輔は架川を振り返った。架川も光輔を見て、こう続けた。

「敵は俺らだけじゃなく、周りの人間にも目を光らせてる。しかも羽村は、有働と同じ警務部所属だ。あいつに」

「ヤバい橋を渡らせるようなことをさせるな、ですか？　定村と羽村さんは違いますよ。定村は僕らの犬だけど、羽村さんは仲間で」

「光輔」

架川に名前を呼ばれるのは珍しく、しかも咎《とが》めるような口調だ。それでも、光輔は話し続けた。

「今度は、何を焦ってるんだ？　ですか。でも、藤原さんに続いて三代子まで殺されたんですよ？　三代子の死に関しては、責任を感じています。架川さんが立石とした『三代子ママを護《まも》る』って約束を破らせてしまったし」

そこで言葉を切って隣を窺《うかが》うと、架川は無言。厳しい顔で燃え尽きた線香を見下ろしている。

「だけど藤原さんが亡くなったとき架川さんは、藤原さんの死を悼《いた》むのは、本庁の連中と鷺見組がやってることを突き止めてからだと言いましたよね？　僕も同じです。果たすべき責任も負うべき罪も、この計画を終えた後。そう決めました」

　三代子の言葉も、酸素マスク越しの笑顔も、手の力が抜けていく感触も、事件の新たな記憶として自分の中に刻まれた。それでもこの計画をやり遂げると、光輔は決めたのだ。

「そうか」と返し、架川は顔を上げた。

「だが俺が言おうとしたのは、親父さんのメッセージだ。伝えると言って、そのままだったろ」

「ええ」

　面食らい、戸惑いもしながら光輔は頷く。架川は言った。

「親父さんに、お前はどんなデカなのかと訊《き》かれたよ。『あなた譲りの最高のデカで、俺の相棒です』と答えた。返事はなく顔も見えなかったが、喜んでいたと思う」

「なんですか、それ」

「それから、こうも言ってた。困っている人を助け、間違ったことをしているやつは正す。それは気が済むまでやるべきだが、一人でやり遂げようとするな。それが俺の最大の失敗だ。間違いを正すためなら、お前が困っている人になってもいい。差しのべられた手は、迷わず摑《つか》め……以上だ」

父親の優人とは、十年近く会っていない。それでも、いまの架川の話を優人がどんな風に語ったかが頭にありありと浮かび、その言葉は心に沁《し》みていった。

僕の決めたことは、間違っていない。確信を得て、優人もまた、手を差しのべてくれたような気がした。同時に、「最大の失敗」という言葉から優人の無念さと強い憤りを感じ、胸がはやった。すると、架川が言った。

「前に言ったとおり、お前がこのヤマでどんな傷を負い、何に苦しんでいるのかは、俺にはわからねえ。だが真相を明らかにしてぇ、このヤマの全部を知りてぇというのはわかる。デカの本能だからだ。だから俺は、デカとしてお前と向き合う。必要なら手を差しのべるし、場合によっちゃぶん殴る。そう決めた」

目力は強く、威圧感に溢《あふ》れている。しかし、心からの言葉を伝えようとしているのがわかった。そしてその言葉も、光輔の心に沁みていった。

「どのみち俺らにはとっくに逃げ場はねえし、後戻りもできねえけどな」

小さく鼻を鳴らしてそう付け加え、架川は挑むような目を焼け跡の上の空に向けた。状況や話の内容とは正反対の、雲一つない冬晴れだ。

「じゃあ、前に進みましょう」

闘志とはやる気持ちを胸に、光輔も空を見た。「だな」と架川が頷いた時、架川のスマホが鳴った。ＬＩＮＥにメッセージが届いたようだ。

「若井からだ」

「へえ。珍しいですね」

「春蘭市で巻き込まれた一件で借りを作って、圭市の店で奢《おご》らなきゃならねえんだ……
……そうだ。お前も来い。あの女と二人じゃ、間が持たねえ」

当然のように命じられ、光輔は眉根《まゆね》を寄せた。

「またですか？　愛理ちゃんの時にも、『間が持たねえ』って言ってましたよ。それに、僕が一緒はまずいんじゃないかなあ。若井さんは僕らのことを、激しく誤解してるし」

「なんだそりゃ……いや。若井も『ぜひ蓮見さんも』と書いてるぞ。『まだ元サヤに戻っていないということなら、私に秘策が』……こいつも、訳のわかんねえやつだな」

スマホの画面に目を落としたまま、架川が首を傾げる。ため息をつき、光輔は返した。

「僕からすれば、その文面で状況を理解できない架川さんの方が、よっぽど『訳のわかんねえやつ』ですけどね」

「なんだと？」

架川にすごまれ、光輔は「わかりました」と返して身を翻し、歩きだした。

「僕が同席して、架川さんと若井さんを取り持ちますよ。それなら誤解も解けるし、意外といいカップルになるんじゃないですか？」

「バカ言え！　なんで俺が、あんな男勝《おとこまさ》りの跳《は》ねっ返りと」

「はい、男勝りも跳ねっ返りもＮＧ。セクハラです」

「ああ言えばこうと、お前は――で、状況って何なんだよ」

そう問いかけながら、架川が光輔を追って来た。説明しようか。説明したらもっと面倒臭いことになるからやめようか。頭を巡らせ、光輔は署のセダンを停めた通りに向かった。

21

二時間ほどかけ、高級ワンボックスカーは機動隊奥多摩訓練所の跡地を一周した。ワンボックスカーは訓練所の事務棟の前で停まり、後部席から船津成男、続いて三田雅暢が降りる。運転席と助手席を降りた部下に囲まれ、船津は三田と事務棟の前のロータリーに立った。

「お疲れ様でした。途中、山道を歩かせてしまいましたが大丈夫ですか？」

船津が問うと、三田は薄く微笑んで「ええ」と答えた。

船津と部下たちは、濃紺のキャップにシャツにパンツ、編み上げの黒革靴という警察の出動服姿だ。山歩きでシャツや黒革靴は汚れ、とくに船津のシャツは汗びっしょりだ。一方三田は有名アウトドアブランドの真新しいナイロンジャンパーとパンツ、トレッキングシューズという格好で、平然としている。

「医者の勧めだとかで、最近あの方は登山に凝っています。ボディガードを引き連れて姫路《ひめじ》や丹波《たんば》篠山《ささやま》の山道を歩いていますが、私がお供をすることもあり」

朗々と語る三田を、船津は両手を顔の前に上げて遮った。

「あの方の話はお控え下さい。こちらの上の者が、神経質になっています」

説明しながら、頭には「上の者」の姿が浮かぶ。船津たちの計画の中心人物だ。

「それは失敬。分《ぶ》をわきまえなくてはなりませんね」

三田が返した。恐縮した顔を作っているが、言葉には当てつけの意図が感じられた。

会話は標準語ながら、所々アクセントが関西弁になる。

「いえ。そのようなことは」と否定しようとした船津を無視し、三田は前に出て周囲を見回した。

「視察して確信しました。我々の計画にふさわしい、完璧《かんぺき》な土地です」

「それは何よりです」

ロータリーの先には降下訓練用の建物や、飛行場の滑走路を模した広く長い通路、その奥には対テロ訓練用の施設などがあるが、三田が評価したのは土地そのものだ。

訓練所内には森や川、池などがあり、外にはさらに深く豊かな自然が広がっている。

「周辺の用地の買収も進んでいるし、成功すれば画期的なプロジェクトですよ」

爬虫類《はちゅうるい》を思わせる細い目をさらに細めて語った後、三田は急に冷めた表情になって振り返った。

「ところで例の男……架川でしたか。探偵と聞きましたが実は刑事、しかも当麻さんの周辺を嗅《か》ぎ回っていたとか。私は当麻さんといるところを、やつに見られました。十年前の払下げの話を聞こうと春蘭市に行ったのですが、そんなことになるとは」

「その件は先般春蘭市を訪ねた際、当麻さんからも伺いました。人を使い、架川とそのツレの動向を探っていますし、近々処理を」

「しかしあの方の話では、架川は一筋縄《ひとすじなわ》ではいかない男のようですよ。なんでも、『デカにしておくのが惜しい男』だとか」

「ですから、やつの経歴と人間性を逆手に取り——とにかく、ツレともども排除すべく手はずを整えていますので、ご心配には及びません」

「そうですか。では、お手並み拝見といきましょう」

不敵に笑い、三田は訓練所の跡地とそれを取り囲む山々を眺めた。船津も倣う。晴れ渡った高い空を、鷹《たか》のような鳥が甲高く不安定な声で鳴きながら横切っていった。

本書は書き下ろしです。

警《けい》視《し》庁《ちよう》アウトサイダー2

加《か》藤《とう》実《み》秋《あき》

令和3年 12月25日　初版発行
令和4年 12月20日　再版発行

発行者●山下直久

発行●株式会社KADOKAWA
〒102-8177　東京都千代田区富士見2-13-3
電話　0570-002-301（ナビダイヤル）

角川文庫 22945

印刷所●株式会社暁印刷
製本所●本間製本株式会社

表紙画●和田三造

●お問い合わせ
https://www.kadokawa.co.jp/（「お問い合わせ」へお進みください）
※内容によっては、お答えできない場合があります。
※サポートは日本国内のみとさせていただきます。
※Japanese text only

ISBN 978-4-04-111245-8　C0193

角川文庫発刊に際して

角　川　源　義

第二次世界大戦の敗北は、軍事力の敗北であった以上に、私たちの若い文化力の敗退であった。私たちの文化が戦争に対して如何に無力であり、単なるあだ花に過ぎなかったかを、私たちは身を以て体験し痛感した。西洋近代文化の摂取にとって、明治以後八十年の歳月は決して短かすぎたとは言えない。にもかかわらず、近代文化の伝統を確立し、自由な批判と柔軟な良識に富む文化層として自らを形成することに私たちは失敗して来た。そしてこれは、各層への文化の普及滲透を任務とする出版人の責任でもあった。

一九四五年以来、私たちは再び振出しに戻り、第一歩から踏み出すことを余儀なくされた。これは大きな不幸ではあるが、反面、これまでの混沌・未熟・歪曲の中にあった我が国の文化に秩序と確たる基礎を齎らすためには絶好の機会でもある。角川書店は、このような祖国の文化的危機にあたり、微力をも顧みず再建の礎石たるべき抱負と決意とをもって出発したが、ここに創立以来の念願を果すべく角川文庫を発刊する。これまで刊行されたあらゆる全集叢書文庫類の長所と短所とを検討し、古今東西の不朽の典籍を、良心的編集のもとに、廉価に、そして書架にふさわしい美本として、多くのひとびとに提供しようとする。しかし私たちは徒らに百科全書的な知識のジレッタントを作ることを目的とせず、あくまで祖国の文化に秩序と再建への道を示し、この文庫を角川書店の栄ある事業として、今後永久に継続発展せしめ、学芸と教養との殿堂として大成せんことを期したい。多くの読書子の愛情ある忠言と支持とによって、この希望と抱負とを完遂せしめられんことを願う。

一九四九年五月三日